Auch in diesem Leben

LETA BLAKE

Deutsche Erstausgabe Juni 2021
© 2018 Leta Blake Books

Print Ausgabe

Umschlaggestaltung: Dar Albert
Satz: BB eBooks
Übersetzung: Anna Maria Nordholz
Lektorat: Claudia Lezár – CL Proofing

Für die englische Originalausgabe:
Titel: *Any Given Lifetime*

ISBN: 979-8-88841-059-2

ÜBER DIE AUTORIN

Leta Blake hat eine Psychologie-Ausbildung und arbeitet beruflich im Finanz-Bereich, aber das Schreiben war schon immer ihre Leidenschaft. Sie genießt es, emotionale Liebesgeschichten zu schreiben und die Psyche von erfundenen Menschen zu erforschen. Sie lebt im Süden der USA und arbeitet hart daran, ein Gleichgewicht in ihrem Leben als Autorin, Mutter und Freundin zu finden.

Danksagung

Vielen Dank an Mom und Dad, ohne die ich diesen Traum, Schriftstellerin zu sein, nicht verfolgen könnte, und an B und C, meine Lichter, zu denen ich nach Hause reisen kann. Meine Dankbarkeit gilt auch all den wunderbaren Mitgliedern meines Patreons, die mich inspirieren, unterstützen und beraten, und ganz besonders Sadie Sheffield. Ich danke auch Amanda Jean für das Lektorat und DJ Jamison für das Korrekturlesen, und Nick und Julie für die Zeiten, die ich in den vergangenen Jahren bei ihnen zu Hause verbracht habe, um etwas über Scottsville zu lernen.

Und danke an meine LeserInnen, die all das Blut, den Schweiß und die Tränen wert sind.

ÜBER DAS BUCH

Er wird ihn auch in diesem Leben lieben.

Neil ist kein Geist, aber er fühlt sich wie einer. Reinkarniert mit all seinen Erinnerungen aus seinem vorherigen Leben, verbrachte er zwanzig Jahre gefangen in einem Kinderkörper und wünschte sich nichts sehnlicher, als erwachsen zu werden und die Liebe seines Lebens zurückzugewinnen.

Als Erwachsener muss Neil feststellen, dass mehr als nur verlorene Zeit zwischen ihnen liegt. Joshua hat sich seit Neils Tod ein schönes Leben aufgebaut, und wie genau soll sich Neil bei ihm vorstellen? Als Joshuas lange verstorbener Liebhaber in einem neuen Körper? Mit gebrochenem Herzen und ohne Hoffnung flüchtet sich Neil in seine Arbeit – die Entwicklung von Naniten, mikroskopisch kleinen Robotern, die medizinische Wunder bewirken können.

Als Joshua einen jungen Wissenschaftler trifft, der an einem medizinischen Projekt arbeitet, spürt seine Seele etwas, das sein rationaler Verstand nicht glauben kann. Ist Neil nach zwanzig Jahren wirklich zu ihm zurückgekehrt? Und wenn das Unmögliche wahr ist, können sie dann endlich zusammen sein?

Auch in diesem Leben ist ein schwuler Liebesroman von Leta Blake, in dem es um zweite Chancen, Reinkarnation und wahre Liebe geht. Diese Geschichte enthält einige heiße Szenen, Charaktere mit einem großen Altersunterschied und natürlich ein Happy End.

Für Brian, für alle Leben

Prolog

Januar 2012 – Atlanta, Georgia

„Er sieht nicht aus wie ein Joe", sagte Alice und starrte auf ihren schreienden Sohn, dessen Gesicht sich vor Wut verzog und dessen blasse Haut vom Schreien fleckig wurde. Sie schob ihr noch feuchtes dunkles Haar hinters Ohr und versuchte, es sich auf dem Krankenhausbett bequemer zu machen.

„Das war der Name meines Bruders", meinte Jim hartnäckig. Er streckte die Hand aus und berührte die geballte Faust des Babys, was einen weiteren Heulkrampf auszulösen schien. Er riss seine fleischige Hand weg, und seine dunklen, raupenartigen Brauen zogen sich bedrohlich zusammen. Die Muskeln auf seiner Brust kräuselten sich, als er die Arme verschränkte.

Alice versuchte, das Baby an ihre Brust zu legen, es zu beruhigen und zu wiegen, in der Hoffnung, dass die Krankenschwestern nicht ins Zimmer kommen und versuchen würden, sie zu überreden, ihm wieder Babynahrung zu geben. Ihre Milch würde gut ankommen, dessen war sie sich sicher. Wenn er nur endlich an ihrer Brust saugen würde, um Himmels willen.

„Ich habe meiner Mutter versprochen, dass ich meinen Sohn nach meinem Bruder benennen werde", drängte ihr neuer Mann. Seine grauen Augen nahmen den harten Ausdruck an, den sie schon zu fürchten gelernt hatte.

Alice unterließ es, zu erwähnen, dass das Baby eigentlich nicht sein Sohn war. Sie waren beide sehr darauf bedacht, so zu tun, als sei das anders. Es war für alle das Beste, wenn die Erinnerung an Marshall gemeinsam mit seinem in der Wüste Afghanistans zerfetzten Körper verblieb. Jim hatte sie aus Pflichtgefühl gegenüber seinem toten besten Freund geheiratet und beanspruchte Marshalls Sohn als seinen eigenen, entschlossen, ihn richtig aufzuziehen. Alice war für seine Hilfe dankbar, auch wenn er sie nicht liebte, und sie wollte das auch gar nicht. Alice hatte versucht, etwas für den Mann zu empfinden, aber es war schwer, jemanden zu lieben, der so unberechenbar war.

Vor allem, nachdem sie von jemandem geliebt worden war, der so zärtlich und fürsorglich gewesen war wie Marshall.

„Hast du mir zugehört, Alice? Ich habe es meiner Mutter versprochen", sagte Jim wieder. Afghanistan war nicht zimperlich mit Jim umgesprungen und hatte ihm sowohl seinen Bruder als auch seinen besten Freund genommen.

„Ja, ich weiß, du hast es versprochen", stimmte Alice zu und schaute auf das Gesicht ihres Sohnes hinunter, während er mit dem Mund an ihrer Brustwarze herumsuchte und sie nicht ganz zu fassen bekam, bevor er wieder zu schreien begann. „Aber … aber sieh ihn dir an. Er ist einfach kein Joe."

„Hast du einen besseren Namen?", fragte Jim, wobei seine Stimme andeutete, dass, was auch immer sie vorschlug, besser gut sein sollte, denn sonst …

„Neil", sagte sie und flüsterte den Namen, der sie wie ein Glockenton durchdrungen hatte, als sie das Baby in die Arme nahm. „Neil Joseph", fügte sie schnell hinzu. „Für deinen Bruder."

Jim kaute auf seiner Unterlippe herum, aber dann nickte er

einmal, und Alice entspannte sich, erleichtert, dass es damit vorerst beendet war. Sie lächelte zu ihrem Mann hoch, und er lächelte zurück, angespannt und unaufrichtig, aber das reichte. Wenigstens würde es keinen Streit geben.

Neil allerdings schrie noch lauter.

Januar 2012 – Scottsville, Kentucky

JOSHUA STAND AM Bach auf dem Grundstück seiner Familie in seiner Heimatstadt Scottsville in Kentucky. Er schob seine behandschuhten Hände in die Jackentaschen und studierte den wintergrauen Himmel, der sich in den Wellen des dunklen Wassers spiegelte. Um ihn herum knarrte und raschelte der Wald. Ein Eichhörnchen knabberte an einer Nuss herum und beäugte Joshua misstrauisch.

Der Bach war tief und breit, sprudelte unachtsam über Steine und gefallene Äste. Als Junge hatte er jeden Tag darin gespielt, an seinen Ufern gegraben, war in das hüfthohe Wasser getaucht und über die Steine von einem schlammigen Ufer zum anderen gesprungen. Das hier war sein Lieblingsplatz gewesen.

Er liebte ihn immer noch, aber es war schon über einen Monat her, dass er zum Bach gekommen war. Nicht, weil er irgendetwas davon vergessen hatte, sondern weil er aktiv versuchte, weniger zu leiden. Irgendwie hatte er sich eingeredet, dass, wenn er die Stelle meiden würde, an der er den Behälter mit der Asche – alles, was von Neil nach der Einäscherung übrig geblieben war – sorgfältig geleert hatte, er sich vielleicht nicht mehr so verletzt fühlen würde.

Das Vermeiden hatte aber nicht funktioniert. Also war er jetzt wieder hier.

„Hey, Neil", sagte er und wippte auf den Fersen. „Ich vermisse dich.“

Der Bach plätscherte und rauschte. Wie das Leben selbst, unaufhörlich und freudig in seiner Empathielosigkeit. Er floss weiter, wusch über kiesige Böden und glitt durch Wälder und Felder. Vorwärts, ohne einen Blick zurück, nur vorwärts in die Ewigkeit.

„Mein neuer kleiner Bruder wurde heute geboren. Weißt du noch, wie ich dir erzählt habe, dass meine Mutter schwanger ist? Er ist da. Sie haben ihn Sam genannt.“

Er war eine Sekunde lang still, versuchte zu spüren, ob Neil bei ihm war, wollte irgendeine Art von Verbindung, aber er bekam überhaupt nichts.

„Du bist wirklich weg, was?“, fragte er.

Der Wind wehte um ihn herum und zauste ihm durch das Haar, aber es fühlte sich überhaupt nicht wie Neil an.

„Wo bist du hin?“, murmelte er. Weg mit dem Wasser ins große Unbekannte. Das war einer der Gründe, warum er seine Asche in den Bach geworfen hatte, nicht wahr? Um ihn loszulassen. Ihn zu befreien. Warum kam er dann immer wieder zum Bach zurück, um etwas zu suchen, das er nie finden würde?

Joshua hörte genauer hin. „Wohin führt dich der Fluss? Wo bist du gelandet?“ Dann grinste er. „Ich weiß, ich weiß. Ich höre schon, wie du mir sagst, dass du nirgendwo *gelandet* bist, dass du *gestorben* bist, und dass alle Vorstellungen, die ich vom Gegenteil habe, nur Hoffnungen und Wunschdenken sind. Du würdest sagen, dass ich besser dran bin, wenn ich die Realität akzeptiere und weitermache.“

Joshua fuhr sich mit der Hand durch das Haar und zuckte mit den Schultern. Das Eichhörnchen entschied, dass dieser Mensch nicht ganz zurechnungsfähig war, weil er so mit sich selbst sprach, und huschte tiefer in den Wald und dann auf einen hohen Baum. „Vielleicht bin ich damit besser dran, Neil. Aber ich kann das einfach nicht glauben." Er starrte hinauf zu den Wolken, die den Himmel bedeckten. Das Wasser rauschte zu seinen Füßen. „Ich *will* das nicht glauben."

Der Kummer überfiel ihn wieder, schwer und nutzlos. Er machte eine große Show daraus, ihn abzuschütteln, klatschte in die Hände und sagte: „Also, jedenfalls, seit wir das letzte Mal geredet haben, sind die Dinge wirklich ziemlich beschissen gelaufen. Paul drängt mich, die Holzfirma meines Großvaters Roger zu verkaufen, zurück nach Nashville zu kommen und bei ihm zu leben. Er sagt, ich muss mein Studium beenden und da weitermachen, wo ich aufgehört habe, als du ..." Er schluckte schwer. „Als du gestorben bist. Aber ich bin nicht soweit. Ich werde nie so weit sein. Nashville ist nichts für mich. Und Mom und Dad sind nicht in der Lage, Stouder Lumber zu führen. Das waren sie nie. Dad interessiert sich mehr für die Farm, und Mom macht als Lehrerin Karriere. Es liegt an mir, Opa Rogers Erbe am Leben zu erhalten. So wie es an mir liegt, auch deines am Leben zu erhalten."

Joshua setzte sich auf den kalten Boden und schlang die Arme um seine Knie. „Warum hast du das getan, Neil? Die ganze Verantwortung in meine Hände zu legen? Ich bin erst zweiundzwanzig Jahre alt, und das ist einfach zu viel." Er atmete tief durch, kniff die Augen zusammen und dachte an all die Fragen, die Neils Anwalt noch an ihn hatte. „Wie alt warst du, als *dir* das alles in die Hände fiel? Darüber haben wir nie gesprochen."

Er schwieg ein paar Augenblicke lang und versuchte sich vorzustellen, was Neil zu all dem sagen würde. Er lächelte leicht, als ihm klar wurde, dass, egal was Neil gesagt hätte, es ihm vermutlich nicht gepasst hätte.

„Du würdest sagen: ‚Finde dich damit ab, Schätzchen.‘ Oder: ‚Hör auf, Pauls Anrufe anzunehmen, wenn er dich so nervt.‘ Du würdest genau das sagen, was ich nicht hören will, und … nun, ich glaube nicht, dass mir dein Rat jetzt besser gefällt, als wenn du noch am Leben wärst. Aber ich bin froh, dass ich weiß, was du zu mir sagen würdest. Es gibt mir das Gefühl, dass du nicht so …“ *Tot.* „… weit weg bist.“

Joshua schluckte den Kloß in seinem Hals hinunter. Das war gelogen. Zu wissen, was Neil sagen würde, ließ ihn sich noch verlorener fühlen. Er wischte sich über die Augen.

„Ich hasse dich dafür, dass du gestorben bist.“

Der Wind wehte wieder, kühl und voller Winter. Joshua senkte den Kopf.

„Ich liebe dich“, sagte er, und sein Atem hob sich um ihn herum empor wie Rauch.

Juni 2012 – Atlanta, Georgia

ALICE BEOBACHTETE, WIE der Arzt ihren Sohn untersuchte. Sie konnte die Intelligenz sehen, die hinter seinen Augen blitzte und die Welt um ihn herum wortlos beurteilte, und es beunruhigte sie vage, dass sie ihm nicht zu gefallen schien.

„Wird er noch gestillt?“, fragte der Arzt, wickelte ein Maßband um Neils Kopf und machte sich dann einige Notizen.

Alice nickte. Das Stillen lief endlich gut. Es hatte eine Weile gedauert, aber schließlich begann Neil wie ein Champion zu trinken. Wenn er in ihren Armen lag und gierig schluckte, fühlte sie sich mit ihm auf eine Weise verbunden, von der sie sich vorstellte, dass andere Mütter sich die ganze Zeit mit ihren Kindern verbunden fühlten.

„Er zeigt hervorragende Fortschritte in der motorischen Koordination, und er erreicht und übertrifft die körperlichen Meilensteine“, sagte der Arzt, als langweile er sich.

„Er ist also gesund?“, fragte sie, und Zweifel schwang in ihrer Stimme mit. Er war immerhin so *mager* und *launisch*, und irgendwie hatte sie das Gefühl, dass er anders war als andere Babys.

„Nun, für sein Alter hat er ein geringeres Gewicht als der Durchschnitt, aber laut der Tabelle ist er nicht in der Nähe der Gefahrenzone. Nach dem, was Sie mir in der Vergangenheit über seine Essgewohnheiten erzählt haben, hat er wahrscheinlich einen schnellen Stoffwechsel. Bereiten Sie sich auf Marathon-Stillen vor, wenn seine Wachstumsschübe einsetzen.“

Alice hob Neil vom Tisch. Sein Kopf wackelte auf seinem dünnen Hals, und sie küsste ihn auf die Wange. Er entspannte sich nicht wirklich in ihren Armen, aber er wehrte sich auch nicht gegen sie, und sie hatte das Gefühl, dass er es genoss, von ihr gehalten zu werden. Das war zumindest etwas.

„Wieso?“, fragte der Arzt und schien plötzlich ihre Befangenheit zu bemerken. „Gibt es etwas Bestimmtes, worüber Sie sich Sorgen machen?“

Alice stieß einen schuldbewussten Seufzer aus. „Ich fühle mich einfach … Ich weiß nicht, als würde etwas fehlen? Meine Freundinnen … nun, ihre Babys sind mehr …“ Sie zuckte zusammen. „Sie scheinen glücklicher zu sein?“

Ein Grinsen zog über das Gesicht des Arztes. „Nun, Mrs, äh …“ Er sah in der Akte nach.

„Quinley“, half Alice ihm. Jims Name fühlte sich noch immer ungewohnt an und sie wünschte, sie hätte Marshalls behalten. Aber

Jim wäre ausgeflippt, wenn sie das jemals vorgeschlagen hätte. Seine Loyalität zu seinem toten Freund ging nicht so weit, dass er es zuließ, dass seine Frau immer noch für ihn „schwärmte", wie er es ausdrückte.

„Mrs Quinley, Ihr Sohn mag von Natur aus eher verschlossen sein, das stimmt. Jedes Kind ist anders. Aber ist es möglich, dass Sie an einer postpartalen Depression leiden? Haben Sie Schwierigkeiten, eine Bindung zu ihm aufzubauen? Leiden Sie unter einer ungesunden Last von Schuldgefühlen oder Angst, dass Sie Ihrem Sohn schaden könnten?"

Alice blinzelte ihn an. Schuldgefühle? Ein wenig. Bindung? Sie war sich nicht sicher. Sie liebte Neil und hatte ihn von dem Moment an geliebt, seit sie zum ersten Mal sein schreiendes kleines Gesicht erblickt hatte. Aber er war sicher nicht das, was sie erwartet hatte. Ihm schaden? Auf gar keinen Fall. Sie wollte nur wissen, dass es ihm gut ging. Dass er zu einem normalen Mann mit einem normalen Leben heranwachsen würde. Der Arzt konnte ihr das allerdings wahrscheinlich nicht garantieren.

„Nein, das nicht", sagte sie leise.

Der Arzt nickte, setzte eine Markierung in Neils Akte und sagte: „Okay. Lassen Sie mich wissen, wenn sich in dieser Hinsicht etwas ändert. Ich kenne einen sehr guten Arzt, der sich auf emotionale Probleme nach der Geburt spezialisiert hat."

Alice schenkte ihm ein schmallippiges Lächeln und nickte. Sie kuschelte Neil eng an sich. Er spannte sich an, bevor er sich in ihren Armen entspannte, und dann legte er seinen kleinen Kopf auf ihre Schulter und schaute mit blauen, vertrauensvollen Augen zu ihr auf, die an ihrem Herzen zogen.

Der Arzt verließ das Zimmer, und Alice zog Neil seine kleinen

Kleidungsstücke wieder an. Sie konnte spüren, wie er sie musterte, also flüsterte sie: „Ich werde mich immer um dich kümmern.“

Er winkte mit einer Faust in ihre Richtung, und es sah fast so aus, als würde er lächeln.

Aber dann schrie er stattdessen wieder.

ERSTER TEIL

Kapitel 1

Mai 2018 – Scottsville, Kentucky

JOSHUA SAß AN einem kleinen Tisch in einer ruhigen Ecke von Earl G. Dumplins Diner. Es war ein ruhiger Tag, und nur wenige andere Tische waren besetzt. Sein Kaffee war fast zu kalt, und er überlegte, ob er aufstehen sollte, um die Kellnerin um Nachschub zu bitten, aber dann hätte er die Stapel von Papieren, die er auf seinem Schoß ausgebreitet hatte und die er nur gerade so balancierte, verschieben müssen.

Da war der Stapel auf dem Tisch vor ihm, der mit Stouder Lumber zu tun hatte, auf den er genau achten musste, weil er gerade dabei war, endlich alles von Papier auf Computer umzustellen, und das Holzversandgeschäft traf oft auf holprige Strecken, und das sowohl im wörtlichen als auch metaphorischen Sinne. Auf seinen Schultern lag eine Menge Verantwortung, seit er das Familienunternehmen übernommen hatte – und er hatte alles unglaublich schnell lernen müssen, nachdem sein Großvater Roger nur wenige Monate nach Neil gestorben war.

Sicher, Großvater Roger hatte allgemein zuverlässige Leute eingestellt gehabt, als Joshua das Geschäft übernahm, und viele von ihnen gehörten zu den Mennoniten des Ortes, aber das Geschäft selbst hatte die letzten sechs Jahre damit verbracht, in der Vergangenheit festzustecken. Zugegeben, das hatte jenen

Mitarbeitern gefallen, die sich gemäß ihrer Religion noch auf Pferde und Kutschen verließen, aber die Dinge mussten sich ändern, wenn sie profitabel bleiben sollten. Es war an der Zeit, dass Joshua das ganze Papier, mit dem sein Großvater alles erfasst hatte, in den Griff bekam und auf digitale Programme und Prozesse umstellte. Dazu gehörten auch tonnenweise alte Verträge, die mit juristischem Fachchinesisch über Lieferungen und Transport vollgestopft waren und sein Gehirn dazu brachten, ihm aus den Ohren laufen zu wollen, um der Langeweile zu entkommen.

Dann war da noch der Stapel auf seinem linken Knie. Der betraf die Neil-Russell-Stiftung für Fortgeschrittene Naniten-forschung, einschließlich der jüngsten Anträge auf Zuschüsse und Fördermittel. Die riesige Menge an Geld, die Neil Joshua nach seinem Tod hinterlassen hatte, war aus mehreren Gründen unerwartet gewesen.

Vor allem hatte er nicht gewusst, dass Neil sein Testament geändert hatte, um Joshua zum Begünstigten seines Nachlasses zu machen. Sie waren erst seit neun Monaten ein Paar gewesen, als Neil starb. Ihre Beziehung war noch nicht einmal intim geworden – was daran lag, dass Joshua ein launischer Junge vom Lande war, der in seiner verinnerlichten Homophobie schmorte, und Neil ein viel beschäftigter Forscher mit einer ausgeprägten Fähigkeit zu warten, bis Joshua „bereit" war.

Joshua hatte gewusst, dass sie sich liebten, er hatte es von ganzem Herzen geglaubt und bis in die Knochen gespürt, aber er hatte die Torheit der Jugend begangen: Er hatte auch geglaubt, dass sie Zeit hätten. Erst nach Neils Tod hatte er verstanden, wie viel er Neil bedeutet hatte. Die Erbschaft war ein ziemlicher Schock gewesen.

Zweitens hatte Neil immer sparsam gelebt. Seine Wohnung in Nashville war nichts Besonderes – offensichtlich, da er Joshuas Nachbar gewesen war – und seine Kleidung bestand aus einer Uniform aus schwarzen Jeans und schwarzen Hemden, die aussahen, als hätte er sie bei JCPenney oder sogar Walmart gekauft. Neil hatte Joshua einmal erzählt, dass seine verstorbenen Eltern aus der gehobenen Gesellschaft stammten und dass er in seiner Jugend angesehene Privatschulen besucht hatte. Aber er hatte nie wirklich in Zahlen ausgedrückt, was das bedeutete. Deshalb hatte Joshua immer angenommen, dass das Geld längst weg war, wahrscheinlich aufgebraucht, um Neils College und seinen Doktortitel zu bezahlen.

Erst als Neils Nachlass abgewickelt wurde, wurde klar, wie reich Neil tatsächlich gewesen war. Das alte Familienvermögen, das er von seinen Eltern geerbt hatte, betrug fast einhundert Millionen Dollar, dazu kamen Neils eigene Investitionen in experimentelle medizinische Technologie, die sich im Laufe der Jahre ausgezahlt hatten. Nach seinem tragischen Tod war alles in einem Treuhandfonds für die medizinische Nanitenforschung hinterlegt worden, zusammen mit der strikten Anweisung, dass Joshua dessen Leitung übernehmen und dafür ein recht ansehnliches Gehalt erhalten sollte.

Das hatte ihn fast so sehr schockiert wie Neils Tod selbst.

Aber Joshua nahm seine Position als Vorstandschef ernst und persönlich. Tatsächlich hatte man ihm in letzter Zeit vorgeworfen, er sei *zu sehr* involviert, was ihn zum Lachen brachte, denn natürlich war er „zu sehr involviert". Die Stiftung und ihr Vermögen waren schließlich alles, was ihm von Neil geblieben war. Er würde alles tun, was nötig war, um sicherzustellen, dass Neils Beitrag zur medizinischen Wissenschaft nie vergessen werden würde.

Unmittelbar nach dem Tod von Neil und seinem Großvater hatte Joshua entdeckt, dass der einzige Weg, seine Trauer zu überleben, darin bestand, so hart wie möglich zu arbeiten, und dann hatte er einfach nicht mehr damit aufgehört. In dem Stapel auf seinem rechten Knie befanden sich Anträge auf Fördergelder von medizinischen Nanitenforschungsorganisationen in so weit entfernten Ländern und Städten wie Hongkong und Indien, und er hatte vor, sie alle gründlich zu prüfen, bevor er sich in der nächsten Woche mit dem Rest des Vorstands traf, um sie zu besprechen.

Dennoch wurde er von *gewissen Leuten* ermutigt, seinen Griff zu lockern, alles an jemanden „Qualifizierteren" zu übergeben und sich auf etwas anderes zu konzentrieren. Aber Joshua hatte nicht die Absicht, das zu tun. Auch wenn Paul, sein ehemaliger Mitbewohner und bester Freund, dachte, er verliere sich in all dem.

Paul hatte auch gedacht, dass Joshua sich in Neil verlor, als dieser noch lebte. Aber wenn er sich damals wirklich in Neil verloren hätte, wären die Dinge zwischen ihnen anders gelaufen.

Ganz anders. Das Bedauern schmeckte bitter wie die Hölle.

Joshua nahm einen Schluck seines kalten Kaffees und blendete das Klingeln der altmodischen Registrierkasse neben der Tür aus, während er auf seinem Schoß einige Papiere von Stouder Lumber durchblätterte. Den Fremden, der das Diner betrat und mit Earl hinter dem Tresen sprach, bemerkte er kaum. Erst als der Mann sich direkt neben Joshuas Tisch stellte, blickte Joshua auf.

„Mr Stouder? Tut mir leid, wenn ich störe. Ein Mann in Ihrer Holzfirma sagte, Sie wären hier. Äh … haben Sie einen Moment Zeit?"

Joshua blickte in dunkelbraune, seelenvolle Augen unter einer zotteligen Mähne aus braunem, gewelltem Haar und konnte sich nicht dazu durchringen, zu sagen, dass er beschäftigt war. Nachdem sie sich einander vorgestellt hatten, bestand Joshua darauf, sich an den sauberen Tisch neben ihnen zu setzen, der nicht mit Papieren überladen war, damit sie sich auf gleicher Augenhöhe unterhalten konnten.

Lee Fargo bewegte sich mit Anmut, trotz der vernarbten Spuren früherer Verbrennungen. Sie kletterten über seine entblößten Unterarme und unter sein Hemd, dann die rechte Seite seines Halses hinauf und hörten knapp unter seinem Kinn auf, als ob eine Art Gnade sein Gesicht verschont hätte.

Joshua schluckte schwer, als Lee seine Geschichte erzählte. Es war nicht das erste Mal, dass sich ein Spendenempfänger an ihn gewandt hatte. Eine Frau, die eine von Neils Nieren erhalten hatte, hatte ihn per E-Mail kontaktiert, und sie hatten eine lange Korrespondenz über die Hoffnung geführt, die ihr zuteilgeworden war, besonders angesichts der zu erwartenden medizinischen Durchbrüche in der Naniten-Nephrologie. Er hatte Dankesbriefe von einer Reihe von Menschen erhalten: Eltern einiger Kinder, die etwas von Neils Haut erhalten hatten, eine Frau, die mit einer von Neils Netzhäuten ihr Augenlicht wiedererlangt hatte, und ein junger Mann, der Neils intakte Lunge bekommen hatte. Es war immer überwältigend. Aber dies war der erste Empfänger, der ihn persönlich aufgesucht hatte, und Joshua wusste nicht, was er sagen sollte.

Also hörte er einfach zu.

Lee war in ein Feuer geraten, als er im Haus seiner Schwester gewesen war. Er hatte Verbrennungen an über sechzig Prozent seines Körpers erlitten, nachdem er zurück ins Haus gelaufen war, um seinen Neffen zu retten, den das Feuer im oberen Schlafzimmer gefangen hatte. Sein Neffe hatte nicht überlebt, und Lee selbst hatte es kaum geschafft.

„Danke", sagte Lee, streckte die Hand aus und legte sie über Joshuas Finger, die den Henkel seiner Kaffeetasse umklammerten. „Ich kann mir nur vorstellen, wie schwer es für Sie war, Ihren Partner zu verlieren. Jemand wie Dr. Russell muss etwas ganz Besonderes gewesen sein."

„Er war wirklich einzigartig", sagte Joshua, schluckte die Traurigkeit herunter und wählte stattdessen ein Lächeln.

„Ja? Erzählen Sie mir von ihm", sagte Lee und lehnte sich wieder zurück. „Ich würde gern mehr über den Mann erfahren, dem ich meine Haut zu verdanken habe."

Neils Haut. Joshua wollte die Hand ausstrecken und sie berühren, obwohl er wusste, dass angesichts der Geschwindigkeit, mit der sich Zellen erneuerten, die Menge an Haut auf Lees Körper, die noch Neil gehörte, vernachlässigbar war.

„Nun, er war manchmal ein Idiot", sagte Joshua ehrlich. „Er war intensiv, arrogant und von der Mentalität her zu sehr vom Norden geprägt, als dass die meisten von uns guten alten Südstaatlern damit hätten umgehen können." Er rümpfte die Nase und versuchte, spielerisch zu wirken, aber er wusste, dass seine Trauer durchschimmerte.

„Aber Sie haben ihn geliebt, oder?" Lees braune Augen waren dunkel und ernst. Joshua konnte nicht anders, als ihn gut aussehend zu finden, selbst mit den Narben, die seinen Hals zierten. „Also muss er doch ein paar gewinnende Qualitäten gehabt haben."

„Gewinnen", sagte Joshua leise. „Ja, gewonnen hat er gerne."

„Also ehrgeizig?"

„Ehrgeiz trifft es nicht so richtig. Er hat auch üblicherweise gewonnen." Joshua verstummte und spürte, wie die Dunkelheit anschwoll.

„Bei?"

„Bei allem."

Und dann war da noch jenes letzte Mal. Als er um der Liebe willen versuchte, einen aussichtslosen Kampf zu gewinnen. Und verlor.

„Es tut mir leid", sagte Lee und zog sich zurück. „Ich wollte Ihnen keine Schmerzen zufügen. Es war egoistisch, zu viel zu verlangen. Ich hätte nachdenken sollen." Er deutete mit dem Daumen über seine Schulter. „Ich werde einfach …"

Joshua streckte die Hand aus und berührte Lees Unterarm, um ihn am Aufstehen zu hindern. Die Haut war glatt und uneben unter seinen Fingerspitzen. „Nein, bitte. Bleiben Sie. Ich möchte Ihnen von ihm erzählen, wenn Sie es noch hören wollen."

„Aber natürlich", antwortete Lee und setzte sich wieder hin. „Deshalb bin ich ja hier."

Joshua nickte und winkte dann eine Kellnerin heran. „Zuerst bestellen wir Ihnen einen Kaffee."

„Das ist nett. Danke schön."

Oktober 2010 – Nashville, Tennessee

DAS HÄMMERN AN der Tür hörte nicht auf.

Joshua wickelte sich das Handtuch um die Hüften und stürzte ins Wohnzimmer der Wohnung, die er sich mit Paul teilte. Er packte Magic am Nacken und riss die Tür ruckartig auf, außer Atem und noch ganz nass.

Joshua hatte schon früher bemerkt, dass ihr Nachbar auf eine verklemmte, professorale Art gut aussah. Das heißt, wenn ein dünner, verklemmter Professor mit kurzen, dunklen Locken gleichzeitig ein heißer, sexy, ganz in schwarz gekleideter, dominanter Typ mit einem permanent finsteren Gesicht sein konnte. Und in Anbetracht des scharfen Blicks und des angespannten Kiefers, dem sich Joshua gegenübersah, als er die Tür aufriss, war dieser Typ der Beweis dafür, dass ein Professor sehr gut beides verkörpern konnte.

Sein ganzer Körper vibrierte wie elektrisiert, als er eine Begrüßung stammelte. Aber die Grimasse und der Zorneslaut des Mannes, als Magic sich aus Joshuas Griff befreite und ihm gegen die feste Brust sprang, wischte jeden Anflug von Charme schnell weg.

„Ihr Hund ist eine Zumutung!", rief der Mann unter dem Ansturm von Magics eifriger Zunge und ihren Pfoten. Auf ihren Hinterbeinen war Magic fast so groß wie er selbst, was hieß, dass er etwa 1,70 m maß, und selbst klatschnass brachte er sicher nicht mehr als 60 Kilo auf die Waage. Nur ein paar Pfund mehr als Magic selbst.

Joshua versuchte, nach ihr zu greifen, aber es gelang ihm nicht, mehr als eine Handvoll haarendes Fell zu erwischen. „Es tut mir leid. Lassen sie mich nur … Magic! Runter! Komm schon, Mädchen! Rein!" Er stürzte sich auf seinen blöden Hund und versuchte, sie von dem Mann zu trennen.

Dabei aber verlor er sein Handtuch. Mit kalter Luft an diversen baumelnden Körperteilen und einer sich windenden, glücklichen Hündin, die sich an ihm rieb und versuchte, zu ihrem neuen Freund zurückzukehren, schaffte er es, die Wohnungstür wieder zu öffnen, Magic in die Wohnung zurückzuschieben und ihr die Tür vor der Nase zuzuschlagen.

„Netter Hintern", sagte der Typ und wischte sich Hundehaare von seinem schwarzen Hemd und seiner Jeans.

Hektisch sammelte Joshua das Handtuch vom Boden auf. Seine nasse Haut kribbelte vor heißer Verlegenheit, als er sich das Handtuch wieder um den Körper wickelte und den Mund öffnete, um eine weitere Entschuldigung zu stammeln. Magic bellte scharf. Einmal. Zweimal. Dreimal.

„Und genau das meine ich", knurrte der Mann. „Dieses Gekläffe."

Joshua band sich das Handtuch wieder um die Taille, keuchend und schwitzend von der Anstrengung, die er aufgewendet hatte, um seinen idiotischen Hund vom Nachbarn runter und zurück durch die Tür zu bekommen. Schlimmer noch, seine feuchte Haut war jetzt mit kurzen, dunklen Hundehaaren bedeckt, sodass seine Dusche völlig umsonst gewesen war. Wahrscheinlich würde er jetzt auch noch zu spät zur Arbeit kommen. Er stöhnte, Demütigung brannte ihm auf den Wangen, und er fuhr sich mit der Hand durchs Haar. „Tut mir leid. Es tut mir so leid. Wegen meines Hundes und … und wegen meines Hinterns."

„Der Hintern stellt kein Problem dar", sagte der Mann. „Aber der Hund …"

Joshua ignorierte das, wischte sich mit einer Hand über die schweißfeuchte Oberlippe und fuhr fort: „Sie ist nur ein großer Welpe und noch nicht einmal ein Jahr alt. Ich habe sie letzten Monat adoptiert und …"

„Ich weiß verdammt gut, wann Sie sie adoptiert haben, denn da verwandelten sich meine ruhigen Abende zu Hause in eine albtraumhafte Symphonie aus Hundegejaule, Bellen und regelrechtem Heulen." Der Mann starrte ihn so hart an, dass Joshua befürchtete, seine ohnehin schon angespannte Haut könnte sich ablösen.

„Oh. Ich, äh, na ja." Joshua hielt sein Handtuch fester. „Mein Mitbewohner und ich arbeiten meistens nachts und …"

„Und nach dem, was mir Mrs Saunders von gegenüber heute Morgen an den Briefkästen erzählt hat, bellt Ihr Hund auch den ganzen verdammten Tag." Der Mann hob eine strenge Braue.

„Tut sie das?"

Der Mann verschränkte die Arme vor der Brust. „Wo sind Sie den ganzen Tag, dass Sie das nicht wissen?"

„Schule?"

„Sie sind auf dem College?"

„Ja."

„Und Ihr muskelbepackter Mitbewohner, den ich rein- und rausgehen sehe? Wo ist er denn tagsüber?"

„Auch Schule."

„Und ihr beide hieltet es für eine tolle Idee, euch einen Welpen anzuschaffen, hm?"

„Nun …" Paul hatte Magics Adoption eigentlich nicht befürwortet, und er war in der Hinsicht auch keine große Hilfe, selbst wenn er zu Hause war. Aber das wollte Joshua jetzt nicht zugeben. Er hielt sein Handtuch noch etwas fester umklammert.

Der Mann hob eine Augenbraue und fuhr fort. „Ein großer, stämmiger Welpe, der Aufmerksamkeit und Bewegung braucht. Das Bildungssystem ist miserabel, ich weiß, aber Sie sind ein Junge vom Land, nicht wahr?" Er blickte an Joshua auf und ab, als könnte er jede einzelne auf der Farm verbrachte Stunde in den Muskeln seines Körpers lesen. Er leckte sich über die Lippen, verlagerte sich auf den anderen Fuß und räusperte sich. „Das hättest du besser wissen müssen."

Joshua starrte den Mann an. Sprachlos und sich der Art und

Weise bewusst, wie sein Schwanz auf die unglaublich offensichtliche Art regierte, mit der der Mann ihn begutachtet hatte und ihn jetzt mit „du" ansprach. Er erschauderte. Er hatte sich sehr bemüht, nicht mehr solche Gedanken über Männer zu haben. Wirklich. Aber nur ein Blick dieses gebieterischen, etwas älteren Mannes ließ Joshuas Eier kribbeln. Er biss sich auf die Unterlippe und versuchte, seine Reaktion zu unterdrücken, bevor sie furchtbar offensichtlich wurde.

Der Mann seufzte, kniff die Haut zwischen den Augenbrauen zusammen und winkte in Richtung von Joshuas Wohnungstür. „Du könntest mich hereinbitten?"

„Äh, warum?" Bilder von dem Mann, der Joshua das plötzlich viel zu kleine Handtuch abzog und sich auf die Knie fallen ließ, schossen ihm wild durch den Kopf. Er unterdrückte ein Wimmern.

Die Brauen des Mannes sprangen bis zu seinem Haaransatz, als wäre Joshua ein Vollidiot. Doch dann seufzte er schwer und rollte mit den Augen. „Ich schätze, ich sollte mich zuerst vorstellen. Ich bin Neil Russell, dein unmittelbarer Nachbar. Ich bin auch derjenige, der im Moment zwischen dir und dem Verbleib in diesem Mietshaus oder dem Rauswurf wegen Verstößen gegen den Haustierparagrafen der Hausordnung steht." Er schnitt eine Grimasse. „Also, wenn du mich reinlässt, habe ich ein paar Vorschläge zu deiner Hundesituation."

Joshuas Schwanz verdickte sich, als er Neils Mund betrachtete – weich, aber auch hart, als würde er jedes Wort bedächtig und präzise formen, ohne Gnade oder Nachsicht. Er fragte sich, was so ein Mann wohl im Bett machte. Nicht, dass er jemals zuvor einen Mann im Bett gehabt hätte. Weder einen weichen, noch einen harten, noch einen Mann in seinem eigenen Alter. Niemals. Nicht in seinem Bett, und auch nirgendwo sonst. Aber er wollte wissen, wie dieser Mann wäre, wenn er sich ihn schmiegte, ihn präzise auseinandernahm als er …

Himmel! Er musste seinen Verstand aus der Gosse holen.

Neil seufzte erneut. „Hallo? Darf ich reinkommen? Oder wäre es dir lieber, wenn ich dich in meine Wohnung einlade? Oder soll ich die Wohnungsverwaltung anrufen und dich rauswerfen lassen?"

Joshua schnappte nach Luft.

Neil blinzelte irritiert. Joshua hatte nicht einmal gewusst, dass man so etwas tun konnte. Er legte einen Daumen auf ein Auge und drückte sanft darauf, dann sagte er in einem freundlicheren Ton: „Ich dachte, es wäre vielleicht besser, meine Vorschläge mit dir in deiner Wohnung zu besprechen, wo du dir etwas anziehen kannst. Aber wenn du darauf bestehst, hier im Flur zu plaudern, während du in nichts als einem Handtuch dastehst, ist mir das auch recht."

„Nein, nein, du hast recht. Ähm, komm rein." Joshua wandte sich wieder der Tür zu, und sein Magen schlug wilde Purzelbäume. „Aber ich kann nicht versprechen, dass Magic sich nicht wieder auf dich stürzt."

Der Mann rollte mit den Augen, die, wie Joshua plötzlich feststellte, hell und durchdringend blau waren. „Geh voran."

Mai 2018 – Scottsville, Kentucky

„UND WAS IST danach passiert?", fragte Lee, und seine dunkelbraunen Augen tanzten vor Belustigung. Joshua hatte nicht erzählt, wie er an jenem ersten Morgen im Flur körperlich auf Neil reagiert hatte, aber seine missliche Lage, nur mit einem Handtuch bekleidet zu sein, war immer noch lustig. Besonders der Teil, in dem er es verlor.

„Er kam herein, ich zog mich an, und dann bekam ich gute zehn Minuten lang zu hören, wie idiotisch es sei, dass zwei Collegestudenten mit Nachtjobs einen Hund wie Magic adoptieren. Da musste ich ihm recht geben."

„Hat er verlangt, dass du sie abgibst?" Lee hatte lange, spitz zulaufende Finger, von denen einige auch vernarbt waren, und er trommelte damit gegen den Rand seiner Kaffeetasse, während sie sprachen.

„Nein. Nicht wirklich." Joshua lachte leise vor sich hin. „Wie sich herausstellte, war er ein riesiger Softie, wenn es um Hunde ging und, nun ja, um Tiere aller Art. Menschen nervten ihn, aber Tiere lagen ihm am Herzen. Er war sogar Vegetarier und weigerte sich, seine Nanitenforschung an Tieren durchzuführen – worauf ich bis heute bestehe."

„Er war ein Nanitenforscher?" Lees Stimme stieg vor Interesse um eine Oktave an. Joshua wusste, dass die Nachrichten kürzlich über einige Fortschritte bei der Zellreparatur durch Naniten berichtet hatten. Er hatte sogar einige dieser Interviews darüber gemacht, da Neils Stiftung so viel davon finanziert hatte. In ein paar Jahren könnten Naniten in der Lage sein, die Oberfläche von Lees Narben zu verändern.

„Das war er. Einer der Besten." Joshua schluckte den Kloß in seinem Hals hinunter und sprach weiter. „Wie auch immer, nein, er wollte nicht, dass ich Magic abgebe. Stattdessen hat er sich mit ihr angefreundet, während ich mich anzog, und als ich wieder ins Zimmer kam, hatte er ihr im Grunde genommen das Sitzen beigebracht. Etwas, woran ich wochenlang gescheitert war. Er war erstaunlich gut in solchen Dingen."

„Hunde wissen, ob jemand ein guter Mensch ist", sagte Lee mit einem zärtlichen Lächeln, das sich an Joshua festhielt wie ein Haken.

„Ja. Und Magic hat ihn von Anfang an angebetet." Er erwiderte Lees Lächeln mit schmalen Lippen. „Am Ende hat er mir einen Vorschlag gemacht, den ich fast abgelehnt hätte, weil ich noch nicht begriff, wie sein Verstand funktionierte. Er war schroff und ungeduldig zu mir – eigentlich zu allen Menschen – und ich fragte mich, ob er irgendwelche finsteren Pläne für Magic hatte, weil es zu schön war, um wahr zu sein."

Joshua ließ seine Gedanken zu jenem Moment in seiner alten WG zurück schweifen. Neil auf dem Sofa mit Magic, umgeben von Pauls Bierflaschen und dem Gerümpel zweier junger Männer, die zum ersten Mal von zu Hause weg zusammenlebten. Magic hatte sich an Neils Hand gekuschelt, und er hatte ihr sein erstes Lächeln geschenkt – hell, sanft und überraschend. Joshua seufzte. „Aber sie kuschelte sich an seine Seite, und er streichelte sie mit dieser Sanftheit, die mir unter die Haut ging …" Er schluckte wieder und befürchtete, dass er diesmal sicher weinen würde.

„Hat er angeboten, mit ihr zu helfen?"

„Ja. Er bot an, sie zu trainieren, sie morgens mit zum Laufen zu nehmen, bevor er zur Arbeit ging, und sie nachts in seiner Wohnung zu behalten, wenn Paul und ich weg waren. Im Gegenzug mussten Paul und ich für ihr Futter und die Tierarztrechnungen aufkommen, und was dabei herauskam? Magic war Neils Hund. Sie lebte im Grunde dort, und wir kümmerten uns nur um sie, wenn Neil nicht konnte." Er lachte. Dann wischte er sich über die Augen. „Natürlich war es Magic, die …" Er schüttelte heftig den Kopf. „Es tut mir leid. Ich kann nicht darüber reden."

Lees Augen wurden weicher. „Wie er gestorben ist?"

Joshua schüttelte wieder den Kopf. „Ich kann nicht." Seine Stimme war rau.

„Nein, natürlich nicht. Das wollte ich auch nicht. Danke für alles, was Sie mir heute erzählt haben. Macht es Ihnen etwas aus, wenn wir jetzt einfach zusammen einen Kaffee trinken? Und über andere Dinge reden?"

Joshua schenkte ihm ein wässriges, dankbares Lächeln, und er bemerkte wieder, wie warm und fürsorglich Lees Augen waren, und er erlaubte sich, die Hand auszustrecken, um Lees zu ergreifen.

Kapitel 2

„DA IST JOSHUA." Neil hörte auf, mit dem alten Handy zu spielen, das Alice ihm zum Auseinandernehmen gegeben hatte, und zeigte auf den Fernsehbildschirm. „Er ist wieder in den Nachrichten."

Sie studierte Neils Gesicht, als er mit leicht geöffnetem Mund auf den an der Wand montierten Flachbildschirm starrte. „Er sieht traurig aus", sagte Neil, und die Sorge ließ seine ohnehin schon schroffe kleine Stimme noch schroffer klingen. „Ich will nicht, dass er traurig ist."

Alice wusste, wer auf dem Bildschirm zu sehen war, ohne hinzusehen. Joshua Stouder, ein Mann in ihrem Alter, aus Scottsville, Kentucky. Neil war erst fünf oder so gewesen, als sie Joshua Stouder zum ersten Mal in den nationalen Nachrichten sahen. Er hatte über eine Art medizinische Forschung gesprochen, die seine Stiftung finanzierte. Er behauptete, sie hätte das Potenzial, die Behandlung von traumatischen Verletzungen für immer zu verändern. Es ging um den Einsatz von winzigen Robotern, Naniten genannt.

Alice verstand die Details nicht wirklich, und es interessierte sie auch nicht, aber der kleine Neil hatte seine Bausteine im Stich gelassen und war aufgestanden. Er hatte auf den Bildschirm an der

Wand gezeigt und gesagt: „*Das* ist Joshua", mit einer Stimme, die mehr Ehrfurcht enthielt, als sie je zuvor von ihm gehört hatte. Er war schon immer ein Kind gewesen, das alltägliche Wunder nicht nur langweilig, sondern auch ziemlich lästig zu finden schien.

Damals hatte sie das erstaunt und sogar amüsiert. Neil hatte schon lange von jemandem namens Joshua gesprochen. Tatsächlich war eines der ersten Dinge, die er ihr mitgeteilt hatte, als er erst etwa dreizehn Monate alt war, „Ich will Joshua." Sie hatte ihn gefragt, wer Joshua sei, und er hatte sie angestarrt, als wäre sie dumm, und mit seinen winzigen Schultern in einer Geste gezuckt, die für ein Baby erschreckend erwachsen war.

Als er ihr immer wieder von Joshua erzählte, meist in beiläufigen Kommentaren, manchmal auch mit einem wehmütigen Seufzer und der Ankündigung, dass er Joshua *vermisse*, hatte sie sich Sorgen gemacht, dass sein imaginärer Freund vielleicht gar nicht so imaginär war. Aber sie war nicht in der Lage gewesen, zu ergründen, wo Neil einem Mann begegnen könnte, der so aussah, wie er ihn beschrieb. Tagsüber war sie mit ihm zu Hause und behielt ihn genau im Auge, wenn sie rausgingen.

Trotzdem hatte sie einen Nachbarn kommen lassen, um Schlösser an Neils Schlafzimmerfenster anzubringen, nur für den Fall. So sehr war ihre Paranoia außer Kontrolle geraten. Was, wenn sich jemand an ihrem Sohn vergriff? Darüber hatte sie sich endlos Sorgen gemacht, obwohl Neil sie nur verärgert angeblickt hatte, als sie ihn fragte, ob Joshua ihn jemals besuchte, wenn sie nicht im Zimmer war, oder nachts durch sein Fenster hereinkam.

Aber als sie an dem Tag, als Neil fünf Jahre alt gewesen war, auf den Bildschirm geschaut hatte, war sie schockiert gewesen, einen Mann namens Joshua Stouder zu sehen, der der Person, von der

Neil ihr erzählt hatte, verblüffend ähnlich sah. Eine schnelle Internetsuche förderte noch mehr Einzelheiten zutage, die zu genau passten, als dass es sich um einen einfachen Zufall hätte handeln können.

Ganz zu schweigen von dem erschreckendsten Detail von allen: Joshua Stouder war mit einem Nanitenforscher an der Vanderbilt University liiert gewesen, einem Mann namens Neil Russell. Ein Mann, der auf Fotos ihrem eigenen kleinen Neil mehr als nur ein wenig ähnelte. Es war gruselig, und sie hatte in jener Nacht kaum geschlafen, so sehr hatte sie das beschäftigt.

Am nächsten Tag hatte sie ihre Freundin Marie, ebenfalls Soldaten-Ehefrau, gefragt: „Glaubst du an Reinkarnation?"

Marie hatte gelacht. „Ja, und an Tarotkarten und Astrologie. Oh, und außerdem kann ich die Zukunft an den Flecken auf meinem Klopapier ablesen, nachdem ich mir damit den Hintern ab-gewischt habe."

Danach hatte Alice nie wieder jemandem gegenüber von Reinkarnation gesprochen. Trotzdem blieb der Gedanke hängen. Vor allem, weil es Alice unruhig machte, wie Neil über Joshua sprach, als ob er ihn kennen würde. Und einige der anderen Dinge, die er sagte – Dinge über Medizin, Boston und Naniten – ließen sich auch nicht erklären, aber es waren alles Dinge, von denen ihr ihre Nachforschungen sagten, dass Dr. Neil Russell darüber eine Menge gewusst haben musste.

Jetzt sah Alice Joshua wieder einmal auf dem Bildschirm. Es war das vierte Mal in ebenso vielen Tagen, dass er in den Nachrichten erschien. Er sprach allerdings nicht, sondern saß nur im Gerichtssaal und sah abwechselnd traurig und wütend aus. Seine Arme waren über der Brust verschränkt, und sein Blick verließ selten den

Hinterkopf des Angeklagten. Ein gewisser Beau Allen aus Bowling Green, Kentucky stand vor Gericht, weil er einen Lastwagen der Firma Stouder Lumber sabotiert und damit einen Unfall auf der Autobahn verursacht hatte, bei dem eine Frau ums Leben gekommen und ihr Mann gelähmt worden war.

Die Reporter gaben an, dass Mr Joshua Stouder in der Hoffnung anwesend war, den Richter davon zu überzeugen, die Vereinbarung, die der Angeklagte anbot, nicht zu akzeptieren. Ein dunkeläugiger Reporter mit Brille sagte: „Mr Joshua Stouder gibt zu Protokoll, dass Mr Allen ein gefährlicher, labiler Mann ist, der einen Monat vor der Sabotage des Lkws von Stouder Lumber entlassen wurde. Durch diese Sabotage konnten die Baumstämme frei auf die Straße rollen. Er glaubt nicht, dass Mr Allen sich gebessert hat und dass er im Falle seiner Entlassung weiterhin eine Gefahr für die Öffentlichkeit darstellt."

Alice hoffte, dass Joshuas Aussage im Zimmer des Richters stattfinden würde, sonst würde Neil darauf bestehen, dass sie es auf dem Computer speicherten, damit er es sich immer wieder ansehen konnte. Sie hatte das Interview, das Joshua einer Sendung namens *Louisville Now* über die Neil-Russell-Stiftung und ihre Forschung an Naniten gegeben hatte, praktisch auswendig gelernt. Es war ein einfacher kleiner Beitrag, aber Neil hatte ihn sich mindestens hundertmal angesehen, und Alice hatte fast den Verstand verloren.

Neil hatte das Interview durch einige Suchprotokolle entdeckt, die er auf dem Computer installiert hatte, damit sie ihn benachrichtigten, wenn Joshua Stouder in der Presse, im Film oder irgendwo online auftauchte. Jim hätte sie dafür umgebracht, dass sie Neil überhaupt den Computer hatte benutzen lassen, aber sie konnte Neil nicht davon abhalten, so zu sein, wie er war, und so versuchte sie schlicht, den Schaden so gering wie möglich zu halten. Neil war allerdings so verdammt schlau, dass „der Schaden" überraschenderweise nicht existierte.

Alice versuchte, die meisten von Jims Wünschen in Bezug auf Neil zu erfüllen. Sie hatte das Gefühl, dass sie ihm das schuldete, weil er nach Marshalls Tod eingesprungen war, ihr ein Zuhause und ein Auskommen gegeben hatte und für Marshalls Sohn ein Vater war. Und Jim hatte eindeutig das Gefühl, dass sie ihm etwas schuldete, angesichts der Häufigkeit, mit der er es in den letzten sechs Jahren angesprochen hatte, wenn sie sich stritten.

Er hatte ihr ziemlich schlimme Dinge vorgeworfen und eine Menge Hintergedanken, wann immer er getrunken hatte. Aber die Wahrheit war, dass sie ihn aus Verzweiflung geheiratet hatte, und er sie aus dem unangebrachten Wunsch heraus, der Held zu sein. Er hatte Marshall nicht vor dem Sprengsatz retten können, aber er hatte Marshalls Freundin und sein Baby vor der Armut bewahrt. Seine Beweggründe waren gut gewesen. Seine Ausführung weniger. Und die Realität war schlicht, dass sie als Familie nicht gut zusammenpassten.

Das hatte sie einmal zu Jim gesagt, als Neil drei Jahre alt gewesen war, und das war keine schöne Szene gewesen. Sie fühlte sich immer noch gedemütigt, wenn sie daran dachte, dass die Nachbarn wahrscheinlich mitgehört hatten, wie er sie anschrie und was er alles gesagt hatte.

Besonders über Neil.

Neil war von Anfang an ein seltsames Kind gewesen. Er war nie pummelig oder süß, sondern immer irgendwie mager und über *alles* empört, als wäre er wütend darüber, überhaupt auf die Welt gekommen zu sein. Manchmal fühlte sich Alice deswegen schuldig, auch wenn sie nicht wusste, warum. Es war nicht so, dass sie ihn für irgendetwas in der Welt hergegeben hätte, aber ihr war immer klar, dass er lieber irgendwo anders wäre. Da er aber ein Kind war, hatte Alice keine Ahnung, wo das sein sollte.

Dann war er … nun, frühreif war nicht einmal das richtige Wort dafür. Er sprach seinen ersten Satz mit knapp einem Jahr und danach gab es kein Halten mehr. Er klang wie ein seltsamer, aggressiver kleiner Professor, der im Körper eines Kleinkindes gefangen war. Die meisten Leute nervte das und Jim machte es wütend. „Sag dem Jungen, er soll die Klappe halten!", hatte er ihr eines Abends gesagt. „Ich brauche keine verdammte Göre, die mich belehrt."

Sie hatte nicht gewusst, was sie tun sollte. Auf keinen Fall konnte sie von Neil verlangen, etwas anderes zu sein als das, was er war, aber Jim hatte es gehasst, von einem Kind gedemütigt zu werden. Natürlich sah er das so, was einfach nur lächerlich war, aber so war es halt. Sie atmete auf, als Jim wieder im Einsatz war, und fürchtete sich jedes Mal, wenn er zurückkehrte.

Sie spürte immer noch die kalte Hand der Panik, die sie ergriff, wenn sie sich an Jims letzten zweiwöchigen Besuch zu Hause erinnerte. Er hatte ein Loch in die Wand geschlagen und sie viel fester am Arm gepackt, als sie zugeben wollte – und das nur, weil der sechsjährige Neil das neue Touchscreen-Handy auseinandergenommen hatte, das Jims Mutter ihnen zu Weihnachten geschenkt hatte. Neil hatte es geschafft, es aufzuhebeln, und war dabei, die Schaltkreise zu untersuchen, als Jim hereinkam und ihn dabei erwischte.

„Hast du eine Ahnung, was das gekostet hat?", schrie er.
Neil starrte zu ihm hoch, das kleine Gesicht unerschütterlich.

„Ich kann es reparieren." Er klang so sicher, ruhig und doch völlig von Jim irritiert.

„Alice!", brüllte Jim. „Sieh dir an, was dein Sohn getan hat!"

Alice versuchte, ihn zu beschwichtigen, indem sie sagte: „Gib es ihm einfach, Jim. Er kann es wieder zusammensetzen."

„Es wieder zusammensetzen? Er hat es kaputtgemacht."

Dann packte Jim Alice am Arm und daran gezerrt. Aus dem Augenwinkel sah sie, wie Neil aufstand, und sie schüttelte den Kopf. Er starrte sie mit blinzelnden, intensiven Augen an und sah aus, als könnte er jeden Moment einen Schritt nach vorne machen. Das war das Letzte, was sie wollte.

„Scheiße!", schrie Jim und schlug gegen die Wand, wobei er ein Loch hinterließ. Er stampfte aus dem Haus und nahm das Touchscreen-Handy mit.

„Idiot", stellte Neil mit seiner kleinen, schroffen Stimme fest. „Ich war gerade dabei, es zu reparieren."

Alice brach in Tränen aus, was Neil zu erschrecken schien. Er kam zu ihr herüber, wobei seine knochigen Beinchen aus den Shorts ragten, und streckte die Hand aus. Sie wischte sich übers Gesicht und sagte: „Nicht, Neil. Tu's einfach nicht."

Er schien zu verstehen und ließ die Hand sinken, blickte auf seine bestrumpften Füße hinunter und schüttelte den Kopf, als wäre er sich immer noch sicher, dass Jim ein Idiot war, und Alice konnte nur zustimmen.

Das war vor sechs Monaten gewesen, und wenn sich nicht etwas änderte, machte sich Alice Sorgen, wie sie zurechtkommen würden, wenn Jim für immer zurückkehrte. Sie hatte mehr als eine lange Nacht damit verbracht, sich zu fragen, ob es vielleicht einen Weg gab, es allein zu schaffen. Eine alleinerziehende Mutter zu sein würde hart sein, daran bestand kein Zweifel, besonders mit einem Kind wie Neil – er sah nicht aus wie ein Sechsjähriger, sprach nicht wie ein Sechsjähriger und verhielt sich nicht wie ein Sechsjähriger –, aber das musste immer noch besser sein, als um ihre Sicherheit zu bangen.

Nachdem Marshall gestorben war … nun, Jim hatte alles gesagt, was sie hatte hören wollen. Er versprach ihr alles Glück der Welt und ein Zuhause für sie und das Baby. Alice dachte immer noch, Jim hätte jedes Wort davon ernst gemeint. Aber dann war Neil geboren worden, und er war nicht das, was Jim von einem Sohn erwartet hatte. Leider war Jim nicht die Art von Mann, die damit umgehen konnte.

Eines Tages würden sie gehen müssen, und das bald, das wusste Alice.

Die Nachrichtensendung schaltete vom Fall Stouder Lumber zu einem Bericht über einige Marken von Säuglingsnahrung, die aufgrund von Bakterienbefall zurückgerufen worden waren.

Neil drehte sich zu ihr um, seine blauen Augen auf ihr Gesicht gerichtet. Sein Ausdruck war intensiv, so wie immer, wenn er an Joshua dachte. Plötzlich lächelte er. „Joshuas Mutter hatte auch braunes Haar", sagte Neil und lehnte sich gegen Alices Schulter, um ihr Haar mit seinen kleinen Fingern zu berühren. „Ich habe sie nie kennengelernt. Aber ich weiß, dass sie anders war als du. Sie hat ihm gepredigt, dass Schwulsein eine Sünde ist. Ich bin froh, dass du nicht so bist."

Alice lächelte traurig und küsste ihn auf die Stirn. „Homosexuell zu sein ist schön. Alle Liebe ist schön", versicherte sie ihm.

Neil nickte, seine Lippen bildeten eine dünne Linie. „Eigentlich ist Liebe gemein." Dann küsste er sie auf die Wange und sagte:

„Aber du bist okay. Ich mag dich."

Nun, wenn das kein großes Lob von ihrem Sohn war, dann wusste sie es auch nicht. Und obwohl sie wusste, dass es nicht die Küsse und endlosen „Ich liebe dichs" waren, die sie sich während ihrer Schwangerschaft vorgestellt hatte, reichte ihr Neils Anerkennung.

EINE WOCHE SPÄTER tauchte Marie mit den Zwillingen im Schlepptau bei ihnen zu Hause auf und heulte sich die Augen aus. Neil mochte weder Marcus noch Meredith, obwohl sie gleich alt waren, denn sie wollten Bälle werfen oder so tun, als wären sie Dinge und Menschen, die sie nicht waren, was, wie Neil Alice erklärt hatte, dumme Spiele waren und, was noch wichtiger war, reine Zeitverschwendung.

Der einzige Grund, warum er überhaupt zustimmte, zu ihrem Haus zu gehen, war, um mit ihrem Hund Rocco zu spielen, einem stinkenden alten Jagdhund, den Neil anbetete. Leider war Alice allergisch gegen Hunde und Katzen, denn sonst wäre sie der Meinung gewesen, dass es Neil hätte guttun können, einen Hund um sich zu haben, da er es so schwer hatte, menschliche Freunde zu finden.

Alice versuchte, Neil vom Küchentisch zu vertreiben, wo er an einem kleinen Roboter arbeitete, den er aus ein paar alten, ausrangierten Handys und einer oder zwei Fernbedienungen sowie ein paar Legosteinen gebaut hatte, die sie bei Goodwill für nur einen Dollar erstanden hatte. Sie sagte ihm, er solle mit Maries Kindern spielen gehen, aber er schaute grimmig zu Marcus und

Meredith und warf Alice nur einen Blick zu, bevor er sich entschlossen wieder seiner Arbeit zuwandte.

Alice seufzte, strich sich die Haare aus den Augen und schickte Marcus und Meredith ins andere Zimmer, um sich Zeichentrickfilme anzuschauen, während sie eine Kanne Kaffee für Marie kochte, die zu heftig weinte, um zu sprechen.

„Ist es wegen Danny?", fragte Alice leise. Sie wusste nur zu gut, wie es sich anfühlte, schlechte Nachrichten zu bekommen.

Marie schüttelte den Kopf, schnäuzte sich lautstark in ein Papiertuch und sagte: „Nein. Meine Mutter."

Neil seufzte schwer, als nerve ihn Marie, weil sie an seinem Tisch saß, und Alice gab ihm einen leichten, warnenden Klaps auf den Hinterkopf, als sie vorbeiging, um Marie ihren Kaffee zu bringen.

„Es ist diese Geschwulst in ihrer Brust", heulte Marie.

„Krebs?", fragte Alice.

Marie schnüffelte. „Nein, es ist ein Tumor, sehr groß, haben sie gesagt. Aber wahrscheinlich kein Krebs. Gott sei Dank. Aber trotzdem …"

Da blickte Neil mit Interesse in den Augen auf. „Wo befindet er sich?"

Marie blickte in seine Richtung, überrascht, von Neil angesprochen zu werden. Alice konnte es ihr nicht verdenken. Neil ignorierte Marie normalerweise um jeden Preis.

„I…ich weiß nicht", sagte sie und begann wieder zu weinen.

Neil schnalzte mit der Zunge. „Die Lage ist sowohl für Immobilien als auch Tumore ausgesprochen wichtig." Dann wandte er sich wieder seinem Roboter zu, während Marie ihn entgeistert und verwirrt anstarrte. Nach einem Moment fügte Neil hinzu: „Kein Krebs, hm? Wenn man eine große Geschwulst in der Brust hat, ist es immer besser, wenn es kein Krebs ist. Eines Tages werden Naniten hineingehen und Krebs zerstören, bevor er wachsen kann." Er hielt inne, runzelte die Stirn und sagte dann, als würde ihn das irgendwie etwas kosten: „Es tut mir leid, dass der Tag nicht früher gekommen ist."

Das war so nah dran an Mitgefühl, wie Alice es je von Neil gehört hatte, wenn es nicht um sie oder Joshua ging. Dass ihr Sohn eine Meinung über die Lage von Tumoren hatte, war überdurchschnittlich gruseliges Verhalten, und wie immer hatte sie keine Ahnung, was sie sagen sollte. Marie wischte sich über die Nase und starrte ihn an. Keine von beiden sprach aus, was sie wirklich dachte: Wo bist du überhaupt hergekommen?

Sie war sich nicht sicher, ob eine von ihnen beiden das wirklich wissen wollte.

September 2018 – Scottsville, Kentucky

Joshua bog ab, als er den Scottsville Square verließ, um einen neuen Fahrradladen zu erkunden, der neben dem Highway eröffnet hatte. Joshua würde sich selbst nicht als großen Radfahrer bezeichnen, aber er hatte darüber nachgedacht, sich ein neues Fahrrad zuzulegen, um an Tagen, an denen es nicht zu schwül oder zu kalt war, zum Firmenbüro und wieder zurück zu fahren. Es schien eine fortschrittliche, grüne Sache zu sein, und es war nicht so, dass er die Bewegung nicht gebrauchen konnte. Außerdem hatte er nicht gewusst, dass ein neuer Laden aufgemacht hatte, und er war neugierig, wer dahinter steckte.

Der Laden war klein, aber der Verkaufsraum sehr ordentlich mit seinen Reihen von glänzenden Fahrrädern in allen Größen und

Farben, die zum Ausprobieren bereitstanden. Joshua steckte seine Hände in die Taschen und ging umher, betrachtete die Ware und versuchte zu entscheiden, ob er die Rennmodelle den Tourenrädern mit kleinen Körben an der Vorderseite vorzog. Vielleicht wirkten die schwul. Aber das war er schließlich auch.

„Kann ich dir helfen?"

Joshua blinzelte. „Lee? Was machst du denn hier?"

Lee wischte sich die Hände an einem schmutzigen Lappen ab und grinste. „Mir gehört der Laden." Er deutete in die Runde. „Gefällt dir, was du siehst?"

Joshua sah ihn von oben bis unten an. Lee trug Jeans und ein enges, langärmeliges Baumwollhemd, das über seinen Bizeps spannte. Selbst mit den Narben, die sich an der Seite seines Halses hochwanden, musste Joshua sich wieder einmal eingestehen, dass Lee attraktiv war.

Joshua schluckte. „Ja, ich … äh …" Er kratzte sich ein wenig nervös hinter dem linken Ohr, schaute weg und richtete seinen Blick auf das gelbe Fahrrad mit dem weißen Korb. Er tat so, als würde er es sich genau ansehen. „Ich hätte nicht erwartet, dich hier zu sehen."

Joshua hatte nicht damit gerechnet, Lee nach jenem Tag in Earl G. Dumplins Diner jemals wiederzusehen. Gedacht hatte er allerdings ein paar Mal an ihn. Er hatte sogar erwogen, ihm eine E-Mail zu schreiben, hatte aber nie einen Vorwand gefunden, sich zu „melden". Es schien nicht angemessen, den Hautempfänger seines toten Lovers zu kontaktieren, um zu sagen: „Hey, du siehst wirklich gut aus und scheinst nett, klug und ein wirklich anständiger Mensch zu sein. Willst du dich mit mir treffen?"

Nach sechs Jahren trauerte Joshua nicht mehr, und tot war er auch nicht – definitiv nicht – und eine Libido hatte er auch. Eine sehr aktive, und er war es leid, zu versuchen, sie zu ignorieren. Scottsville war kein guter Ort, um andere schwule Männer zu treffen, und er war nie der Typ gewesen, der das Konzept von Grindr ansprechend fand. Das hatte sich auch nicht geändert. Und er würde auch nicht nach Nashville oder Bowling Green fahren, um jemanden abzuschleppen. Dass Lee, seit sie sich kennengelernt hatten, eine Rolle in den Fantasien spielte, die ihm an manchen Morgen in der Dusche durch den Kopf gingen, sagte viel darüber aus, wie sehr er den Mann mochte. Aber wer wusste schon, ob Lee überhaupt schwul war?

Lee legte seine Hände auf den Lenker eines kleinen Kinderfahrrads und lehnte sich auf eine Weise vor, die zeigte, wie schön der Übergang seiner Schultern zu seiner Brust und seinem Hals war. Joshua hätte nicht sagen können, was genau es an dieser Haltung war, dass sich sein Bauch vor Lust zusammenzog, und er spürte, wie sich seine Wangen erhitzten.

„Als ich letzten Sommer hier war, um dich kennenzulernen, hat mir der Ort irgendwie gefallen. Kleinstadt. Ein einfaches Leben." Er blickte Joshua direkt an, mit etwas Vielsagendem in den Augen und einem Lächeln, das irgendwie ausgesprochen anzüglich war. Joshuas Magen flatterte. „Nette Leute", fuhr Lee fort. „Ich wollte irgendwo neu anfangen, und das hier schien mir der perfekte Ort zu sein."

Perfekt. Scottsville war weit davon entfernt, perfekt zu sein, aber es blühte Wärme in ihm auf, dass Lee das Potenzial der Stadt schätzte.

Ein paar Minuten später betrachtete Joshua ein grün-blaues Tourenrad mit einem braunen Korb – immer noch genauso schwul wie er selbst, aber weniger aggressiv – und hörte Lee zu, wie er über die Pflege und Wartung eines solchen Fahrrads sprach. Schließlich unterbrach er, das Fachgespräch, wobei ihm das Herz im Hals klopfte, um zu fragen: „Du hast gesagt, du willst wieder neu anfangen … Warum?"

Lee wurde still, und dann ließ er seine Hand in sein dunkles Haar gleiten und schüttelte es aus, als würde er einen Teil von sich selbst befreien.

„Das war zu privat", sagte Joshua. „Tut mir leid."

Lee zuckte mit den Schultern, schwang ein Bein über das Fahrrad, das Joshua betrachtete, und setzte sich darauf. „Es macht mir nichts aus. Du hast viel mit mir geteilt, als ich dich das letzte Mal getroffen habe. Ich betrachte uns als Freunde, und Freunden steht es frei, Fragen zu stellen." Er lächelte, und der Schwung seiner Lippen fuhr Joshua direkt ins Herz. „Zu viele Erinnerungen."

Joshua schluckte schwer. „Ich weiß, wie das ist." Das war der Grund, warum er nie nach Nashville zurückgegangen war, oder?

Lee lächelte wieder, wobei seine vollen Lippen sich spannten und seine weißen, geraden Zähne enthüllten „Du weißt, wie es ist. Ich wusste, du würdest es verstehen."

„Ja."

„Zu Hause kannte mich jeder so, wie ich vorher war. Selbst nach sechs Jahren kommen sie nicht darüber hinweg, was mit mir passiert ist. Das Mitleid in ihren Gesichtern macht mich krank. Ich würde lieber sehen, dass die Leute zuerst entsetzt gucken und dann einfach darüber hinwegkommen, als dass ich mich damit abfinden muss, dass noch ein alter Freund mich immer so ansieht."

Joshua legte die Hand auf Lees Schulter. „Ich weiß nicht, warum sie dich bemitleiden sollten." Er schluckte und sagte es dann einfach: „Du siehst so gut aus."

Lees Gesicht wurde weich. „Danke, dass du nicht ‚trotzdem‘ gesagt hast."

Joshua schob seine Hände in die Taschen, um Lees Wange nicht zu berühren. „Stimmt aber."

Lee zuckte mit den Schultern. „Dann liegt es vielleicht an mir. Vielleicht bin ich derjenige, der sich verändert hat." Er stand auf und streckte die Arme über den Kopf, wodurch sich sein Hemd ein wenig hob und weitere Narben auf seinem Bauch zum Vorschein kamen. „Willst du eine Tasse Kaffee?", fragte er und gestikulierte in den hinteren Raum des Ladens. „Wir können über andere Dinge reden. Vielleicht können wir uns noch etwas besser kennenlernen."

Joshua presste seine Lippen zu einem Lächeln zusammen und nickte. Etwas Zeit hatte er. „Warum nicht?"

Hinten gab es eine kleine Küche und ein Fenster mit Blick auf grüne Felder und Telefondrähte. Lee wies mit einer Geste zu einem kleinen Tisch, und Joshua nahm Platz. Während Lee sich daran machte, Wasser zu kochen und eine Cafetiere aus einem Schrank zu holen, lächelte er Joshua zu. „Erzähl mir mehr von Neil."

„Warum willst du mehr wissen?"

„Du brauchst nichts zu erzählen, wenn du nicht willst. Ich habe nur das Gefühl, dass wir ihn gemeinsam haben. Und ich mag es, wie du aussiehst, wenn du über ihn redest."

Joshua beobachtete, wie Lee vorsichtig Kaffeepulver in die Cafetiere schüttete. Es gab nicht viele Leute, die noch etwas über Neil hören wollten. Die meisten seiner Familienmitglieder und Freunde waren der Meinung, dass es längst an der Zeit war, dass er vollständig darüber hinwegkam und sein Leben weiterlebte. „Also gut. Was willst du über ihn wissen?"

„Du hast erzählt, wie ihr euch kennengelernt habt, als er dich wegen deines Hundes angepflaumt hat und sie dir dann im Grunde genommen gestohlen hat." Sie lachten beide. „Aber wie habt ihr euch danach ineinander verliebt?"

Joshuas Magen zog sich zusammen. Er wusste nicht, ob es Nervosität war, weil er die Chance bekam, über Neil zu sprechen, oder eine Reaktion auf die brodelnde Anziehung, die er für Lee empfand. Er wartete, bis Lee sich zu ihm an den Tisch gesellt hatte, und wartete auf das vertraute Geräusch von kochendem Wasser. „Nun, es dauerte eine Weile zwischen uns, aber ich habe mich schnell verliebt."

Oh, wie Joshua es bereute, dass er sich geweigert hatte, jemals weiter zu gehen als Neil zu küssen, aus Angst davor, was das bedeuten würde. Am Ende hatte er sich schließlich doch geoutet? Allein und trauernd hatte er seiner Familie sein Schwulsein entgegen geschrien, und niemand hatte sich von ihm abgewandt. Wäre er doch nur mutig genug gewesen, bevor Neil nicht mehr da war.

Aber er war jung gewesen, und er lernte, sich das zu verzeihen.

Er fragte sich, was Lee sich zu verzeihen hatte. Er nahm an, dass es nur einen Weg gab, das herauszufinden, und vielleicht hieß das, dass er der Erste sein musste, der sich öffnete. Er konnte mutig genug sein, das zu tun. Außerdem fühlte es sich wirklich gut an, eine Gelegenheit zu haben, über Neil zu reden.

„Es fing mit Magic an, wie du schon sagtest, aber ich war zu schwer von Begriff", begann Joshua. „Vor allem, weil mir nicht klar wurde, dass er meinen Hund gestohlen hatte, wie du es ausdrückst, bevor er nicht auch mein Herz gestohlen hatte."

April 2011 – Nashville, Tennessee

JOSHUA VERSCHRÄNKTE DIE Arme vor der Brust und schmollte, als Magic einem weiteren geworfenen Tennisball hinterherlief, nur um ihn direkt vor Neils Füße statt vor seine zu legen. Der Hundepark war für einen Dienstagnachmittag gut besucht, wahrscheinlich weil das Wetter nach einem grausam kalten Winter und einem nassen Frühling endlich schön war. Grün floss vom Gras zu den Bäumen, und der Himmel schimmerte in einem heißen, dichten Blau.

Magics schwarzes Fell kräuselte sich über ihren bebenden Körper, während sie ungeduldig darauf wartete, dass Neil den Ball aufhob und für sie warf. Er beugte sich anmutig und tat genau das, wobei er eine Form in seinem Wurf demonstrierte, die Joshua angesichts seiner normalerweise verkrampften, angespannten Art nicht erwartet hatte.

„Bist du jetzt fertig damit, wütend zu sein?", fragte Joshua.

Den ganzen Weg von der Wohnung lang war Neil am Telefon und hatte einen seiner Laboranten angeschrien, und Joshua hatte sich gefragt, ob er sich wirklich in einen Typen verknallen sollte, der eine so scharfe Zunge hatte. Würde er so mit Joshua reden, wenn er wütend wurde? Was würde passieren, wenn Joshua sich ihm gegenüber verletzlich zeigte und sich öffnete?

Nicht, dass er das jemals tun würde. Oder könnte. Es spielte keine Rolle, dass Neil heiß und sexy war. Es spielte keine Rolle, dass er so gut mit Magic umgehen konnte, dass es Joshuas Herz zum Schmelzen brachte und die Hälfte seines Gehirns auch. Es spielte keine Rolle, dass Joshua, wenn Neil seinen Laboranten anschrie, einfach nur einen Arm um ihn legen, ihn fest umarmen und küssen wollte, bis er die Klappe hielt. Denn Joshua gab dem Impuls nicht nach. Niemals. Er wusste es besser. Er musste ihn einfach tief in eine Kiste schieben und weitermachen.

„Ich bin fertig damit, wütend zu sein", sagte Neil, aber er klang nicht so. In seiner Stimme lag immer noch ein Hauch von Ärger. „Wo ist Paul in letzter Zeit? Ich habe ihn weder kommen noch gehen sehen."

Joshua versteifte sich. Neil fragte oft nach Paul, wenn er Magic abholte oder absetzte, oder einfach nur, um Joshua zu sagen, dass er sie *behielt*, wie er es in letzter Zeit zu tun pflegte. „Sein Großvater in Scottsville ist krank. Er musste sich vom College beurlauben lassen, um seiner Familie zu helfen."

„Ah." Neil blickte ihn aus den Augenwinkeln an und bückte sich dann, um den Ball aufzuheben, den Magic ihm gebracht hatte. Sie machte einen kleinen Sprung und bellte vor Freude. Er warf den Ball noch weiter fort. „Wie findest du das?"

Joshua rümpfte die Nase. Hatte Neil Russell, Nanitenforscher an der Vanderbilt und mürrischer, hundeklauender Nachbar, ihn wirklich nach seinen Gefühlen gefragt? Und warum? „Ich hoffe, dass sein Opa wieder gesund wird, denke ich. Es wird für alle hart sein, falls er stirbt."

„Wird es hart für dich sein?" Neil verengte seine glühend blauen Augen auf Joshua. Dann machte er die Handbewegung, die er Magic ganz am Anfang beigebracht hatte. Das bedeutete ,Platz und bleib', und Magic tat genau das. Sie ließ sich hechelnd zu Neils Füßen in den Staub fallen und begnügte sich damit, den anderen Hunden beim Spielen zuzusehen.

„Nicht wirklich? Ich meine, wenn Paul auszieht, wird es schwierig, die Rechnungen zu bezahlen, aber …" Er zuckte mit den Schultern. „Ich meine, ich kenne seinen Opa eigentlich nicht."

Neils Augenbrauen zogen sich zusammen. „Und meine

Doktoranden sagen, ich sei kalt. Wow. Hier herrscht Schneesturm-Niveau."

„Wieso das?"

„Der Opa deines Freundes steht vor dem Aus und du machst dir nur Sorgen um die Rechnungen? In diesem Fall würde ich sagen, dass auch eure Beziehung auf der Kippe steht."

„Paul ist nicht mein Freund", flüsterte Joshua und schaute sich um, um zu sehen, wer ihn vielleicht gehört hatte. „Ich bin nicht …" Joshua schluckte das Wort ‚schwul' und die damit verbundene Lüge hinunter. „Ich meine, er ist ein Freund."

„Du bist nicht was?" Neil starrte Joshua an, offensichtlich mit der Herausforderung, sich zu verleugnen.

„Paul ist ein Freund."

„Verstanden. Und du bist nicht *was*?"

Joshua schluckte hart und starrte auf Neils Lippen. Sie waren fest zusammengepresst, bereit, noch mehr scharfe Worte herauszupressen, falls nötig. Joshua sagte die Wahrheit. „Ich stehe nicht auf ihn."

Neils Mund zuckte, und dann nickte er scharf. „Gut."

„Gut?"

„Ja. Gut."

„Gut, weil …?" Joshua schluckte schwer. Das Adrenalin machte ihn schwindelig. „Warum? Magst du keine schwulen Jungs?"

Da lachte Neil, hart und lang, beugte sich vor, um die Hände auf die Knie zu legen, und seine geraden Schultern zitterten unter der Wucht seines Lachens. Joshua hatte ihn noch nie so locker gesehen.

„Was?"

„Oh, ich mag schwule Jungs", sagte er, während er wieder tief

Luft holte und sich über die Augen wischte. Er richtete sich auf und beehrte Joshua mit einem seiner seltenen Lächeln. Es war so nett und strahlend, dass es fast wehtat, es zu sehen. Dann griff er fest nach Joshuas Bizeps. „Ich mag sie sehr.“

Joshua schluckte hart, nahm seinen Mut zusammen und gestand: „Ich bin schwul.“

Neils Gesichtsausdruck wurde weicher. „Ich auch.“

„Du bist der erste Mensch, dem ich das erzähle.“

Neil starrte einen langen Moment lang zu ihm auf, bevor er den Kopf in die Richtung ruckte, aus der sie gekommen waren. „Lass uns zurückgehen. Ich habe Bier im Kühlschrank und eine Karte von Takeout Taxi in meiner Ramschschublade.“

„Ich weiß es nicht. Ich habe noch nie …“

Neil rollte mit den Augen. „Wir werden uns nur unterhalten.“

Joshua blickte sich um, um zu sehen, ob ihn vielleicht jemand beobachtete, als Neil seine Hand ausstreckte, als wolle er die seine ergreifen. Und dann, mit einem Gefühlsrausch, wie er ihn noch nie erlebt hatte, elektrisch und heiß, nahm Joshua die angebotene Hand.

Dann ließ er sich von Neil und Magic nach Hause führen.

September 2018 – Scottsville, Kentucky

„IHR HABT ALSO geredet?“, fragte Lee.

„Das haben wir.“ Joshua nippte an seinem Kaffee. „Der ist übrigens gut. Welche Marke benutzt du?“

„Aber ihr habt nicht *nur* geredet“, sagte Lee mit einem Augenzwinkern, während er hinter sich griff und die Kaffeedose vom Tresen nahm, um ihm das Etikett zu zeigen.

„Doch. Jedenfalls an diesem ersten Tag. Für mehr war ich viel zu unsicher, wer ich war und wie ich mich fühlte. Allein seine Hand zu halten, fühlte sich an, als ginge es um Leben und Tod."

„Verstehe ich. Als ich mich vor meiner Familie geoutet habe, hatte ich große Angst, aber am schwersten war es, mich vor mir selbst zu outen. Die Wahrheit über meine Gefühle zuzugeben, war verdammt beängstigend."

Joshua biss sich auf die Unterlippe und betrachtete Lee einen Moment lang. „Ich hatte mich gefragt …"

„Ob ich schwul bin?"

„Ja."

„Ich hoffe, das liegt daran, dass du bereit wärst, mit mir auf ein Date zu gehen."

Joshua schloss die Augen, Hitze stieg ihm in die Wangen.

„Ist das ein Ja?", fragte Lee.

„Warum solltest du das wollen?"

Lee lachte. „Du bist attraktiv, freundlich und offensichtlich ein liebevoller Typ. Warum sollte ich nicht mit dir ausgehen wollen?"

„Ich habe das Gefühl, dass ich dich vielleicht in die Irre geführt habe."

Lees Augenbrauen sanken nach unten, und er schien sich zu versteifen. „Wie das?"

„Ich bin nicht mehr die bebende Jungfrau, die ich war, als Neil mich mit in seine Wohnung genommen hat."

Lee gluckste. „Das will ich nicht hoffen."

„Aber nicht wegen Neil …"

Lees dunkle Augen wurden neugierig. „Ich bin nicht sicher, ob ich das verstehe."

„Ich habe nie mit Neil geschlafen. Bevor … nun." Er schluckte schwer. „Bevor er starb."

Lees Augen wurden weicher. „Tut mir leid." Dann streckte er die Hand aus und berührte Joshuas Handgelenk. „Ich weiß nicht, was das damit zu tun hat, dass ich dich um ein Date gebeten habe. Oder wie du mich in die Irre geführt hast?"

„Du hast diese Vorstellung von mir als loyaler, trauernder Witwe, aber die Wahrheit sieht anders aus."

„Ich kann dir nicht folgen."

„Ich habe Neil geliebt. Ich habe ihn sehr geliebt, aber ich habe ihm nie …" Joshua brach ab. „Ich habe ihm nie alles von mir gegeben. Ich hob mir den Sex auf, weil ich Angst hatte, dass das Zusammensein mit einem Mann nicht so bedeutungsvoll war, wie es sein sollte. Dass es eine Sünde sei, so wie man es mir beigebracht hatte. Und dann schließlich, als ich es mit einem Typ machte? Es *war* bedeutungslos, weil ich ihn nicht liebte, und nicht wegen seines Geschlechts. Danach konnte ich nur noch daran denken, dass ich Neil betrogen hatte. Das ist die Art Mann, die ich wirklich bin. Ein Feigling."

„Glaubst du das wirklich?" Lee nahm Joshuas Hand und drückte sie sanft. „Glaubst du das ganz tief in dir wirklich?"

Joshua spürte heiße Tränen hinter seinen Lidern. Was war nur los mit ihm? Warum gestand er Lee das, praktisch ein Fremder, und weinte dann deswegen wie ein verletztes kleines Kind? Als wäre er wieder der alte Joshua in Neils Wohnung, zu jung und dumm, um sich selbst zu lieben?

Lee drückte Joshuas Hand wieder. „Du hast mich nicht im Geringsten in die Irre geführt. Du bist der Mann, in den sich Neil verliebt hat, und ich sehe genau, warum."

Joshua wischte sich mit dem Rücken seiner freien Hand über die Augen und flüsterte: „Echt?"

„Ja."

Joshua räusperte sich, aber er konnte Lee immer noch nicht ansehen, als er sagte: „Ich würde gerne mit dir auf ein Date gehen, wenn du noch willst."

Lee hob ihm das Kinn an und blickte ihm in die Augen. „Ich könnte mir nichts Schöneres vorstellen."

Kapitel 3

Januar 2019 – Atlanta, Georgia

NEIL HASSTE LASTWAGEN. Warum verstand Alice nicht, aber der Anblick eines Sattelschleppers reichte aus, um ihn vom Tag seiner Geburt an aus der Fassung zu bringen. Eines Abends, als er sieben war, setzte sich das Puzzle zusammen, als er ihr stolz einen Comic präsentierte, den er im Kunstunterricht gemacht hatte.

Der Comic war grauenhaft und kam mit einer Notiz seines Lehrers, der um eine Sprechstunde bat, um darüber zu reden.

Die erste Szene des Hefts zeigte einen Mann mit geöffnetem Brustkorb in einem Krankenhausbett, und seine lila Lunge und Herz waren für alle Welt sichtbar. Neben ihm stand ein Mann mit einem scharfen Messer, möglicherweise ein Skalpell, und braunen Augen. Der tote Mann auf dem Krankenhausbett war mit einem sehr präzisen Pfeil und dem Wort „ICH" versehen.

Das nächste Bild zeigte einen Mann mit hellbraunem Haar, dunkelbraunen Augen und einem breiten Lächeln; er war, wenig überraschend, mit „JOSHUA" beschriftet. Dann gab es eine Zeichnung eines schwarzen Hundes mit der Aufschrift „MAGIC". Alice berührte die Zeichnung vorsichtig. Sie hatte über die Jahre weniger über Magic als über Joshua gehört, aber der Hund stellte auch keine Überraschung dar.

Auf der nächsten Seite stand, dass es jetzt zehn Stunden früher war. Nun folgten einige Comic-Panels, auf denen Magic und ein Mann gemeinsam auf einem Bürgersteig in einer Stadt rannten, wobei Magic sich von ihrer Leine löste und der Mann ihr hinterherrannte.

Und dann ein Lkw. Ein Sattelschlepper.

Die nächste Seite zeigte Joshua weinend, und auf der letzten Seite war wieder der Mann auf dem Krankenhausbett zu sehen. Diesmal fehlten ihm einige Gliedmaßen. Daneben stand ein Chirurg in Grün und hielt ein Herz. Nicht die Art Herz von einer Valentinskarte. Natürlich nicht. Ihr Neil hatte das gemalt, also war es eine sehr detaillierte Darstellung eines anatomischen Herzens, komplett mit Aorten- und Thoraxklappen und jeder Menge Blut, das vom Ellbogen des Chirurgen tropfte. Kein Wunder, dass der Kunstlehrer sich mit ihr treffen wollte.

In Zeiten wie diesen war sie dankbar, dass Jim sich wieder im Einsatz befand.

„Du wurdest von einem Lastwagen überfahren?", fragte sie Neil und legte den Comic vorsichtig auf den Couchtisch, inmitten seines Wirrwarrs aus Technikzeitschriften und technischen Geräten.

„Ja", antwortete er und schaute mit zusammengekniffenen Lippen an die Decke. „Es war ätzend."

„Ja, das kann ich mir vorstellen."

„Magic …" Er runzelte die Stirn. „Ich glaube, sie ist auch gestorben. Ich habe versucht, sie zu retten. Aber ich glaube, ich war zu langsam. Ich glaube, wenn sie überlebt hätte, wüsste ich es." Seine Lippen verzogen sich. „Armer Joshua."

„Ja."

„Ich schätze, man kann nicht erwarten, gegen einen Sattelschlepper anzutreten und zu gewinnen. Aber ich habe nicht einmal nachgedacht. Ich liebte sie und ..." Er seufzte. „Ich wünschte, ich hätte sie gerettet."

Und wieder fühlte sich Alice schuldig. Sie wusste jetzt, woher er gekommen war, und wonach er sich sehnte. Irgendwie hatte sie fast das Gefühl, dass es ihre Schuld war, dass er nur ein kleines Kind war und nicht schon ein erwachsener Mann, der seinen Joshua suchen und sein Leben mit ihm neu beginnen konnte.

„Ich denke, ‚ätzend' ist vielleicht eine Untertreibung", sagte sie.

Neil gluckste – das kam so selten vor, dass es ihr die Seele wärmte.

„Ich glaube nicht, dass Shakespeare genug Flüche hatte, um das richtig auszudrücken", meinte Neil und ging dann in sein Zimmer, um sich wieder seinem neuesten Projekt zu widmen: Ein Experiment, bei dem es um Naniten und schnelle Zellreparatur ging.

Manchmal hatte sie Angst, genauer nachzufragen.

Juli 2020 – Atlanta, Georgia

ALICE LIEß NEIL bei Marie zurück, da sie Jim im alten Haus treffen wollte. Sie war ein paar Tage vor seiner Rückkehr von seinem letzten Auslandseinsatz aus- und in eine neue Wohnung eingezogen, und sie hatte nicht die Absicht, ihm zu sagen, wo sie jetzt lebten. Sie vertraute ihm nicht genug, dass er sie nicht stalken würde oder Schlimmeres.

„Was zum Teufel soll das, du Schlampe?" Jim fuchtelte mit dem Arm herum und deutete auf das leere Wohnzimmer. „Du hast meinen Scheiß mitgenommen?"

„Es war nicht *dein* Scheiß", sagte Alice leise. „Es war unser Scheiß. Und ich überlasse dir das Haus und das Geld auf unserem gemeinsamen Konto. Sonst bitte ich dich um nichts anderes, Jim. Nicht einen weiteren Cent. Also, bitte … lass uns einfach gehen.“

„Bitte lass uns gehen“, spottete Jim. „Als ob ich dich oder deinen kleinen Bastard überhaupt in meiner Nähe haben wollte. Freakige kleine Göre.“

Alice verteidigte Neil nicht. Es war sinnlos, und es würde Jim nur noch mehr verärgern. Sie musste sich auf eine Sache konzentrieren, eine einzige: Unverletzt hier rauszukommen und ihn dazu zu bringen, der Unterzeichnung der Scheidungspapiere zuzustimmen.

Sie bemerkte die leeren Bierflaschen neben dem Deckenbündel auf dem Boden. An den meisten Decken klebten noch die Preisschilder von Walmart, wo er sie gekauft hatte. Als ihr Blick wieder zu seinem Gesicht wanderte, schluckte sie und wünschte sich, sie wäre nicht allein gekommen. Sie hätte Maries Angebot annehmen sollen, dass ihr Bruder Shane sie begleiten könnte.

„Er war nicht einmal von Marshall“, sagte Jim und spuckte das Wort aus. „Mein bester Freund ist im Glauben *gestorben,* dass der Junge von ihm ist. Du verlogene Fotze.“

Alice zitterte und wich langsam zur Haustür zurück. Sie hatte Jim schon hundertmal gesagt, dass sie nie mit einem anderen geschlafen hatte. In ihrem Leben hatte es nur Marshall gegeben, und dann ihn. Aber sie wusste, worauf diese Diskussion hinauslaufen würde, und sie war nur froh, dass Neil nicht hier war und das sah, denn er würde sich die Schuld geben, wie immer. Und es war nicht seine Schuld. Er konnte nichts dafür, wer er war oder wer er geboren worden war, zu sein.

Der erste Hieb war immer am schwersten zu ertragen, und Alice musste nur drei aushalten, bevor sie es schaffte, die Tür aufzureißen und nach draußen zu stolpern, wobei sie sich an die Rippen fasste und versuchte, nicht zu weinen. Die Nachbarin, Mrs Chandler, saß auf ihrer Treppe, rauchte und winkte Alice fröhlich zu – doch ihr Lächeln verblasste, als sie Alices Gesicht sah.

„Brauchst du Hilfe, Schätzchen?", rief sie.

Alice schüttelte den Kopf, fummelte mit ihren Autoschlüsseln herum und bekam die Autotür auf. Sie warf einen Blick über ihre Schulter und sah Jim in der Tür stehen, eine Hand auf dem Türrahmen, die andere auf der Tür selbst. Er schüttelte den Kopf und starrte sie bedrohlich an, fast als wolle er sie auffordern, zurückzukommen.

Mrs Chandler blickte zwischen ihnen beiden hin und her, dann drückte sie ihre Zigarette aus und ging ins Haus.

Alice holte tief Luft und fuhr los.

Allerdings fuhr sie nicht direkt zu Maries Haus. Sie wollte sich erst fassen, bevor sie Neil abholte. Sie hasste es, die Schuldgefühle in seinem Gesicht zu sehen, wenn er wusste, dass Jim ihr wehgetan hatte. Ein sehr offenes Kind war er nicht, aber wenn er etwas fühlte, fühlte er es tief, und sie hatte gesehen, wie er nach ihren früheren Streitereien mit Jim aussah. Dunkle Ringe erschienen dann um seine Augen, und er funkelte innerlich mit einer seltenen Wärme, einer traurigen, schuldbewussten Hingabe und Zuneigung, die alles Spröde und Anstrengende an ihm wettmachte, und er streichelte ihr Haar, während sie weinte.

Es gab Momente, da fühlte sie sich wie die letzte Rabenmutter auf der Welt, weil sie ihm erlaubte, das zu tun, sie auf diese Weise zu trösten, aber meistens fühlte es sich einfach an, als stünden sie gemeinsam gegen den Rest der Welt, und langsam gewöhnte sie sich daran.

Dankbar, dass Jim ihr nicht ins Gesicht geschlagen hatte, schaffte sie es, sich die Tränen aus dem Gesicht zu wischen, und schon nach einer Stunde oder so aufzuhören zu weinen. Sie richtete sich in einer McDonalds-Toilette wieder her und kühlte ihre roten, tränenverschmierten Wangen mit Wasser.

Als sie schließlich bei Maries Haus auftauchte, saß Neil auf der Treppe zum Eingang. Seine dünnen Beine waren fast bis zum Kinn angezogen, und sein durchdringender, intensiver Blick folgte ihrem Auto in die Einfahrt. Als sie ausstieg, stand er auf und lief zu ihr. Seine Arme fühlten sich zu klein und leicht um ihren Körper an. Sie hielt ihn fest und streichelte seinen Rücken, und als er zu ihr aufblickte, suchte er ihren Blick.

„Also …", sagte sie.

Er starrte zu ihr herauf, und sie konnte spüren, wie er sie begutachtete und jedes Detail ihres Gesichts, ihres Körpers und ihrer Haare aufnahm.

„Es ist vorbei", sagte sie. „Hoffentlich schickt er die Papiere ein. Und wenn er es nicht tut, dann eben nicht. Mir ist das egal. Wir werden ihn nie wieder sehen."

Neil nickte kurz. „Gut. Ich … es tut mir leid."

Sie streichelte sein weiches kastanienbraunes Haar. „Es gibt nun mal Scheißkerle, Neil. Das weiß jedes Mädchen aus dem Süden. Aber damit meine ich nicht dich, sondern ihn." Neil schien nicht überzeugt zu sein, also packte sie sein Kinn und zwang ihn, sie anzuschauen. „Du bist etwas Besonderes. Du bist nicht wie die anderen. Und vielleicht werden dich manche Leute dafür hassen. Aber ich liebe dich. Gott steh mir bei, das tue ich. Und ich werde alles für dich tun. Du bist mein Sohn."

Neil sah aus, als könnte er etwas Schneidendes sagen; das tat er manchmal, wenn sie zu sentimental wurde. Aber er sagte nur: „Ich liebe dich auch."

Sie räusperte sich und versuchte, nicht zu weinen. Sagen tat er das fast nie, aber sie wusste doch immer, dass es stimmte. Trotzdem tat es nur auf die gute Art weh, es zu hören.

„Ich liebe dich auch", sagte er erneut. „Und ich verspreche, alles wieder gutzumachen. Du wirst stolz auf mich sein."

April 2021 – Atlanta, Georgia

IN SEINEM DUNKLEN Zimmer hockte Neil zusammengerollt im Bett, und eine unterschwellige Andeutung von Schmerz milderte seinen normalerweise scharfen Gesichtsausdruck. Alice setzte sich neben seinem Bett auf dem Boden, streckte eine Hand nach ihm aus und war nicht überrascht, als er sie nicht ergriff. Über eine Stunde lang saß sie dort, und erst als sie aufstand, um zu gehen, brach Neil sein Schweigen. Seine Stimme war rau und müde. „Er hat geheiratet. Joshua. Er hat geheiratet."

Alice seufzte und wandte sich wieder dem Bett zu, sank auf den Boden und sagte: „Neil, du musst das loslassen."

„Ich bin froh", sagte Neil und straffte die Schultern. „Ich freue mich für ihn. Ich will, dass er glücklich ist. Zumindest wollte ich das. Ich *will* das. Ich weiß nicht. Er kann nicht darauf warten, dass ich erwachsen werde." Er spannte seinen Körper an, als würde dieser ihn wütend machen, und sagte mit leisem Groll: „Sieh mich an. Ich bin nur ein kleiner Junge."

Alice wusste nicht, was sie dazu sagen sollte. Das tat sie nie, wenn Neil ihr diese Gedanken anvertraute. Wenn sie mehr Geld hätte, würde sie für sie beide einen Therapeuten aufsuchen. Aber sie konnte sich nicht vorstellen, dass Neil jemals mit einem

Therapeuten sprechen würde. Und sie würde auf keinen Fall haushohe Summen für Sitzungen bezahlen, die zweifellos in ein Wettstarren und möglicherweise in Beleidigungen ausarten würden. Von Neil, nicht vom Therapeuten.

„Wen hat er geheiratet?", fragte sie, nicht sicher, ob sie damit das Richtige tat.

„Den Mann, mit dem er zusammen war. Lee Fargo. Er ist ein netter Kerl."

„Woher weißt du das?"

„Facebook."

Alice wusste, dass Neil Joshua in den sozialen Medien folgte, aber sie hatte nicht bemerkt, dass er auch Joshuas Freunde verfolgte. Obwohl, natürlich hätte sie das wissen müssen. Sie schaute immer noch manchmal auf Jims Account, verfolgte Links zur Seite seiner neuen Freundin, und dabei liebte sie ihn nicht einmal. Nicht so, wie Neil Joshua immer noch liebte.

Neil fuhr fort: „Er postet Bilder von ihnen zusammen und Geschichten über ihr Leben. Ich hatte seine Seite seit ein paar Monaten nicht mehr angeschaut. Weil es wehtut."

„Ich weiß, Baby."

„Aber wenn ich hingehe, kann ich wenigstens Joshuas Gesicht sehen."

„Ja."

Neil verspannte sich am ganzen Körper. „Deshalb habe ich verpasst, dass sie sich verlobt haben. Aber ich hätte es wissen müssen. Sie sind schon lange zusammen." Neil rollte sich auf die Seite, sodass ihr sein schmaler Rücken zugewandt war. „Joshua sieht auf den Bildern glücklich aus."

„Du verdienst es auch, glücklich zu sein."

Neil zuckte mit den Schultern und zog sich ein Kissen über den Kopf.

Am nächsten Abend rührte Alice die Dosensuppe um, die sie für das Abendessen aufwärmte, und beobachtete, wie Neil sich bei Facebook einloggte, um sich noch einmal Joshuas Hochzeitsbilder anzusehen. Die Bilder von Joshua zu sehen, beruhigte ihn offensichtlich ebenso sehr, wie es ihm wehtat. Auf dem Herd begann der Topf zu klappern, und sie drehte die Hitze herunter.

Tag für Tag, Moment für Moment, hatte sie beobachtet, wie Neil begriff, dass jede Hoffnung schwand, die er gehabt hatte, schnell erwachsen zu werden, um wieder mit Joshua zusammen sein zu können. Heute erlosch diese Hoffnung völlig. Joshua hatte jetzt einen Ehemann und ein neues Leben. Auch wenn er sich immer noch an seinen alten Neil erinnerte und diesen Dr. Russell liebte, Joshua war darüber hinweg.

Und das war völlig in Ordnung. Alice konnte Joshua das nicht missgönnen, auch wenn es sie umbrachte, ihren kleinen Jungen trauern zu sehen.

„Neil", sagte sie sanft und riss ihn damit aus seinem wie besessenen Klicken durch die Fotos. „Die Suppe ist fertig."

Neil rieb sich die Augen, schaltete den Computer aus und stand auf. „Hab keinen Hunger. Ich gehe ins Bett." Er verließ die Küche und ging den Flur entlang zu seinem Zimmer.

Alice biss sich auf die Lippe, als sich die Tür schloss. Mit einem Seufzer setzte sie sich an den Tisch, um zu essen. Aber die Suppe war auch für sie nicht mehr sehr appetitlich.

August 2011 – Nashville, Tennessee

JOSHUA ZU LIEBEN war verdammt frustrierend.

Aber Neil war an Frustration gewöhnt. Er war schließlich Wissenschaftler. Geduld, Berechnungen und Wiederholungsversuche waren der Stoff, aus dem sein ganzes Leben bestand. Das bedeutete nicht, dass es Spaß machte, den vierten Tag in Folge mit Druck auf den Eiern sitzenzubleiben. Aber er konnte warten. Um Joshuas willen.

„Kann ich dich morgen sehen?", fragte Joshua, dessen reife, weiche Lippen geschwollen waren von der jugendlichen Knutschsession, mit der sie die letzten anderthalb Stunden verbracht hatten. Seine Augen waren dunkel und verschleiert, sein Ausdruck weich und süß.

Wenn er nur zustimmen würde, das ins Schlafzimmer zu verlagern und Neil in seine Hände, seinen Mund und seinen Arsch zu lassen. Neil würde alles so gut für ihn machen.

„Musst du nicht arbeiten?", fragte Neil und strich mit dem Daumen über Joshuas Mund, um ihn in der feuchten Hitze versinken zu lassen. „Um dein Brot zu verdienen?"

Joshua stöhnte, saugte an Neils Daumen und schloss die Augen. Er keuchte leise, als Neil ihn wieder herauszog. „Ich hasse meinen Job."

„Das tun die meisten Menschen."

„Ich möchte hier bei dir bleiben."

Neil lächelte. „Du kannst nach der Arbeit wieder vorbeikommen. Ich werde mit Magic hier sein. Du könntest die Nacht hier verbringen."

Mist. Er hatte gedrängt.

In Joshuas Augen tobte ein Konflikt, und Neil wusste, dass er sich in dem Moment gegen die wachsende Lust zwischen ihnen verschließen würde. Traurigkeit mischte sich mit Scham, als der junge Mann, den er liebte, flüsterte: „Ich kann das nicht. Noch nicht. Vielleicht nie." Joshua zuckte zusammen. „Meine Familie wird es nicht verstehen. Ich *kann nicht* schwul sein. Das ist nicht ..."

Neil unterbrach seine Worte wieder mit seinem Daumen und ließ Joshua einen Moment daran lutschen. Er wollte ihm sagen, dass sich an Joshuas Gefühlen nichts ändern würde. Dass sie zu ignorieren und sie zu unterdrücken irgendwann nach hinten losgehen würde. Aber er wollte die Nacht nicht mit so einem bitteren Ton beenden. Er liebte Joshua zu sehr, um ihn wütend wegzuschicken. Früher war ihm die Wahrheit heilig gewesen, jetzt aber war ihm nur Joshua heilig. Er küsste ihn auf den Mund. „Geh nach Hause. Du bist müde."

„Und ich muss mir einen runterholen."

Neil stöhnte. „Arschloch." Er biss den Vorschlag zurück, dass sie sich gemeinsam darum kümmern könnten.

„Wirst du dir auch einen runterholen?"

Neil schluckte und nickte.

„Das würde ich gerne sehen." Joshuas Stimme war weich, voller Sehnsucht.

„Das könntest du."

Joshuas Augen leuchteten auf, dann erlosch das Feuer wieder. „Ich muss gehen. Komm schon, Magic. Paul ist zu Hause."

Die riesige Fellrolle, die eigentlich eher einem Baumstamm als einem Hund glich, schnaufte auf ihrem Bett in der Ecke, bewegte sich aber nicht.

„Ich schätze, sie bleibt hier."

Neil strich mit den Fingern Joshuas Kiefer entlang. „Komm nach deiner Schicht wieder. Bleib heute Nacht bei mir."

Joshua zog sich in den Flur zurück, sein Mund immer noch rot, aber seine Augen blitzten gefährlich. „Ich kann nicht. Das habe ich dir doch schon gesagt. Und ich werde wahrscheinlich auch morgen nicht vorbeikommen. Ich habe Spätschicht. Also werde ich dich und Magic wohl … ich weiß nicht," er zuckte zusammen, „später sehen."

„Bis dann", murmelte Neil und sah zu, wie Joshua die Tür zu seiner Wohnung aufschloss und hinein eilte.

Er hatte Joshuas lauten, wütenden Schrei der Frustration, der erklang, sobald die Tür geschlossen war, erwartet, aber Neil verspannte sich trotzdem. Er hasste es, wie sehr Joshua sich selbst hasste. Aber was konnte er dagegen tun, außer zu warten … und ihn zu lieben? Er hasste es, es zuzugeben, aber er hatte sich von Anfang an in den Jungen verliebt, als Joshua sich auf die Lippe gebissen und ganz unschuldig auf ihn herabgestarrt hatte, während er nur in ein Handtuch gehüllt war.

Und das war der Grund, warum er Joshua nicht mehr drängen wollte. Nicht zu einem weiteren Kuss. Nicht dazu, die Nacht bei ihm zu verbringen. Überhaupt zu nichts Körperlichem. Neil konnte warten.

Wenn die Zeit kam, würde er Joshua zeigen, wie gut es zwischen Männern sein konnte. Wie falsch seine Eltern damit lagen, es als Sünde zu bezeichnen. Er würde Joshua dazu bringen, dass er ihn anflehte, über ihre derzeitigen lustgetränkten, voll bekleideten Fummeleien hinauszugehen. Ja, wenn Joshua schließlich darum bat, Sex mit Neil zu haben, würde er ihn dazu bringen, vor Dankbarkeit und Lob zu singen.

Darauf konnte Neil warten. Denn er war verliebt. Und wenn einen die Liebe erwischte, konnte man sie nicht verleugnen. Die

Liebe war groß, mächtig und verdammt stark. Und er —der ernsthafte, fokussierte, noch-nie-zuvor-jemanden-liebende Neil Russell – wurde davon in die Knie gezwungen. Er würde so lange warten, bis Joshua ihn auch liebte.

Er würde ewig warten.

Kapitel 4

April 2022 – Scottsville, Kentucky

PAULS NACHRICHT ÜBERRASCHTE Joshua. Paul und sein Freund Fisher würden aus Nashville kommen, um Pauls Oma zu besuchen, und sie wollten sich mit ihm treffen. Joshua war gespannt darauf, Fisher kennenzulernen. Schließlich war der schon eine ganze Weile mit Paul zusammen.

Paul hatte Joshua schon einmal zu einem Treffen mit Fisher eingeladen – in Nashville – und ihn gebeten, Lee mitzubringen.

Wären sie gegangen, wäre es die erste Reise gewesen, die Joshua und Lee gemeinsam unternommen hätten.

Na ja, bis auf den Besuch bei Lees Schwester in Louisville. Der Besuch war schwierig gewesen. Sie hatte noch immer um ihr Kind getrauert, und allein der Anblick von Lee mit all seinen Narben schien das Jahr Therapie, das sie hinter sich gebracht hatte, zunichtezumachen. Als sie schließlich zusammenbrach, Lee anschrie und dann die Treppe hinauf in eines der Schlafzimmer stürzte, hatte ihr Freund sie gebeten zu gehen, und das hatten sie auch getan.

Joshua hatte Lee gehalten, während er weinte, ihn auf dem Hotelbett hin und her geschaukelt und seinen vernarbten Rücken gestreichelt. Ihre Mutter war gestorben, als Lee zwölf gewesen war, und als ihr Vater sie verlassen hatte, war Lee sechzehn gewesen.

Seine Schwester war die einzige Familie, die Lee noch hatte. Und jetzt konnte sie es nicht ertragen, in seiner Nähe zu sein.

„Du bist bei mir", hatte Joshua geflüstert. „Du bist bei mir."

Als er Lee auf dem Hotelbett gehalten hatte, während das „Zimmer Frei"-Schild rot vor ihrem Fenster leuchtete, hatte Joshua endlich verstanden, warum Lee sich nicht vergeben konnte, und es brach ihm das Herz. Denn er verstand nur zu gut. Er war am Morgen von Neils Tod nicht einmal da gewesen, hatte keine einzige Chance gehabt, sein Leben zu retten, aber er machte sich trotzdem Vorwürfe, weil er noch lebte.

Er und Lee waren beide Überlebende, und sie beide kämpften mit Schuldgefühlen.

Die Reise nach Nashville, um Fisher zu treffen und Paul zu sehen, hatte jedoch nie stattgefunden. Joshua konnte Lee über die Gründe dafür nicht anlügen, nicht so, wie er Paul anlügen konnte. Die Wahrheit war, dass er ganz normale Probleme bei Stouder Lumber in seinem Kopf zu einer Katastrophe aufblies, bis er sich selbst davon überzeugen konnte, dass es richtig war, die Reise wegen ihnen auf unbestimmte Zeit zu verschieben. Dabei war das Problem im Großen und Ganzen keine große Sache – ein paar Mennoniten kamen nicht mit dem neuesten Computerprogramm zurecht, das er installiert hatte – und hätte leicht ein paar Tage warten können. Er konnte sich einfach nicht dazu durchringen, zurückzukehren.

Vielleicht, wenn Paul nicht immer noch in der gleichen Wohnung leben würde, die sie neben Neils geteilt hatten. Vielleicht, wenn Joshua Lee nicht auf dem Hotelbett gehalten hätte, während er schluchzte, und tief in seinem eigenen Herzen verstanden hätte, wie unmöglich es war, jemals an die Orte oder zu den Menschen zurückzukehren, die ihnen der Tod gestohlen hatte.

Trotzdem wollte Joshua schon immer den neuen Liebhaber seines alten Freundes kennenlernen, und so war er begeistert von der Tatsache, dass Paul und Fisher dieses Mal nach Scottsville kommen würden. Er wusste nicht einmal, wie Fisher aussah, da Paul nicht in den sozialen Medien unterwegs war, und Joshua war selbst kaum da. Lee dagegen war auf Facebook und postete tonnenweise Bilder und Videos von ihnen, aber Joshua aktualisierte das Profil von Stouder Lumber nur, wenn es Neuigkeiten mitzuteilen gab, und klickte auf „Gefällt mir" bei Dingen, von denen Lee ihm sagte, er solle es tun. Also war er neugierig auf den Mann, der das Herz seines alten Freundes erobert hatte.

Am Telefon erzählte Paul ihm: „Ich wollte Fisher sowieso die Gegend um Scottsville und Bowling Green zeigen. Ich bin dankbar, dass Oma noch lebt. Ich habe Fisher erzählt, wie sie und Opa mich aufgenommen haben, als ich wirklich ein Zuhause brauchte, nachdem Dad mich rausgeworfen hatte. Fisher möchte sich bei ihr bedanken."

Joshua hatte immer den Gleichmut von Pauls Großeltern bewundert, als er mit fünfzehn Jahren mit dem besten Quarterback der Stadt rumgemacht hatte und sich so outete. Eric, dem Quarterback, war es nicht so gut ergangen; er wurde auch zu Hause rausgeworfen und dann von seinem eigenen Team gemobbt, bis er schließlich im nächsten Jahr aufs College ging. In der Zeit dazwischen wohnte Eric bei der Familie seiner ehemaligen Freundin. Es war eine kalte, unangenehme, beängstigende Zeit für jeden jungen Schwulen in der Stadt. Aber Pauls Großeltern waren standhaft geblieben. Ein Beweis dafür, dass es selbst in einem Schneesturm der Angst Wärme geben konnte.

Letztendlich hatte auch Joshuas eigene Familie überraschend

gelassen auf sein Coming-out reagiert. Vielleicht, weil er damals vor Trauer so am Boden zerstört war, dass seine Homosexualität das geringste Problem für sie darstellte. Außerdem, so sagten sie, hätten sie einen Verdacht gehabt, als er nach der Schule bei Paul eingezogen war, da dieser bereits geoutet war. Allerdings hatten sie gehofft, er würde es für sich behalten, da er eine konfessionsgebundene Schule besuchte.

Und er hatte es für sich behalten. Und dann nicht mehr.

Paul wiederzusehen, nach allem, was Joshua durchgemacht hatte, nach all den Veränderungen in seinem Leben – nun ja, er war irgendwie nervös. Was, wenn Paul Lee nicht mochte? Was, wenn Joshua Fisher nicht mochte? Was, wenn Paul über Neil und Magic reden wollte? Und was, wenn das mehr war, als Joshua in Gegenwart eines Fremden verkraften konnte?

Lee blieb jedoch entspannt und sagte: „Er kannte Neil, und du kanntest Neil. Das ist ein Segen, nicht wahr, Schatz? Gab es noch andere Leute, die ihn wirklich kannten?"

„Nicht wirklich. Nur Chris, aber er ist …" Joshua hob eine Schulter und ließ sie fallen. „Er ist halt Chris."

Die meisten Leute in Scottsville kannten Chris von seinem Job im nahe gelegenen Resort und auch als den schwulsten Schwulen der Stadt, aber nur wenige wussten wirklich über Chris' Hintergrund in Nashville Bescheid.

„Chris in Barren River?", fragte Lee erstaunt.

„Ja."

„Der kannte Neil?"

„Sie waren Freunde."

Lee blinzelte. „Das klingt nach einer Geschichte. Ich kann nicht glauben, dass wir jetzt schon fast vier Jahre zusammen sind und ich sie noch nicht gehört habe.“

Joshua lachte. „Ich weiß nicht, warum ich dir nie davon erzählt habe. Ich schätze, da gibt es nicht viel zu sagen. Wenn du Chris kennst, dann weißt du, dass er mit jedem befreundet ist, der ihn nicht schlecht behandelt wegen seiner, du weißt schon, wegen allem.“

Chris war … Chris. Er war ein Drag-Künstler in Nashville und ein Kumpel von Neil aus den Jahren, in denen Neil in Schwulenbars abgehangen hatte – ein Zeitvertreib, den er als „langweilig und dumm“ aufgegeben hatte, bevor er Joshua kennengelernt hatte. Aber Chris hatte er nie aufgegeben. Sie waren Freunde gewesen bis ganz zuletzt.

„Ich erinnere mich noch an das erste Mal, als ich Chris traf“, sagte Joshua, ein Lächeln auf den Lippen. „Er hing bei Neil zu Hause herum, Magic auf dem Schoß und einen großen Plastikbecher in der Hand. Er war voll Rum und einem Spritzer irgendeines Saftes, damit er es einen Cocktail nennen konnte.“

„Klingt richtig.“

„Er stand nicht auf, als ich reinkam. Er streckte nur die Hand aus und sagte: ‚Ich bin Chris. Und wer bist du, du Zuckerschnute?‘“

„Zuckerschnute!“ Lee lachte. „Ich kann mir so vorstellen, wie er das sagt.“

„Ja. Ich glaube, wenn er in Drag-Shows auftrat, benutzte er weibliche Pronomen, aber sonst …“ Joshua brach ab und erinnerte sich an die Leichtigkeit zwischen Neils Sarkasmus und Chris’ Schlagfertigkeit. Damals war er eifersüchtig gewesen. Was ihm jetzt, da Chris einen großen, bulligen Farmer aus Kentucky geheiratet und sich eine ganze Reihe von Stiefsöhnen zugelegt hatte, dumm vorkam.

„Wie ist Chris in Scottsville gelandet?", fragte Lee. „Ich hatte immer angenommen, dass er hier geboren wurde und nie weggekommen ist."

„Nein, er ist ein Zugezogener. Wie du. Er kam hoch, um nach mir zu sehen, nachdem Neil gestorben war. Er blieb ein paar Tage und lernte irgendwie Dale Richards beim Tanken kennen – ja, genau. Sie tauschten Nummern aus, fingen an, sich zu texten, und der Rest ist Geschichte."

„Wow."

„Ja."

„Nun, wenn nur du, Paul und Chris Neil wirklich kannten, dann sollten wir für diesen Besuch dankbar sein", sagte Lee jetzt. „Ich würde gerne Pauls Meinung über den Mann hören, der dich so geliebt hat."

Dann küsste Joshua Lee, dankbar und traurig zugleich. Er liebte es, dass Lee nicht wollte, dass er Neil vergaß, und dass er nie vorschlug, Joshua solle „damit abschliessen" oder „darüber hinwegkommen". Seine Geduld war wunderbar. Aber manchmal hatte er das Gefühl, dass Neils Menschlichkeit, die Realität von ihm, in Lees Beinahe-Heldenverehrung des Mannes, der seine Haut gespendet hatte, und dem Ideal, das Joshua geliebt hatte, verloren ging. Die Realität war, dass Neil ein Griesgram sein konnte, und manchmal lastete es auf Joshua, dass er Lee an Neils Reinheit glauben ließ.

Eine Woche später, als Paul aus dem riesigen, weißen Geländewagen stieg und auf das frischgrüne, hügelige Feld trat, das sich vor Joshuas und Lees kleinem, weißen Farmhaus erstreckte, konnte Joshua nicht aufhören zu lächeln. Paul sah genauso aus wie immer: Groß, schlank und als würde er auf einer Bankpresse leben. Seine gebräunte Haut und sein blondes Haar schimmerten in der Sonne Kentuckys.

„Ist das euer neues Haus?", fragte Paul und nickte in Richtung des Hauses, in das Lee und Joshua kurz zuvor eingezogen waren und damit das einzige leere Haus auf dem Grundstück der Familie Stouder übernahmen – in den anderen wohnten bereits Tanten, Onkeln, Cousins und Joshuas Eltern. „Kein Wunder, dass ich dich nie wieder nach Nashville locken konnte, wenn das hier auf dich wartet." Er grinste und umarmte Joshua fest.

Fisher folgte ihm direkt auf dem Fuße, und sein stählerner, fester Blick traf Joshuas. „Freut mich, dich kennenzulernen", sagte er und streckte seine Hand aus.

„Ebenso." Joshua lächelte ein wenig über seinen festen Griff.

Sein salz- und pfefferfarbenes Haar und wettergegerbtes Gesicht machten deutlich, dass Fisher gut zehn Jahre älter war als Paul. Er war ein kantiger Kerl, der ein altes Army-T-Shirt und Jeans trug und und sich mit der kerzengeraden Selbstsicherheit eines Ex-Militäroffiziers bewegte. Seine Bärentatzenhand war rau und schwielig. Es stellte sich heraus, dass er ein Mechaniker war und sie sich kennengelernt hatten, als Paul sein Auto zur Reparatur brachte.

Lee trat aus der Vordertür, und jetzt fand eine weitere Vorstellungsrunde statt. Als sie hinein gingen, blieb Fishers große Hand auf Pauls unterem Rücken liegen. Lee führte sie ins Wohnzimmer, wo sie Getränke servierten und dann eine Diskussion darüber begann, wie man die Steaks am besten grillt. Lee und Fisher gingen nach draußen, um den Grill anzuwerfen, und Paul erzählte von ihrem Leben in Nashville und wie sehr er sich darauf freute, seine Großmutter zu sehen.

Langsam entspannte sich Joshua. Es war gut, Paul

wiederzusehen. Es tat nicht annähernd so weh, wie er gedacht hatte, selbst als Paul Neil und Magic erwähnte.

„Er hat den Hund geliebt. Aber auf mich war er nicht so scharf, oder?", sagte Paul und lehnte sich gegen den Tresen, der die Küche vom Wohnzimmer trennte. „Damals, bevor ihr zusammenkamt, hat er mich immer angestarrt, und wenn seine Augen Laserstrahlen hätten schießen können, wäre ich jetzt tot." Er gluckste und kippte den letzten Rest seines Bourbons hinunter. „Hast du ein Bier?"

„Klar", sagte Joshua, wandte sich dem Kühlschrank zu und holte vier heraus, dann öffnete er zwei davon. „Ich dachte, er starrt dich an, weil er auf dich steht", gab Joshua kichernd zu. „Ich war verdammt eifersüchtig."

Paul lachte. „Du warst schon immer ein Idiot, wenn es darum ging, zu wissen, ob ein Typ interessiert ist."

„Neil war schwer zu lesen."

„Stimmt. Lee aber nicht. Er ist verrückt nach dir."

Joshua grinste. „Ja, oder?" Er blickte aus dem Fenster auf die hintere Veranda, wo Fisher und Lee lachend und gestikulierend den Grill bedienten. „Er hat mich wieder zum Leben erweckt."

Paul kam um den Tresen herum und zog Joshua in eine feste Umarmung. Er klopfte Joshua auf den Rücken und sagte: „Nach Neil und Magic hatte ich Angst, dass wir dich auch verlieren würden. Aber du hast es durchgestanden. Ich bin stolz auf dich. Neil wäre auch stolz auf dich."

Joshuas Kehle schnürte sich zu, und Tränen stachen in seine Augen. Er zog sich zurück und schlug Paul auf die Schulter. „Arschloch. Bring mich nicht dazu …" Er deutete auf sein Gesicht.

Paul grinste. „Bringen wir die Biere raus zu unseren Männern."

In dieser Nacht im Bett kuschelte sich Joshua an Lee und fragte sich, was Neil wohl dazu gesagt hätte, dass Fisher so viel älter war. Joshua lachte leise.

„Was?", fragte Lee.

„Ich denke nur über Neil nach."

„Und du lächelst. Das macht mich glücklich, Schatz."

Joshua zuckte mit den Schultern. „Er hat mich glücklich gemacht. Und Paul heute zu sehen, ihn über Neil reden zu hören, hat mich daran erinnert, dass ich nicht zulassen sollte, dass sein Tod das ändert."

„Nö."

Lee küsste seinen Kopf und sagte nach einem respektvollen Moment: „Also, dieser Fisher. Paul ist ein Bottom."

„Sieht so aus", sagte Joshua.

Lee kicherte leise, packte Joshuas Hintern und drückte zu. „Ich kann nicht glauben, dass Neil jemals dachte, du und Paul wärt zusammen."

Joshua lachte. „Ich weiß. Neil lag selten falsch, aber wenn, dann lag er so richtig falsch." Er wurde nachdenklich. „Paul und Fisher sind wahrscheinlich glücklich, in Barren River zu übernachten, und sie sagten, Chris habe ihnen eines der besten Zimmer mit guter Aussicht gegeben, aber vielleicht hätten wir sie bitten sollen, bei uns zu bleiben?"

„Und wo?", fragte Lee. „Unser Haus ist ziemlich klein. Oh, warte, hattest du gedacht, sie könnten in unserem Bett schlafen? Unartiger Joshua."

Joshua rollte mit den Augen und warf Lee ein Kissen an den Kopf. „Wir könnten das Büro in ein Gästezimmer verwandeln, wie wir das immer wieder planen."

„In ein paar Stunden? Das glaube ich nicht." Er lachte wieder. „Ich denke, ein Vierer ist eindeutig die einzige Lösung für dieses

Problem.“

„Jetzt sei kein Klugscheißer.“

„Außerdem mag ich das Büro.“ Lee griff in den Nachttisch nach einer Flasche Gleitgel. „Lass die Gäste in Barren River oder einem anderen Hotel übernachten. Dafür sind Hotels doch da.“

„Stimmt.“

„Und jetzt auf Hände und Knie. Und Schluss mit dem Gerede über Vierer.“

Joshua lachte. „Ich glaube irgendwie, dass Paul ausflippen würde, wenn das passieren würde.“

Lee schnaubte, half Joshua auf alle viere und fuhr mit einem Finger über Joshuas empfindlichen Anus. „Nur Paul, hm? Du weißt, dass ich nur Spaß mache, Schatz.“

Joshua schaffte es, nicht zu fragen, ob das Fehlen weiterer Bettpartner etwas war, was Lee bedauerte, denn er neigte dazu, seinen Gedankenfaden zu verlieren, wenn er mit solcher Konzentration und Entschlossenheit aufgefingert wurde.

Dann war Lee über ihm und in ihm, ließ sich Zeit und ließ Joshua auf seinem Schwanz auseinanderfallen, bevor er sich herauszog, um auf Joshuas Rücken zu spritzen. Lee küsste Joshuas verschwitzten Hals und gab ihm drei seiner Finger zu reiten. Joshua stöhnte und krümmte sich auf ihnen, während er daran arbeitete, sich selbst zu befriedigen, bis schließlich eine Reihe von Flüchen von seinen Lippen fiel und sein Sperma die Laken unter ihm bespritzte.

„Alles meins“, flüsterte Lee, während er seinen Samen in Joshuas Haut rieb und dann seinen Schwanz für eine zweite Runde wieder hineinschob. „Und ich teile nicht.“

Joshua wand sich, als Lee immer wieder seine Prostata traf. Er wollte auch nicht teilen.

Kapitel 5

August 2022 – Scottsville, Kentucky

IRGENDETWAS WAR IM Gange. In den letzten Monaten hatte Joshua begonnen, etwas paranoid zu werden, dass Lee eine Affäre hatte. Es gab geflüsterte Telefonate in der Küche spät in der Nacht, die abrupt endeten, als Joshua hereinkam. Außerdem war Lee so oft erst spät aus dem Laden nach Hause gekommen, dass Joshua beschloss, eines Abends selbst dorthin zu fahren, um ihm dort Gesellschaft zu leisten, da Lee sich anscheinend nicht losreißen konnte. Aber der Laden war verschlossen und die Lichter waren aus. Lee war nirgends zu finden, und auch Anrufe bei gemeinsamen Freunden lösten das Rätsel nicht.

Als Lee später zu Hause auftauchte, entschuldigte er sich viele Male, weil Joshua sich wegen ihm Sorgen gemacht hatte, und erzählte irgendetwas von einer nächtlichen Fahrradtour durch den Wald, um den Kopf freizubekommen.

„Wovon?", hatte Joshua gefragt.

„Nur Arbeitsstress, Schatz", hatte Lee geantwortet.

Joshua glaubte allerdings nicht, dass es jemanden gab, an dem Lee interessiert war. Er zermarterte sich das Hirn nach einem einzigen Mann, nach dem sich Lee seines Wissens nach umgeblickt hatte, seit er nach Scottsville gekommen war. Der einzige, der ihm einfiel, war Zeb Reimer, ein junger Mennonit, der auf dem

Holzplatz arbeitete. Aber das wäre ein hoffnungsloser Fall für Lee, selbst wenn es etwas gäbe, worauf Joshua eifersüchtig sein könnte. Zeb war sehr gläubig, heterosexuell, verheiratet und hatte zwei Kinder. Und selbst wenn er nicht heterosexuell wäre, hätte er eine Menge kultureller Programmierung zu überwinden, bevor er die Doppelsünde der Homosexualität und des Ehebruchs begehen würde – mehr noch als selbst Joshua bei seinem eigenen Versuch, sich selbst trotz seiner Erziehung in einer konservativen Kirche treu zu bleiben.

Also, nein. Nicht Zeb.

Aber vielleicht war da noch jemand? Jemand, den Joshua übersehen hatte? Oder vielleicht jemand, den er noch nie getroffen hatte? Es kamen immer wieder Leute durch den Laden, manche von so weit entfernten Orten wie Louisville oder Nashville, die ihr Fahrrad auf ihren Langstrecken-Radtouren reparieren lassen wollten. Nach allem, was Joshua wusste, hätte einer von ihnen Lees Aufmerksamkeit und möglicherweise auch sein Herz erobern können. Joshua hoffte, dass er sich wegen nichts zum Narren machte, hoffte, dass dies nicht ein Fall war, in dem die Liebe ihn wieder zerstörte.

„Hey", sagte Joshua, als er Lees Anruf annahm.

Er saß an seinem Schreibtisch im Holzlager und tat so, als arbeite er an einigen Terminplänen, aber in Wirklichkeit machte er sich Sorgen um Lee und fragte sich, ob seine Ehe in die Brüche gegangen war oder nicht. Er nahm an, dass er einfach fragen sollte, um alles ans Licht zu bringen, aber er wollte nicht unangemessen eifersüchtig wirken, wenn er es nicht sein musste. Was er brauchte, war ein Beweis.

„Du musst ins Krankenhaus kommen", sagte Lee.

Joshua setzte sich aufrecht hin. „Warum? Geht es dir gut? Bist du verletzt?“

„Es geht allen gut. Ich … du wirst hier einfach gebraucht. Kannst du so schnell wie möglich hierher kommen?“

„Sicher, ja. Ja.“ Joshua stand auf und begann, seine Sachen zusammenzusuchen. „Bist du sicher, dass es dir gut geht? Ist es meine Mom? Dad? Sam?“

„Schhh, Joshua. Ganz ruhig. Es ist alles in Ordnung. Komm einfach.“

Joshua war frustriert, als der Anruf endete, bevor er mehr aus Lee herausbekommen konnte, und er erwog, noch einmal anzurufen, und sei es nur, um zu fragen, *wo* im Krankenhaus er ihn treffen sollte. Aber er wollte keine Zeit verschwenden, nur für den Fall, dass es etwas gab, was Lee ihm nicht sagte. Auf dem Weg zu seinem Auto schickte er ein paar SMS, in denen er Antworten verlangte, aber er bekam nur ein Wort.

Cafeteria.

DIE CAFETERIA DES Krankenhauses war über und über geschmückt – überall waren Luftschlangen und Luftballons und jede Menge Leute, die „Happy Birthday, Joshua!“ riefen, als Joshua durch die Tür kam.

Er blieb starr stehen und der Schock überrollte ihn. Happy Birthday? Sein Geburtstag war doch erst nächsten Monat. Er starrte ein paar Minuten lang fassungslos auf die Menge um ihn herum, dann grinste er und schüttelte den Kopf, amüsiert und verärgert über sich selbst, weil er an Lee gezweifelt hatte. Lee, der dort stand und klatschte, sein Gesicht vor Glück und Stolz leuchtend, dass ihm die Überraschung gelungen war.

Joshua nahm Lee in die Arme und küsste ihn auf die Lippen.

„Ich glaub das einfach nicht!"

„Ich auch nicht!"

Joshua lachte und blickte sich um. Paul saß mit Fisher auf der anderen Seite des Raumes, in der Nähe eines Tisches, auf dem eine riesige Torte und ein Podium mit Mikrofon standen. Joshua ging mit einem breiten Grinsen auf dem Gesicht in diese Richtung, als er plötzlich stehen blieb. Abgesehen von Paul, Chris und Dale, Chris' ältestem Stiefsohn Declyn, Joshuas Eltern und seinem kleinen Bruder Sam, kannte er niemanden in der riesigen Menschenmenge.

„Äh … was ist hier los?", fragte er und lachte verwirrt auf. „Musstest du Besucher für meine Party anheuern oder so?"

„Nein, Joshua." Lees dunkle Augen wurden vor Liebe ganz weich. „Das ist dein Geschenk." Er gestikulierte und umfasste damit jede Person im Raum. „Jeder hier, mich eingeschlossen, hat von Neils Leben profitiert. Ich habe jeden seiner ehemaligen Studenten kontaktiert, den ich finden konnte – aus Datenschutzgründen war das schwierig, aber ich habe es geschafft, einige aufzutreiben. Und, wow, Joshua, viele seiner Laborassistenten konnten ihn nicht besonders leiden, selbst nach all diesen Jahren. Sie meinten, er sei ungeduldig gewesen und habe sie oft angeschrien. Das nenne ich nachtragend!"

Joshua wusste nicht, ob er lachen oder weinen sollte. Er biss sich auf die Lippe, sein Lächeln tat weh, und ein Kloß bildete sich in seinem Hals.

„Ich habe auch jede Person gefunden, die nach seinem Tod eine Organspende von ihm erhalten hat. Auch hier konnte ich aus

Datenschutzgründen keine vollständige Liste erstellen, aber ich hatte die Namen der Personen, die dir gemailt hatten, und andere, die dir die Erlaubnis gegeben hatten, sie zu kontaktieren. Ich habe sie alle mit ihren Familien eingeladen." Er machte eine weitere Geste in die Runde. „Das hier sind nicht einmal alle. Aber jede Person hier ist gekommen, weil sie Neil kannten und bewunderten, oder weil sie von seinem Leben durch eine Organspende profitiert haben. Also, alles Gute zum Geburtstag, Joshua." Lee legte die Hände auf Joshuas Schultern und sah ihm ernst in die Augen. „So lange es all diese Menschen gibt und solange *du* existiert? Nun, um Celine Dion zu zitieren, Schatz – wird sein Herz weiterleben."

Joshua brach gleichzeitig in Gelächter und Tränen aus. Er presste die Hand vor den Mund und versuchte, beides zurückzuhalten, aber es war unmöglich. Lee umarmte ihn fest.

Ein Sprechgesang „Rede, Rede, Rede" setzte ein, und Joshua schüttelte den Kopf, nicht sicher, ob er sich genug zusammenreißen konnte, um überhaupt Worte zu finden.

Trotzdem lenkte Lee ihn nach vorne in den Raum und positionierte ihn vor dem Podium. Joshua räusperte sich, schaute in die Menschenmenge, traf den Blick seiner Mutter und räusperte sich erneut. Sie lächelte ihn aufmunternd an, ihre grauen Augen funkelten vor Stolz. Er erinnerte sich an die Zeit, als er mit Neil zusammen gewesen war, verstohlen und verängstigt, weil er gedacht hatte, er würde diesen Stolz in den Augen seiner Mutter nie wieder sehen, wenn er sich je outete.

Und jetzt das.

Stolz auf ihn. Und Stolz auf Lee.

Sogar Stolz auf Neil, obwohl sie ihn nie gekannt hatte.

Er hatte sie alle unterschätzt.

„Also …“, fing er an. „Wow. Ich weiß gar nicht, was ich sagen soll.“

Daraufhin gab es Applaus.

„Nun, als Erstes, ich weiß es jetzt. Ich danke Ihnen. Danke, dass Sie hergekommen sind und sich an Neil erinnern. Er war … nun … er war manchmal ein Arschloch.“

Lachen sprühte durch den Raum.

„Aber er war nie etwas anderes als sanft zu mir, selbst wenn er es vielleicht nicht hätte sein sollen. Selbst wenn ich mir rückblickend wünschte, er hätte mich manchmal härter angefasst. Ich weiß, er war hart zu seinen Schülern, aber zu mir war er immer nur zärtlich. Und ich habe ihn geliebt.“

Stille trat ein, aber sie dauerte nur eine Sekunde, dann erklang mehr Applaus.

„Neil liebte es, wenn seine Arbeit Aufmerksamkeit bekam“, sagte Joshua. „Er war immer aufgeblasen wie ein Pfau, wenn seine Arbeit veröffentlicht oder von einem Forscherkollegen zitiert wurde. Er mochte es, wenn jeder wusste, dass das, was er tat, wichtig war. Er wollte die Welt mit Naniten verändern. Und ich nehme an, angesichts der Arbeit, die seine Stiftung leistet, hat er das auch getan. Aber irgendwie denke ich, er wäre entsetzt über diese … ganze Sentimentalität hier. Er würde wahrscheinlich sagen: ‚Was macht ihr da? Das ist doch lächerlich! Verschwendet euer Leben nicht mit langweiligen Geburtstagsfeiern für meinen idiotischen Freund. Geht und nutzt eure Zeit für etwas Wichtiges!‘“

Die Menge schlurfte nervös hin und her.

„Und wisst ihr, was ich ihm antworten würde? ‚Vergiss es, Neil. Das hier ist für mich.‘ Und an euch alle: Danke. Vielen Dank. Ich … ich weiß das wirklich zu schätzen.“ Joshua drehte sich zu Lee um, der hinter ihm stand, und nahm seine Hand. „Ich danke dir. Ich liebe dich. Danke, dass du das für mich tust. Du bist unglaublich, und ich bin so froh, dass ich dich getroffen habe und dich in meinem Leben haben kann.“

„Dito, Schatz“, sagte Lee. Er ruckte mit dem Kinn in Richtung des Raumes voller Menschen und lenkte Joshuas Aufmerksamkeit wieder auf alle, die Neils Leben berührt hatte. „Alles Gute zum Geburtstag.“

ZWEITER TEIL

Kapitel 6

September 2027 – Scottsville, Kentucky

JOSHUA WACHTE SCHWEIßGEBADET und mit Übelkeit im Magen auf und war den Tränen nahe. Es war wieder „der Traum" gewesen. Nun, einer davon. Er hatte zwei Träume, die häufig genug kamen, um diese Bezeichnung zu verdienen. Wenigstens war es nicht derjenige, der auch Lee geweckt hätte, obwohl dieser Joshua weniger im Zwiespalt ließ, wenn auch nur, weil Lee davon wusste. Es gab wirklich keine Möglichkeit, die zuckenden Schluchzer zu verstecken, die sie normalerweise beide aufweckten.

Nach jenem Traum rieb Lee ihm den Rücken und sagte ihm: „Es ist okay. Es ist schon lange her. Du bist jetzt hier bei mir."

Es war das, was er hören musste, denn in dem Traum existierte die Gegenwart nicht. Er war wieder dort, im Krankenhaus, und Neil lag im Sterben, an Maschinen angeschlossen und mit Blut bedeckt, das Gehirn bereits tot und für immer verloren. Und die Leute sagten Joshua, es sei Zeit, sich zu verabschieden, zu tun, was Neil gewollt hätte, seine Organe zu spenden. Sie baten ihn nicht darum, sie sagten es ihm einfach. So viel Verantwortung, so viel Kummer und Schmerz, und er war nicht einmal darauf vorbereitet gewesen. Er hatte nicht gewusst, dass Neil sein Testament geändert hatte. Der Schrecken und der herzzerreißende Schmerz füllten ihn wie ein Ozean, und er wachte aus dem Traum auf und schluchzte: „Neil, Neil, Neil", während sein Herz trommelte. Es war irgendwie dumm, dass es so weh tat. Es waren fünfzehn Jahre vergangen. Inzwischen sollte er über all das hinweg sein.

Das würde er Lee hinterher auch sagen. Er wischte sich den Rotz und die Tränen aus dem Gesicht, halb lachend, aber sein Mund war immer noch vom alten Schmerz verzogen.

„Halt die Klappe", würde Lee gutmütig flüstern. „Ich hasse es, dass du so sehr leidest, aber ich liebe es, dass du die Art von Mensch bist, die so sehr liebt. Es ist egoistisch, aber ich bin froh zu wissen, dass, wenn ich sterbe, du mich auch Jahre später noch so sehr vermissen wirst."

Joshua lachte ein wenig zwischen den restlichen Schluchzern. „Wehe, du stirbst mir weg."

„Wenn ich dieses Versprechen geben könnte, würde ich es tun."

Dann ließ sich Joshua von Lee in den Arm nehmen und legte seine Wange an Lees nun narbenfreie Schulter. Sie waren vor zwei Jahren verschwunden, als Lee sich für einen Versuch mit einer der hoch experimentellen Naniten-Zellbehandlungen angemeldet hatte, auf die Neil vor seinem Tod hingearbeitet hatte.

Joshua war um Lees willen froh, dass die Narben fort waren, aber seltsamerweise vermisste er sie. Sie waren Teil des Mannes, in den er sich verliebt hatte, des Mannes, der ihn zum Lachen gebracht hatte und zum Lieben und dazu, wieder glücklich zu sein, nachdem er Neil verloren hatte. Und auch wenn sie von den meisten als bedauernswert und unansehnlich angesehen wurden, hatte Joshua jeden Zentimeter jeder Narbe von ganzem Herzen geliebt.

Joshua fragte sich oft, was Neil davon gehalten hätte, wie weit Naniten gekommen waren. Wie aufgeregt er gewesen wäre, das

Ergebnis zu sehen, wenn man sie zur Reparatur von Zellschäden einsetzte. Joshua konnte sich nur vorstellen, welcher Ausdruck von Aufregung und Macht auf Neils Gesicht erschienen wäre, als er begriff, was seine Arbeit erreicht hatte.

Diese Chance hatte Neil nie bekommen. Stattdessen hatte Neil auf einem Krankenhausbett geendet, mit seiner Hand in Joshuas. Und wenn Joshua Albträume von jenem Tag hatte, war der Schmerz immer noch intensiv und lebendig. Er schwoll bösartig in ihm an.

Aber das war nicht der Traum, aus dem er schweißgebadet aufgewacht war. Diesmal war es der Traum, von dem Lee nichts wusste. Der, vor dem sich Joshua am meisten fürchtete. Darin saß Joshua in Earl G. Dumplins Diner, nippte an seinem Kaffee und spielte mit dem neuen Tablet, das er sich gerade gekauft hatte, und versuchte, es so zu programmieren, dass es ihn über Probleme mit seinen Holztransportern per Satellitenortung informierte, als Neil sich ihm gegenübersetzte.

Joshua rief: „Oh mein Gott! Du bist es!"

Das Ausmaß der Freude, das ihn erfüllte, war unermesslich. Es war Erleichterung, Glück und völlige Glückseligkeit auf einmal. Tränen traten ihm in die Augen, und er nahm Neils Hand, ohne zu fragen; er brauchte die Antwort nicht einmal zu wissen. Wo war Neil gewesen? Warum war er zurück? Nichts davon war wichtig. Das Einzige, was zählte, war, dass er jetzt da war. Und er war perfekt und sah gut aus und blickte Joshua mit aller Liebe der Welt an.

„Ich habe dich so sehr vermisst", sagte Joshua wie immer und drückte Neil an sich. Neil roch gleich – nach Seife und Shampoo und seiner Haut. „Ich bin so froh, dass du hier bist. Wir können alles tun, wozu wir bestimmt sind. Wir können zusammen sein."

Neil sah auf jene Art glücklich aus, die nur Joshua verstand; seine Augen waren warm und verengten sich, und Joshua fühlte sich, als würde er in eine Million freudiger Stücke zerspringen, denn er war mit Neil zusammen, und er würde jetzt nichts mehr davon verpassen.

Dann öffnete Neil wie jedes Mal den Mund und sagte: „Und was wird Lee davon halten?"

All die Freude, all die Glückseligkeit zerbröselte zu einem Haufen kränklichen Schreckens, der sich um seine Füße sammelte. Er nahm Neils Hand und starrte ihn am Boden zerstört an, während er versuchte, die Freude zu verarbeiten, die Hoffnung auf das, was er mit Neil teilen wollte, und sie mit dem zu vergleichen, was er mit Lee hatte: den Frieden und das gemeinsame Glück, die geteilte Liebe, das *Leben,* das sie sich aufgebaut hatten. Eine kalte Panik stieg in ihm auf und trieb ihm den Schweiß auf die Haut, weil er es nicht aufgeben konnte. Er konnte keinen von beiden aufgeben.

Und dann legte Neil seine Hand auf Joshuas Wange und sagte sehr ernst: „Es ist nur ein Traum, Joshua. Wach auf."

Wach auf.

Joshua hasste diese Träume. Er verbrachte den nächsten Tag damit, zu trauern, als hätte er Neil erneut verloren, und sich auch schuldig zu fühlen, als hätte er Lees Vertrauen missbraucht. Er war unfähig gewesen, sich zu entscheiden. Er hatte alles gewollt. Und er hatte Neil verraten, weil er Lee wollte, und er hatte Lee verraten, weil er Neil wollte, und vor allem war er wütend, dass sein Unterbewusstsein ihm das angetan hatte. Sich selbst zu quälen war etwas, das er aufgegeben hatte. Es war eine schlechte Angewohnheit, die er sich abgewöhnt hatte. Denn es hatte nicht dazu geführt, dass er nicht schwul war. Und Neil hätte es nicht gewollt. Und Lee war ein guter Mann und sie lebten ein glückliches Leben miteinander. Die Liste ließe sich beliebig fortsetzen.

Aber es war Morgen, und der Traum war gekommen und gegangen.

Joshua atmete tief durch und versuchte, die Gefühle, die wie Trümmer zurückblieben, zu verdrängen. Die Sonne strömte durch ihr Schlafzimmerfenster, und es war ein wunderschöner Herbstmorgen. Das Windspiel auf der Veranda klang wie akustisches Glitzern, und er schluckte schwer, entschlossen, sich auf alles zu konzentrieren, was schön und lebendig war.

Er hörte Lees sanftes Atmen neben sich, und als er sich auf die Seite drehte, erblickte er seinen jüngeren Bruder Sam, der auf dem Bett schlief, das sie für ihn auf dem Boden aufgehäuft hatten. Sam hatte die Nacht hier verbringen wollen, um dem Streit ihrer Eltern zu entkommen, also hatten Joshua und Lee ihn gelassen.

Als er an seine Eltern dachte, stöhnte Joshua und rollte sich auf den Rücken, wobei er seinen Arm über die Augen legte, als könnte er es aus seinem Kopf verdrängen. Aber dort lief das Drama ab wie ein Film. Sein Vater hatte mit einer anderen Frau geschlafen, einer Lehrerin namens Marissa Laurie, die neu in der Stadt war. Joshua hatte sie nur ein einziges Mal im Restaurant des Barren River Lake Resorts getroffen, als er dort mit seinem Anwalt zu Abend gegessen hatte, um einige Angelegenheiten von Stouder Lumber zu besprechen. Ms Laurie hatte sich dort mit seinem Vater auf einen Drink nach Schulschluss getroffen, und Joshua wusste sofort, wie der Hase wirklich lief.

Er hatte seinen Vater zur Seite gezogen und gesagt: „Hör mal,

Dad, wenn es dir egal ist, was das mit Mom macht, dann denk wenigstens an Sam.“

Sein Vater hatte geleugnet, dass irgendetwas Unangemessenes passiert war, und Joshua war mit einem Knoten im Magen nach Hause gegangen, hilflos und verängstigt. Denn was konnte er da schon ausrichten? Sollte er verlangen, dass sein Vater etwas zugab, was vielleicht gar nicht geschehen war?

Aber natürlich war es geschehen. Und jetzt litten seine Mutter und sein kleiner Bruder darunter.

Joshua setzte sich auf, und Lee rührte sich. Sein Arm fiel auf Joshuas Kissen – die Narben waren nun fast vollständig verschwunden; nur eine leichte Verfärbung blieb. Joshua stellte seine Füße auf den Boden und schritt vorsichtig über Sam hinweg. Er lächelte auf die ausgebreitete Gestalt seines Bruders hinunter – fünfzehn Jahre alt und schlaksig.

Joshua ging ins Bad, um zu pinkeln. Er konnte immer noch die geträumte Hitze von Neils Hand auf seiner Wange spüren, und er kämpfte gegen den Drang an, seine Hand zu heben, um die Empfindung wegzuwischen. So sehr er den Traum und den Verlust auch hasste, den er jedes Mal spürte, so sehr sehnte er sich danach. Diese Berührung wieder zu fühlen, Neils Gesicht zu sehen. Das war den Schmerz wert.

Lee schlief noch, als Joshua sich für die Arbeit fertiggemacht hatte. Trotzdem kehrte Joshua ins Schlafzimmer zurück, um seine Schläfe zu küssen und ihm das gewellte dunkle Haar aus der Stirn zu streichen. Er stand neben dem Bett und sah ihm einen langen Moment lang beim Schlafen zu. Joshua lächelte und flüsterte: „Ich liebe dich.“

Dann trat er wieder über seinen jüngeren Bruder hinweg und

stellte sich seinem Tag.

JOSHUA HATTE EIN frühes Treffen mit einem anderen Vorstandsmitglied der Neil-Russell-Stiftung, um einige herausragende Anträge auf Förderung von Naniten-Projekten zu besprechen, die in letzter Zeit von einigen doch sehr jungen Wissenschaftlern eingereicht worden waren. Jeder davon musste gründlich in Augenschein genommen werden, um sicherzustellen, dass die jungen Forscher der Welt etwas zu bieten hatten, und es sich bei ihnen nicht nur um eine weitere Gruppe College-Kids mit großen Egos handelte.

Joshua war noch nie ein Morgenmensch gewesen und legte einen Zwischenstopp bei Earl G. Dumplins ein, um sich einen Kaffee zu holen. Es herrschte ein ziemlicher Frühstücksansturm, und während Joshua wartete, erlaubte er sich, sich an den Traum zu erinnern. Er holte tief Luft und überließ sich wieder dem Rausch der Freude, als er Neil erblickte, und er versuchte, sich deswegen nicht schuldig zu fühlen.

Irgendwann schlichen sich jedoch Schuldgefühle ein, die es ihm wieder verdarben. Also richtete er seine Aufmerksamkeit wieder darauf, wie sich Earl G. Dumplins in den letzten Jahren verändert hatte. Sie nahmen jetzt berührungslose Zahlungen direkt vom Handy entgegen, und die Kellner konnten eine Zahlung am Tisch mit einem Tippen in einer App entgegennehmen. Es war dumm, sich über Veränderungen zu ärgern, aber er vermisste das alte Kassenklingeln und das Gefühl von Geldscheinen in seinen Fingern. Wie überall, als sich die Zeiten änderten, so fühlte sich der

Ort einfach nicht mehr so an wie früher.

Joshua erinnerte sich, als das örtliche Krankenhaus vor ein paar Jahren die Umrüstung seines gesamten Systems genehmigt hatte. Er hatte das Krankenhausarmband immer gehasst, das Lee als Patient auswies, wenn er im Laufe der Jahre für verschiedene Naniten-Hautbehandlungen eingecheckt worden war. Jetzt war es durch Fingerabdrücke und Netzhautscans ersetzt, die man direkt am Bett durchführte.

Als Joshua das letzte Mal selbst im Krankenhaus gewesen war, hatte man ihn getestet, um herauszufinden, ob er ein guter Kandidat für eine neue, experimentelle Nanitentechnologie wäre oder nicht. Die Ärzte hatten versprochen, dass die fortgeschrittenen Zellreparaturfähigkeiten sein Leben exponentiell verlängern könnten, und er war tatsächlich für die Studie zugelassen worden. Ein paar Wochen hatte man ihm über Nacht Naniten über das Blut zugeführt, und die mikroskopischen Roboter hatten damit begonnen, Abnutzungserscheinungen zu reparieren, sein Immunsystem zu stärken und sogar seinen bereits gesunden Lungen zusätzliche Funktionen zu entlocken. Danach hatte er sich mehrere Monate lang wie ein Übermensch gefühlt.

Neil würde sich sicher über die Fortschritte freuen, die seine Arbeit gemacht hatte. Nachdem Joshua sich von der schlimmsten Trauer erholt hatte, hatte er immer gut auf sich aufgepasst – um Lees und seiner selbst willen, aber auch, weil er wusste, dass Neil gewollt hätte, dass er ein langes Leben hatte. Wenn der Tod ihn schließlich ereilte – allerdings hoffentlich erst in vielen Jahren – stellte die Nanitentechnologie quasi sicher, dass es zumindest nicht daran lag, dass er nicht jede Gelegenheit genutzt hatte, gesund zu bleiben.

Obwohl Joshua dankbar war, ein längeres, gesünderes Leben zu leben, als er es sich jemals vorgestellt hatte, fühlte er sich mit einigen der jüngsten Veränderungen im Krankenhaus selbst nicht ganz wohl.

„Wieso?", hatte Lee gefragt, als Joshua das erwähnte, und blickte von dem Roman auf, den er auf seinem Tablet las.

Joshua hatte die Achseln gezuckt und mit den Fingern über das andere Handgelenk gestrichen in Erinnerung an das Plastikband, das er zuvor im Krankenhaus getragen hatte. „Ich weiß nicht. Aber als ich als Kind wegen meines Blinddarms im Krankenhaus war, fühlte ich mich sicher, wenn ich das Armband trug, glaube ich. Als ob sie sich um mich kümmern würden."

„Du bist so ein Sub, Schatz, das ist unfassbar." Lees Lippen hatten sich amüsiert verzogen, und er hatte ihm zugezwinkert. „Mach dir keine Sorgen. Wenn wir heute Abend nach oben gehen, sorge ich dafür, dass du dich sicher fühlst. Das sollte es wieder gut machen."

Joshua hatte mit den Augen gerollt. Lee zu vertrauen, gab ihm zwar ein Gefühl der Sicherheit, aber darum ging es nicht. Er seufzte, amüsiert, aber auch mit dem Gefühl, dass Lee ihn nicht ernst genommen hatte.

„Was? Glaubst du nicht, dass du dich bei mir sicher fühlen kannst? Weißt du nicht, dass ich mich immer um dich kümmern werde?" Lee hatte das Tablet beiseitegelegt und Joshua einen heißen Blick zugeworfen.

Joshua hatte gegrinst. „Oh, das tust du immer", hatte er geflüstert. „Das ist ein Grund, warum ich dich liebe."

„Ich bin froh, dass es mehr als einen gibt", hatte Lee gesagt und leise gelacht.

Im Allgemeinen hatte Joshua kein Problem mit technologischen Fortschritten, die zu medizinischen Wundern führten, und Naniten gehörten definitiv dazu. Er hatte jedoch seine Zweifel daran, wie weise manches von dem war, was die Wissenschaftler taten. Es schien sich um eine Welt zu handeln, die für seinen Geschmack zu weit von der „Heimat" seiner Jugend entfernt war. Und wenn es etwas gab, das für Joshua gleich bleiben sollte, dann war es Scottsville. Menschen kamen und gingen. Liebe begann und starb. Kinder wurden geboren und wuchsen auf. Alles war immer im Fluss, das stimmte. Aber das, was Joshua geistig gesund hielt, war, dass er jeden Winkel und jede Ecke seines kleinen Fleckchens Erde genau kannte.

Scottsville.

Die Stadt, in die er geflüchtet war, als er alles verloren hatte. Die Stadt, die ihm Lee und die Liebe gegeben hatte und einen Weg, wieder zu leben.

Aber Scottsville veränderte sich. Und das war, gelinde gesagt, beunruhigend.

Trotzdem machte er heute fröhlich weiter, holte sich seinen Kaffee bei Earl G. Dumplins, nickte den anderen Einheimischen zu und grinste, als er Chris auf dem Parkplatz draußen traf. Er hatte seinen alten Freund schon eine Weile nicht mehr gesehen, aber er war froh, ihn jetzt zu treffen. Chris hielt seinen und Dales Jüngsten im Arm, ein Baby aus einem Nachbarbezirk, das sie bei sich aufgenommen hatten.

„Hey, Chris. Hey, Beth", sagte Joshua und küsste das Baby auf die Wange. Er fuhr mit der Hand über ihren Flaumkopf.

„Ich bin spät dran", sagte Chris und schob sich abgelenkt sein langes Haar hinters Ohr. „Ich muss sie in die Kita bringen und dann nach Barren River zur Arbeit düsen.“

„Klar“, sagte Joshua. „Dann lasse ich dich mal ziehen.“

„Okay, aber …“ Chris packte ihn am Arm und lächelte sanft. Seine Zähne glitzerten in der Morgensonne. „Bist du okay? Du wirkst so, als würde die Welt zusammenbrechen, wenn du sie nicht auf deinen eigenen zwei Schultern tragen würdest.“

Joshua lächelte. „Mir gehts gut. Hatte nur einen seltsamen Traum.“

„Oh.“ Chris legte den Kopf schief, und seine dunkelbraunen Augen schienen fast unheimlich aufmerksam. Er schob sich eine weitere Haarsträhne hinters Ohr. Beth kaute auf ihrer Faust. „Also, wenn du reden willst, weißt du ja, wo du mich findest.“

„Aber klar.“

Dass Chris sich ausgerechnet in Scottsville niedergelassen hatte, erstaunte Joshua immer noch. Er hatte nie ganz verstanden, wie es möglich war, dass der Mann, den er in Neils Wohnung kennengelernt hatte, die ehemalige Dragqueen, zum Stiefvater von Farmjungen und Pflegekindern geworden war. Aber das war er, und er liebte es. Ganz zu schweigen davon, dass er einen guten Job im Hotel des State Parks gefunden und sich mit einer Selbstverständlichkeit, um die ihn Joshua beneidete, an das Dasein als offensichtlichster Schwuler der Stadt gewöhnt hatte.

„Wie geht es Dale?“, fragte er, bevor Chris sich von ihm verabschieden konnte. „Ich weiß, dass ihr beide seit seinem Unfall eine Menge um die Ohren habt.“ Dales Bein war im Sommer zuvor von seinem Traktor zerquetscht worden, und die dabei entstandenen Verletzungen waren erheblich gewesen. Mittlerweile waren sie zwar verheilt, aber Dale hatte immer noch Nervenschmerzen, die ihm sehr zu schaffen machten.

Joshua hatte maßgeblich dazu beigetragen, dass Dale für eine bevorstehende medizinische Studie mit neu entwickelten, noch experimentellen, nervenreparierenden Naniten angemeldet wurde. Es erstaunte Joshua immer noch, wie weit die Nanitentechnologie mittlerweile fortgeschritten war seit der Hautbehandlung, die Lee erhalten hatte. Mittlerweile konnte sie auch innere Organe und Gefäßverletzungen reparieren.

Manchmal dachte er an die schweren Verletzungen, die Neil bei seinem Unfall davongetragen hatte, und der Gedanke brachte ihn fast um den Verstand, dass Neils eigene Arbeit ihn vielleicht hätte retten können, wenn die Nanitentechnologie schon so weit entwickelt gewesen wäre wie jetzt. Immerhin hatten Naniten Tausende anderer Menschen gerettet, die das Glück hatten, von der Technologie zu profitieren, der Neil sein Leben gewidmet hatte. Nun, zumindest falls sie genug Geld hatten, um sich die Behandlung überhaupt leisten zu können. Diese ungerechte Verteilung der medizinischen Naniten-Behandlung war etwas, das Joshua mit einer ganzen Reihe von Zuschüssen zu korrigieren versuchte. Dazu gehörte auch der, der die Studie finanzierte, an der Dale teilnehmen würde.

Die Studie sollte an der Emory-Universität in Atlanta im Bundesstaat Georgia durchgeführt werden. Offenbar war die Entwicklung von Naniten, die Nerventraumata behandeln konnten, außerordentlich schwierig. Joshua erinnerte sich daran, dass Neil damals über die Gründe dafür gesprochen hatte, aber er hatte die Einzelheiten ausgeblendet, weil er sich zu sehr auf die Formen konzentrierte, die Neils Mund machte, als er sprach. Aber eine Idee, die sich ein sehr junger Forscher ausgedacht hatte – anscheinend ein Wunderkind, das den Forschern in Emory seine Pläne vorgelegt hatte – hatte neurologische Nanitenmedizin machbar gemacht. Trotz des Alters des Jungen – er war erst fünfzehn – war die Theorie stichhaltig, und Emory arbeitete daran, eine Studie in Gang zu bringen. Nach einigem Zureden und einer großzügigen Spende stand Dale auf der Liste der Kandidaten ganz oben.

„Dale freut sich auf die Behandlungen", sagte Chris. „Das tun wir beide."

Joshua wusste, dass Dale sich nicht unterkriegen ließ und sich selten beklagte, aber er konnte auch an Chris' Gesicht ablesen, dass er immer noch zu große Schmerzen hatte.

Sie sprachen einen Moment darüber, und Joshua versicherte Chris, dass der Prozess bald beginnen würde.

„Die älteren Jungs sind groß genug, um auf sich selbst aufzupassen, aber manchmal …" Chris brach ab und sah Beth bedeutungsvoll an.

„Was hältst du davon, wenn wir heute Abend das Babysitten übernehmen? Dann könnten du und Chris euch mal ausruhen."

Chris lächelte. „Würde euch das etwas ausmachen?"

„Wir würden uns darüber freuen."

Chris küsste ihn auf die Wange. „Danke. Ich bringe sie um sechs vorbei. Ich liebe dich, Josh. Du bist immer noch ein guter Kerl." Dann verschwand Chris, wobei sein langes Haar hinter ihm her wehte und sein dünner Hintern wie ein Besen hin und her schwang. Beth winkte zum Abschied über Chris' Schulter, und Joshua warf ihr eine Kusshand zu.

Manchmal war er traurig, dass er und Lee nie eine gemeinsame Familie gegründet hatten. Sie hatten am Anfang über eine Adoption gesprochen, aber Lee war dagegen gewesen. Nach einem kleinen Streit war die Wahrheit ans Licht gekommen. Lee gab zu, dass er sich zu schuldig fühlte, ein eigenes Kind zu haben, während er sich immer noch die Schuld dafür gab, dass seine Schwester ihres verloren hatte. Egal, wie irrational die Schuldgefühle waren, sie blieben hartnäckig bestehen, und Lee konnte ihnen nicht entkommen.

Joshua verstand das. Er fühlte sich selbst immer noch schuldig, dass er an jenem Morgen nicht da gewesen war, als Magic sich von ihrer Leine losgerissen hatte und auf die Straße gestürmt war. Er war nicht da gewesen, um Neil davon abzuhalten, ihr zu folgen …

Als er sich auf den Weg zu seinem Auto machte, rief er Lee an, um ihm mitzuteilen, dass sich ihre Pläne geändert hatten und er zugestimmt hatte, heute Nacht auf Beth aufzupassen. Selbst wenn Lee keine eigenen Kinder wollte, er liebte Babys, und Joshua wusste, dass sie Beths Besuch über Nacht genießen würden.

„Morgen, du Schlafmütze", sagte Joshua, als Lee den Hörer abnahm, aber immer noch groggy klang. „Zeit, aufzuwachen!"

Lee stöhnte leise auf.

„Ich habe Chris getroffen. Er hat uns gebeten, heute Abend auf Beth aufzupassen."

„Mmm, okay."

„Achte darauf, dass Sam pünktlich zur Schule kommt."

Lee grummelte leise vor sich hin, aber Joshua konnte hören, dass er aufstand. „Hast du deinem Großvater in seinem Alter nicht geholfen, Stouder Lumber zu führen? Kann er nicht selbst aufstehen?"

Joshua lachte. „Nicht ganz. Ich war ein bisschen älter. Außerdem weißt du genau, dass er eine Nachteule ist."

„Ja, nun, wie auch immer. Ich bin heute Morgen einfach erschöpft."

Joshua runzelte die Stirn. Sie hatten in der Nacht zuvor nichts Anstrengendes getan, nicht mit Sam neben dem Bett. Es schien, als würde Lee in letzter Zeit immer öfter über Erschöpfung klagen.

Joshua kaute auf seiner Unterlippe.

Lee war einer der Ersten gewesen, der den Prototyp der Nanitenbehandlung erhalten hatte, und es gab einige unbekannte Faktoren, was diese frühen Versuche anging. Oberflächlich betrachtet schien alles in Ordnung zu sein – die Naniten hatten seine Narben geheilt. Aber bei einigen Patienten, die sich der gleichen Nanitentherapie mit den gleichen frühen Prototypen unterzogen hatten, gab es erste Anzeichen für Probleme. Die Naniten hatten sich nicht so verhalten, wie sie sollten. Statt ihre Arbeit zu erledigen und sich dann aufzulösen, wurden die winzigen Roboter „übereifrig", wie es in einigen Berichten hieß, und blieben bestehen, um an anderer Stelle im Körper völlig gesundes Gewebe zu „reparieren" – also zu zerstören. Dies führte oft zu einem plötzlichen Kollaps und in einigen Fällen sogar zum Tod.

Joshua zögerte. Sie hatten sich erst vor ein paar Tagen darüber gestritten, ob Lee einen Arzt aufsuchen sollte oder nicht, als er zu müde gewesen war, um zur Arbeit zu gehen. Lee hatte darauf bestanden, dass es ihm gut ging und es keine große Sache war. Er behauptete, er sei nur erschöpft von der Arbeit, und dass Joshua sich zu viele Sorgen mache. Während Joshua begann, in der Hinsicht so seine Zweifel zu haben, hasste er es auch, ihren Tag mit einem weiteren Streit zu beginnen.

Er beschloss, es beim Abendessen anzusprechen, und sagte stattdessen: „Soll ich das Babysitten absagen?"

Lee stöhnte am anderen Ende, keuchte und machte ein seltsames Geräusch.

„Was ist los?“ Joshua gab seinen Entschluss auf, bis zum Abendessen zu warten, und ließ das Auto an, um es in Richtung zu Hause zu lenken. „Geht es dir gut?“

„Alles in Ordnung“, sagte Lee, immer noch mit einem leichten Keuchen in der Stimme. „Es ist nichts. Mach dir keine Sorgen, mein geliebter Ehemann.“

Jetzt nagte der Zweifel an Joshua. Plötzlich schien der Traum von Neil wie ein Omen. „War es wieder dieser Schmerz? In deiner Brust? Hast du deswegen mit den Ärzten gesprochen, Lee? Du hast gesagt, du würdest sie danach fragen.“

„Es war nichts. Ich habe mir beim Training einen Muskel gezerrt. Das wars.“

Joshua schluckte und fuhr weiter in Richtung zu Hause. „Hast du bei der letzten Untersuchung nicht um einen Bluttest gebeten? Haben sie gecheckt, dass die Naniten sich so aufgelöst haben, wie sie es sollen? Diese frühen Prototypen …“

Lee unterbrach ihn. „Wenn ich am Montag nach Bowling Green fahre, schaue ich in der Praxis vorbei und frage nach. In Ordnung?“

Joshua wollte darauf drängen, dass er jetzt anrief, aber er wusste, dass Lee stur war und sein Versprechen, am Montag hinzugehen, war mehr als erwartet.

„Schatz, ich ignoriere das nicht“, sagte Lee sanft. „Aber ich kenne meinen Körper, und mir geht es gut.“

„Es ist nur …“ Joshua hielt inne. Er hatte so viel in seinem Leben verloren, und jetzt war er glücklich. Manchmal fühlte er sich, als warte er auf das dicke Ende und darauf, dass er wieder alles verlor.

„Ich weiß“, sagte Lee. „Deshalb gehe ich ja auch hin. Ich will nicht, dass du dir Sorgen machst. Heute ist viel los – der Vertreter kommt aus Nashville, um mir die neuen Fahrräder zu zeigen, und heute Abend kümmern wir uns um Beth und wahrscheinlich auch um Sam. Dann ist Wochenende, Schatz, und ich will mich mit dir entspannen. Montag ist der früheste Termin, an dem ich es einrichten kann. Aber ich verspreche, hinzugehen, okay?"

Joshua schob seine Angst beiseite und sagte: „Ich liebe dich."

Lee lachte. „Erzähl mir etwas, das ich nicht weiß."

„Okay, ich trage rote Unterwäsche", sagte Joshua und wackelte mit den Augenbrauen, in der Hoffnung, die Anspannung zu brechen, die ihn immer noch belastete. Er sah eine Möglichkeit, um auf der Straße umzudrehen und zurück in Richtung des Holzlagers zu fahren.

Lee lachte wieder. „Nein, tust du nicht."

Joshua gluckste. „Und wenn doch?"

„Du tust es wirklich nicht", sagte Lee. „Du tust glatt so, als würde ich dich nicht kennen."

Joshua grinste.

„Ich rüttle gerade deinen kleinen Bruder wach. Du solltest den finsteren Blick in seinem Gesicht sehen. „Raus aus den Federn, Morgenstund hat Gold im Mund."

„Hau ab", kam Sams wütendes Gemurmel aus dem Hintergrund. „Du bist scheiße."

„Hey, Joshua, ich glaube, er muss wachgekitzelt werden, was denkst du?"

Joshua hörte Sam kreischen, und dann sagte Lee: „Ich liebe dich. Tschüss, Schatz", und die Verbindung brach ab.

Joshua grinste und fuhr weiter in Richtung Stouder Lumber.

Als er sich schließlich an seinem Schreibtisch niederließ, führte er seine Hand an seine Wange und an die Stelle, an der er noch immer die schwache Phantomberührung von Neil aus seinem Traum spürte. Er wischte sie weg und räusperte sich, entschlossen, sich auf die Gegenwart zu konzentrieren.

Kapitel 7

August 2027 – Atlanta, Georgia

NEIL MOCHTE ES nicht, wenn seine Mutter weinte. Sie war eine ganz besondere Frau, und er würde ihr immer dafür dankbar sein, dass sie jemanden, der so schwierig war wie er, großgezogen hatte und nicht einfach aufgab, ihn in ein Pflegeheim oder einen Ofen steckte und dort am lebendigen Leibe röstete. Er wusste, wie schwierig es für sie gewesen war.

Aber mehr als das, er liebte sie. Sie war lustig, klug und zärtlich.

Er klopfte ihr unbeholfen auf den Rücken und sagte: „Mama, es ist nur am anderen Ende der Stadt."

Er sagte nicht, dass sie ihn besuchen könne, wann immer sie wolle. Wenn es nach ihm ginge, wäre er viel zu sehr damit beschäftigt, eine massive experimentelle Nanitenstudie zu entwerfen und zu leiten, während er gleichzeitig seinen Abschluss in Medizin und Ingenieurwesen an der Emory-Universität machte. Vielleicht könnte sie vorbeikommen und ihm etwas zu essen bringen? Selbst das schien eine Unterbrechung zu sein.

„Und du bist dir sicher, dass du nicht zu Hause wohnen kannst?", fragte sie. „Du bist erst fünfzehn, Neil. Du bist noch so jung."

Neil runzelte die Stirn. Nur fünfzehn. Wenn er sich nur wie fünfzehn *fühlen* würde, dann läge die Sache ganz anders. Stattdessen fühlte er sich seit seiner Geburt wie dreißig und hatte die dazugehörigen Erinnerungen. Allerdings hatte er keinen linearen Zugang zu ihnen. Sein früheres Leben fühlte sich wie eine Mischung aus instinktivem Wissen und plötzlichen, manchmal überwältigend spezifischen Erinnerungen an. Er wusste genug über seine frühere Inkarnation, um zu wissen, dass er die Idee einer individuellen Seele, die von Leben zu Leben ging, für Unsinn gehalten hatte. Und doch war er jetzt hier, ein Gefangener in einem fünfzehnjährigen Körper. Manchmal sagte er dem Neil-Von-Vorher, der immer noch bestreiten wollte, dass das hier überhaupt möglich war, er solle sich endlich damit abfinden.

„Ja, nun, leugne das so viel du willst, aber ich war nie jung, Mama.“

Er hatte einmal versucht, sie Alice zu nennen, weil er nie die Ehrfurcht vor ihr hatte, die die meisten Kinder für ihre Mütter zu hegen schienen. Als er sechs Jahre alt war, hatte er in irgendeinem schnulzigen Buch in der Praxis seines Kinderarztes gelesen, dass für jedes Kind das Wort für Gott „Mutter“ lautete, aber für ihn war das Wort für Gott immer „Fick dich, warum hast du mir das angetan, du Hurensohn?“ gewesen. Vorausgesetzt, Gott existierte überhaupt, und daran hatte er immer noch ernste Zweifel. Das Wort für die Frau, die ihn liebte, obwohl er wahrscheinlich am weitesten von dem Kind entfernt war, das sie sich erträumt hatte, war einfach Alice, wenn es nach ihm ging, und das genügte ihm.

Alice schien passend und die im Grunde respektvollste Wahl, denn es stellte sie auf eine Stufe mit ihm. Und obwohl Neil sie nicht wirklich auf seinem intellektuellen Niveau sah, war das ein gutes Dankeschön dafür, dass sie ihn liebte, ihn in jenen beängstigenden jungen Jahren vor Jim beschützte und die Last ertrug, die er darstellte.

Alice allerdings war deswegen wütend geworden. Er war zusammengezuckt, als sie mit der Hand auf den Küchentisch knallte und sagte: „Wie hast du mich gerade genannt?"

„Äh, so heißt du?"

„Aber auf gar keinen Fall, Bursche", hatte sie zu ihm gesagt und mit dem Finger fast bedrohlich auf ihn gezeigt. Das war etwas, das Neil von ihr nicht gewohnt war, und er wich zurück.

„Ich habe dich auf die Welt gebracht, verstehst du? Es ist mir egal, wie klug du bist, wie viel du dich an ein früheres Leben erinnerst, oder ob du deine Mitschüler und Lehrer zum Ausflippen bringst, indem du jeden davon bei allem korrigierst. Es ist mir auch egal, dass du kein bisschen wie ich oder sogar wie Marshall aussiehst. Es ist mir egal, ob du in jeder Hinsicht weiter fortgeschritten bist als ich, aber ich habe sechsunddreißig Stunden lang Wehen ertragen, um *dich aus meiner Vagina zu pressen*, und du wirst mich *Mama* nennen. Hast du mich verstanden?"

Neil hatte langsam genickt und ein paar Minuten lang nichts gesagt. Er hatte gewartet, bis sie wieder anfing, ihr Abendessen zu essen, bevor er um einen Mundvoll warmen Kartoffelpürees herum sagte: „Nun, ich bin nicht in *jeder Hinsicht* weiter fortgeschritten. Du hast das mit dem Kochen drauf."

Für ihn war das ein großes Zugeständnis, und er hatte gewusst, dass sie es wusste. Es war eine Art Entschuldigung gewesen, und auch das hatte sie offensichtlich gewusst. Ihre Lippen hatten sich verzogen, und sie sagte: „Und du könntest nicht mal einen Topf Bohnen warm machen, wenn es um dein Leben ginge."

Neil hatte gegrinst.

Sie hatte den Kopf geschüttelt. „Wenn du dem Kochen so viel

Aufmerksamkeit schenken würdest wie deinen Experimenten, dann wäre das ganz anders."

„Danke … Mama", hatte Neil gesagt und sich geräuspert.

Er hatte sie nie wieder außerhalb der Grenzen seines eigenen Kopfes Alice genannt. Er stellte sich vor, dass Joshua stolz auf ihn sein würde – nicht nur, weil er beschlossen hatte, etwas zu tun, das ihm nichts ausmachte, ihr aber offensichtlich viel bedeutete, sondern auch, weil er die Frau tatsächlich liebte. Alles in allem war Alice eine gute Mutter, und Neil genoss es, in ihrer Nähe zu sein, was schon viel aussagte.

Jetzt aber, im nicht mehr ganz so zarten Alter von nicht mehr ganz so fünfzehn Jahren, zog Neil von zu Hause aus, und Alice schien es schwerzufallen, damit umzugehen. In gewisser Weise verstand er nicht, warum. Es war ja nicht so, dass er ihr das Leben leicht gemacht hätte. Seit er ganz klein gewesen war, hatte er entscheidend dazu beigetragen, dass man sie aus jeder Art von Gemeinschaft ausschloss. Nicht mit Absicht. Er selbst zu sein, schien dafür einfach zu reichen.

Diesmal war er anders. Schon in seinem früheren Leben war es schwierig gewesen, ihn kennenzulernen und zu mögen, aber jetzt war es, als ob all seine Ungeduld, Reizbarkeit, Konzentration und soziale Unbeholfenheit durch verlorene Zeit und Wut destilliert worden waren. Er war niemand, mit dem zusammen zu sein Spaß machte.

Aber Alice war immer noch jung und schön, obwohl Neil in der Hinsicht zugegebenermaßen voreingenommen war, und er betrachtete seinen Auszug als etwas Positives für sie. Vielleicht konnte sie jetzt wieder nach einem Partner suchen. Jemanden finden, mit dem sie sich ein Leben aufbauen konnte. Zum Teufel, es war noch nicht einmal zu spät, um noch ein Kind zu bekommen – vielleicht würde das nächste normal sein und die Art von Kind, die Alice verdiente. Er wünschte ihr das.

Gleichzeitig wusste Neil, dass er vom Moment seiner Geburt an Alices ganzes Leben gewesen war. Sie hatte gearbeitet, um ihm die beste Ausbildung zu ermöglichen, die sie konnte, bis er im Alter von zwölf Jahren sein erstes Stipendium bekommen hatte, das die Universitätskurse abdeckte. Und sie hatte das alles allein geleistet.

Ihre Eltern waren nicht tot, aber für Alice hätten sie es genauso gut sein können. Sie hatte es ihm im Jahr zuvor erzählt, an einem regnerischen, tristen Weihnachtsabend, als sie beim Auspacken der Geschenke zur Feier etwas Wein getrunken hatte. Als sie zwischen erneuerten Abonnements für medizinische und technische Zeitschriften für ihn und ein Mikroskop für sie (also gut, es war für ihn; er war ein schrecklicher Sohn) saßen, hatte sie erzählt, dass ihre Eltern Junkies waren. Ihre frühesten Erinnerungen waren in den Geruch von Marihuana gehüllt, aber mit der Zeit waren sie zu viel härteren Drogen übergegangen.

„Und dann, als ich neunzehn war, traf ich Marshall Green“, hatte Alice gesagt und mit einem Verpackungsbändchen herumgespielt. „Er sah gut aus und versprach, sich um mich zu kümmern. Ich zog bei ihm ein, so schnell ich konnte. Und ich war mit dir schwanger, bevor er zu seinem ersten Einsatz nach Afghanistan aufbrach.“ Alice hatte an ihrem Wein genippt und seufzte. „Er war ein guter Mann, dein Vater.“

Neil hatte seine Lippen eingezogen und die Antwort zurückgebissen, dass Gerald Russell, der Mann, der vor fast fünfundvierzig Jahren bei einem Autounfall in Boston gestorben war, sein Vater war. Neil hatte von Marshall nur Fotos und ein paar

Videoclips gesehen, aber er erinnerte sich noch genau an Geralds scharfe Nase, seinen schnellen Verstand und seine langen Finger, die die Karten mischten und ihn mit Fragen über die Regeln von Gin Rummy löcherten. Aber er war froh, dass er jetzt Marshalls Nachnamen trug und nicht den von diesem Arschloch Jim. Das war eine weitere Sache, die Alice für sie beide getan hatte, nachdem sie weggegangen waren – sie hatte Jims Namen aus allen ihren rechtlichen Unterlagen getilgt.

Nach ein paar stillen Momenten hatte Alice geseufzt und gesagt: „Eltern. Man kann nicht mit ihnen leben, aber man kann ohne sie auch nicht geboren werden."

Neil hatte genickt. „Manche sind aber gar nicht so schlecht." Er hatte sie wissen lassen wollen, wie er sich fühlte. Es hätte schlimmer sein können: Wenigstens liebte sie ihn und ließ ihn mit seinem Leben machen, was er wollte. Und er liebte sie auch.

Alice hatte die Achseln gezuckt. „Du hattest es beim letzten Mal wahrscheinlich besser."

Es war das erste Mal, dass sie Neils Familie aus seinem früheren Leben erwähnte. Er hatte schon darüber nachgedacht, es ihr zu erzählen – über den Reichtum, das Haus, die Reisen und die Boote. Die Einsamkeit, den Druck und den Verlust. Die Angst, die er empfunden hatte, als seine Eltern gestorben waren und er mit all dem Geld und der Verantwortung allein gelassen worden war. Aber das hatte er nicht. Es schien etwas zu sein, das sie nicht zu hören brauchte. Aber es gab so viele Dinge, an die er sich erinnerte, die er nie mit jemandem geteilt hatte. Ein Teil von ihm sehnte sich danach, dass sie es erfuhr.

Als er sah, wie Alice das Bändchen wieder um ihren Finger wickelte, hatte er beschlossen, dass es an der Zeit war. Wenn sie glaubte, seine anderen Eltern seien besser gewesen als sie, dann war das zumindest etwas, das er richtigstellen konnte. Sie war der Elternteil, der ihn bedingungslos geliebt hatte.

„Warum fragst du nie nach ihnen?“, hatte er gefragt.

„Nach deinen Eltern aus deinem früheren Leben?“

„Ja.“ Er hatte sich schnell über die Lippen geleckt, überrascht vom Anflug von Nervosität.

„Das macht mir ein schlechtes Gewissen“, hatte sie gesagt und einen weiteren Schluck Wein genommen. „Ich meine – wenn sie toll war und besser als ich, warum sollte ich das hören wollen? Und wenn sie es nicht war … warum würdest du es mir dann sagen wollen? Es ist besser, es in der Vergangenheit zu lassen, oder?“

„Sie war nicht besser als du“, hatte Neil gesagt. „Und sie war auch nicht schlechter. Sie war nur anders.“

Alice hatte mit den Schultern gezuckt.

„Und sie musste auch viel weniger aushalten. Beim letzten Mal hatte ich nicht all diese lästigen Erinnerungen. Ich war damals ein richtiges Kind, kein Freak.“

„Neil“, hatte sie begonnen, aber er hob die Hand.

„Nicht, Mama. Das ist in Ordnung.“ Er war aufgestanden, war zu ihrem Stuhl gegangen und hatte sich vor sie gekniet. „Ich will nur, dass du es weißt. Sie war nicht besser als du. Wenn sie es mit mir zu tun gehabt hätte, so wie ich jetzt bin, hätte sie mich wahrscheinlich im Schlaf erstickt.“

„Du kennst die Liebe einer Mutter nicht“, hatte Alice leise gesagt.

„Ich kenne deine Liebe“, hatte Neil gesagt. „Und auch wenn alles daran ätzend ist, hier in diesem Körper festzusitzen und etwas zu wollen, was ich wohl nie haben können werde. Du gehörst nicht dazu. Du bist nicht ätzend, Mama, und ich liebe dich.“

„Ach, Neil.“ Sie hatte gelacht, wobei ihr Tränen in den Augen glänzten. „Immer so ehrlich. Und ich liebe dich auch.“

Jetzt, neun Monate später, stand Neil neben Alice auf dem Parkplatz vor seinem Wohnheim, wischte eine Träne von Alices Wange und sagte: „Mama, du weißt, ich hasse es, wenn du weinst.“

„Das sind Freudentränen“, log sie, und Neil stöhnte auf.

„Klar doch.“

„Lass mich meine Gefühle haben, Neil.“

„Na gut.“ Sie hatte ihm immer seine Gefühle gelassen. All seinen Zorn und seine Wut, seine Liebe zu Joshua. Sein ganzes Leben lang hatte ihn die Hilflosigkeit in den Wahnsinn getrieben, und sie hatte ihm nie gesagt, dass er damit falschlag. „Aber spüre sie nicht zu lange.“

Alice lachte durch ihre Tränen hindurch. „Du hast mir nicht vorzuschreiben, wie lange ich darin suhlen darf, dass mein Nest jetzt leer ist.“

Neil liebte Alices Lachen und ihr breites Lächeln, und trotz seiner besten komödiantischen Bemühungen waren beide seiner Meinung nach viel zu selten. Er strich ihr das lange braune Haar hinters Ohr, küsste ihre feuchte Wange und sagte: „Okay, Mama. Ich habe in fünfzehn Minuten ein Meeting. Du musst los. Wir sprechen uns später.“

Alice nickte, warf ihre Arme um Neil und drückte ihn so fest an sich, dass das Atmen wehtat.

„Ist schon gut, Mama“, sagte er unbeholfen und klopfte ihr auf den Rücken. „Das wird dir guttun.“

Sie stieß ein Lachen aus, zog sich zurück und blickte zu ihm auf, bevor sie ein strahlendes Lächeln erzwang. „Also gut, mein Kind.

Aber denk daran, du kannst immer nach Hause kommen. Egal, was passiert."

Neil spürte ein seltsames Ziehen in seiner Brust, und ein kleiner Kloß stieg ihm in den Hals. Er hustete, küsste sie auf die Stirn und trat zurück, als sie ins Auto stieg. Er sah nicht zu, wie sie wegfuhr, sondern eilte zurück in sein neues Wohnheimzimmer, um seine Unterlagen für das Meeting vorzubereiten. Aber als er auf dem Weg zum Büro des Professors über den Parkplatz zurückging, wünschte er sich plötzlich, er hätte sie noch einmal umarmt, bevor sie gegangen war. Und dann zuckte er mit den Schultern.

Er würde sie früh genug wiedersehen.

$$\mathcal{Kapitel\ 8}$$

Oktober 2030 – Atlanta, Georgia

DAS ERSTE MAL, als Neil Sex hatte, nachdem er gezwungen war, Kindheit und Jugend noch einmal zu durchleben, war er achtzehn Jahre alt, und es war mit seinem Mitbewohner.

Das war auch für Neil eine ziemlich große Überraschung. Er machte sich keine Illusionen über seine körperliche Attraktivität. Er war knochig und sah für sein Alter jung aus. Das war auch in seinem ersten Leben so gewesen, als er fast fünfundzwanzig gewesen war, bevor körperlich alles zusammen passte. Neil erinnerte sich, dass er als Neil Russell irgendwann ab seinem fünfundzwanzigsten Geburtstag keine Probleme mehr gehabt hatte, Sex zu bekommen, aber davor hatte er nur aus einer Parade verstörender Blowjobs mit nicht geouteten Sportlern und Typen bestanden, die andere schikanierten. Wenigstens hatte er diese spezielle Sorte Elend dieses Mal übersprungen, auch wenn er so scharf war, dass, wenn es möglich gewesen wäre, vom Masturbieren blind zu werden, wie seine erste Mutter ihn vor Jahrzehnten informiert hatte, er sein Augenlicht auf jeden Fall eingebüßt hätte.

Sein drittes Jahr an der Emory-Universität hatte dabei gut angefangen. Neil war selten da, und sein neu zugeteilter Zimmergenosse, Derek, war eine große Verbesserung gegenüber dem Arschloch des Vorjahres. Wenigstens war Derek schwul, was Neil die Last abnahm, sich Gedanken darüber machen zu müssen, ob seine Sexualität ein Problem darstellen würde, das zu Verletzungen führen könnte.

Seinen ersten beiden Mitbewohnern hatte Neil es nie erzählt, weil er sich nie sicher genug gefühlt hatte, diese Information preiszugeben. Beide schrien geradezu „hetero" und waren dann auch noch Sportler, sodass er immer ein wenig besorgt war, dass sie seine Homosexualität als bedrohlich empfinden und ihn im Schlaf während einer durch Steroide ausgelösten Panikattacke umbringen würden.

Es war nicht so, dass es in den ersten Jahren wichtig gewesen wäre, offen über seine sexuellen Vorlieben zu sprechen. Er war ein minderjähriges, dürres Genie; mit ihm wollte ohnehin niemand ficken, und er war viel zu sehr in seine eigentliche Arbeit vertieft, um sein Leben zu riskieren, um Sex zu haben. Seine Hand hatte ihn noch nie im Stich gelassen.

Dann kam Derek daher. Er war nicht nur „out"; er war geradezu lächerlich schwul. Er benutzte Gesichtscreme und das Zeug, das er sich in die Haare schmierte, landete auch irgendwie überall auf ihrem gemeinsamen Waschbecken. Er gestikulierte nicht übertrieben, aber er sagte Dinge wie: „Wir Mädels müssen zusammenhalten", und er sprach offen mit jedem, der es hören wollte, über seine endlose Jagd nach Sex auf den diversen verfügbaren Apps. Und da Derek Neils Schweigen oft mit „Zuhören" verwechselte, hörte Neil oft von Dereks Verlangen nach einem Schwanz.

Neil fand, dass Derek ein gut aussehender Typ war. Ein bisschen dünn vielleicht, aber er hatte wangenknochenlanges gefärbtes schwarzes Haar, das ihm über die dunklen Augen fiel und einen schönen Kontrast zu seiner blassen Haut bildete. Erst nach dem ersten Mal, als sie gevögelt hatten, gestand Neil sich ein, dass ihm Dereks körperliche Attraktivität überhaupt aufgefallen war. Am Anfang hatten sie nur zusammen gelebt, und das war alles, und das ging für Neil auch in Ordnung.

Aber eines Abends, nach vielen Stunden im Labor, in denen er einige Probleme in der nächsten Phase der bevorstehenden Naniten-Studie ausbügelte, kam Neil nach Hause und fand Derek auf dem Sofa sitzend vor. Er war nur mit einer lockeren Yogahose bekleidet, hatte seinen Schwanz in der Hand und holte sich zu einem Porno einen runter, der auf dem wandgroßen Bildschirm lief, den Dereks Eltern ihnen gespendet hatten.

Neil schloss die Tür hinter sich und war überrascht, dass Derek nicht mit dem aufhörte, was er tat, oder sich deswegen überhaupt schämte. Stattdessen winkte Derek ihn zu sich.

„Komm her. Du bist ein Top, richtig?"

Neil nickte. Ja, er bevorzugte es, zu toppen. Daran erinnerte er sich aus seinem früheren Leben – wie sich der Arsch eines Mannes um seinen Schwanz zusammenzog, wie ein Mann stöhnte, als er in ihn eindrang. Neil war steif, bevor er überhaupt das Türschloss drehen und seine Tasche auf den Boden fallen lassen konnte.

Es gab keine weitere Diskussion. Derek hatte Kondome, und er wollte gefickt werden. Neil hatte nicht vor, mit ihm darüber zu diskutieren. Als Neils Schwanz zum ersten Mal in Dereks engen, sich zusammenziehenden Arsch eindrang, rollten seine Augen zurück, und er stöhnte vor Lust; seine Brustwarzen schmerzten, seine Eier zogen sich zusammen, und er bekam vier Stöße hin, bevor er das Kondom mit Sperma füllte. Aber das war nicht wichtig. Für ihn war es so lange her, und es war so gut.

Ausnahmsweise war seine Jugend auf seiner Seite. Er streifte schnell ein weiteres Kondom über, während Derek einladend mit dem Arsch wackelte, und dann fickte Neil ihn so hart, dass Derek auf dem Teppich nach Halt suchte, aufschrie und sich in glücklicher Hingabe immer wieder auf Neils Schwanz aufspießte.

Sie trieben es vier Stunden lang wie im Delirium, immer und immer wieder. Neils Eier schmerzten und seine Beine zitterten, als er danach versuchte, aufzustehen. Derek grinste, schlaff und sabbernd, während er mit dem Gesicht nach unten auf dem Teppich neben dem Sofa lag, sein Arsch immer noch oben, und sein Loch zuckte leer in der Luft.

Neil war mit Sex bedeckt und wollte sich waschen, etwas Wasser und Essen holen und sich dann ausruhen – allein, in seinem eigenen Bett. Er hoffte, dass Derek nicht kuscheln wollte. Neil versuchte, seine Beine zu überreden, ihre Arbeit lange genug zu tun, damit er es bis zur Dusche schaffte, aber er brach neben dem Sofa zusammen, bevor er drei Schritte gemacht hatte. Sein Schwanz zuckte immer noch und seine Eier pochten hart, während er dort keuchend Kraft schöpfte, um einen weiteren Vorstoß in Richtung Badezimmer zu wagen.

Oh Gott, er hoffte, dass Derek nichts *Echtes* von dieser Sache erwartete. Er stöhnte auf, als ihm der Gedanke dämmerte und die Realität schließlich seinen lustverwirrten Verstand überrollte. Er hatte seinen Mitbewohner gefickt; jetzt könnte es unangenehm werden.

„Mein Gott, bist du bestückt", murmelte Derek. Das waren die ersten Worte, die er nach „mehr", „härter", „bitte" und „scheiße" gesagt hatte, nachdem er gefragt hatte, ob Neil toppte. „Mir ist, als hättest du mich von innen nach außen gedreht,

Kumpel.“

Neil schluckte und rieb sich mit einer Hand über die Augen. Er hatte bereits seine Pflicht getan und sich Dereks Hintern angesehen, um sicherzustellen, dass alles in Ordnung war. Er war ein wenig rot gewesen, aber ansonsten war alles, was Derek fühlte, nur auf die Dehnung zurückzuführen.

„Hör zu“, sagte Neil. „Wir sind … Mitbewohner. Das war …“

Derek rollte sich auf den Rücken und grinste glückselig. „Sag mir nicht, dass wir das nicht wieder tun werden, denn wir tun es auf jeden Fall wieder. Aber wenn du nicht mein Freund sein willst, geht das klar. Fick mich einfach wieder so und wir nennen es ein Win-Win, okay?“

Neil war unsicher. Er hatte so was schon einmal erlebt. In seinem ersten Leben hatte es einen Kommilitonen gegeben, der sich in Neil verliebt hatte, nachdem er versprochen hatte, dass er nur Sex wollte. Aber das war eine andere Zeit gewesen. Ein anderes Leben. *Derek* war anders und entstammte einer Generation, bei der lockerer Sex keine große Sache war. Neil hatte oft genug durch die dünne Wand zwischen ihren Schlafzimmern gehört, wie gut Derek damit zurechtkam.

Außerdem war Derek ein anständiger Kerl. Neil wollte nicht, dass ihm etwas Schlimmes zustieß. Wenn es Derek davon abhielt, so viele fremde Typen aufzugabeln, dann würde es vielleicht auch ihn schützen, wenn er ihn fickte. Um Homosexualität machte man nicht mehr so ein Aufheben wie früher, aber es gab immer noch viele Schwulenhasser auf der Welt, und Vergewaltiger verschwanden nicht, nur weil es heutzutage für Schwule genauso okay war zu heiraten wie für Heteros.

„Mach dir keine Sorgen.“ Derek zog sich hoch, um sich auf

seinen Hintern zu setzen, und zuckte dabei ein wenig zusammen. „Ich weiß, wo ich stehe. Und auf diese Weise wirst du dann auch nicht sauer, wenn ich dich für einen richtigen Freund abserviere." Er beäugte Neils schlaffen Schwanz und grinste. „Obwohl, wenn mich dieses Ding in den Arsch fickt, wann immer ich will, bin ich mir nicht sicher, wie eifrig ich mich da auf die Suche mache."

Neil starrte Derek an und entschied, dass er das aufrichtig meinte.

Nach einer Dusche, einem Sandwich und einem Nickerchen klopfte Neil an Dereks Schlafzimmertür, und sechzig Sekunden später hatte er einen Schwanz in seinem Mund und einen Mund an seinem Schwanz. Es war genauso gut, wenn nicht sogar besser, als Neil es in Erinnerung hatte, und als Neil seine Ladung abspritzte, vor Lust stöhnte und sich an Dereks schlanke Hüften klammerte, entschied er, dass es ein großartiges Arrangement war.

Kapitel 9

NACH ETWA DREI Wochen Herumficken wurden er und Derek tatsächlich das, was Neil als Freunde bezeichnen würde. In seinem Leben hatte er nicht viele Freunde, nicht in diesem und nicht in dem davor, aber Derek war unkompliziert, hilfsbereit und, seiner naturwissenschaftlich geprägten Meinung nach, ziemlich intelligent für jemanden, der Englisch studierte.

Neil wusste, dass es gefährlich war, Dinge überlappen zu lassen, aber Derek schien es damit ernst zu meinen, den Sex vom Rest zu trennen. Danach kuschelten sie nicht und sie redeten nie miteinander, während sie noch verschwitzt und mit Sperma bedeckt waren. Es ging nur um Sex, bis sie befriedigt waren, und dann gingen sie getrennte Wege.

Die Freundschaft stellte sich dabei und um das herum ein. Neil arbeitete im Labor, bis er nicht mehr geradeaus sehen konnte, und kam dann zurück in die Wohnung, fickte Derek, wenn er noch die Energie dazu hatte, ging schlafen und wachte auf, und der Kreislauf wiederholte sich. Irgendwie ertappte er sich jedoch dabei, dass er beim Frühstück mit Derek verweilte und über Dereks Kommentare lachte, aber der wahre Wendepunkt kam, als Derek ihn nach seinen Büchern fragte, jenen zahlreichen Stapeln, die die Wände seines Schlafzimmers bedeckten.

„Also, was hat es mit dieser Faszination für Reinkarnation auf sich?"

„Es ist ein Hobby." Neil versuchte, Derek wieder aus seinem Zimmer zu treiben, aber Derek spielte da nicht mit.

Stattdessen ließ sich auf das Bett plumpsen und winkte mit einem ramponierten Exemplar von *Alte Seelen.* „Das ist offensichtlich, aber warum?"

Neil zuckte mit den Schultern.

Derek schlug das Buch auf und blätterte durch einige Seiten. Er neigte den Kopf, um einige der Notizen zu lesen, die Neil an den Rändern gemacht hatte. „Glaubst du an Reinkarnation?"

Neil atmete langsam ein und sagte dann: „Ist das wichtig?"

„Ich glaube daran", bot Derek an. „Meine Großmutter sagte, dass sie in ihrem früheren Leben eine Weberin am Hof von Königin Victoria war."

„Eine Weberin, hm? Nicht Königin Victoria selbst?"

„Nee. Sie hat die Königin nie getroffen, sagte sie." Derek wischte sich die Haare aus dem Gesicht und schob das Kissen unter seinen Kopf, um es sich bequem zu machen. „Ich finde, es macht Sinn, weißt du? Energie zu Energie. Seele zu Seele."

„Ich nicht", sagte Neil. „Ich finde, es macht überhaupt keinen Sinn."

„Nun, du bist Naturwissenschaftler, daher …" Derek zuckte mit den Schultern. „Wenn du nicht glaubst, dass es Sinn macht, warum liest du dann darüber?" Er zog das Buch von Neils Nachttisch. „*Where Did You Go: Eine überraschende Erkundung des Lebens jenseits des Lebens.* Ich meine, du interessierst dich wirklich sehr dafür!"

„Ich glaube schon daran", gestand Neil, und seine Handflächen wurden schweißnass. „Ich glaube nur nicht, dass es wissenschaftlich haltbar ist.“

„Mehr Dinge zwischen Himmel und Erde als … wie geht das noch mal?“

„Es ist Shakespeare. Ich dachte, du studierst Englisch?“

„Ich studiere Poetik.“ Derek legte die Bücher beiseite. „Warum glaubst du dann an Reinkarnation?“

Neil leckte sich über die Lippen, und sein Magen machte einen Satz. Was hatte er zu verlieren, wenn er es Derek erzählte? Er hatte bereits gesagt, dass er ebenfalls an frühere Leben glaubte, und er schien nicht die Art von Typ zu sein, der beschloss, dass Neil ihn nicht mehr ficken konnte, weil er dachte, er sei wiedergeboren worden. „Ich erinnere mich, wer ich war, bevor ich starb.“

„Wow!“ Derek lächelte. „Warst du jemand Cooles? James Dean oder eines der Romanow-Kinder? Anastasia vielleicht?“

Neil schnaubte. „Ich war ein Naniten-Forscher.“

Derek rollte mit den Augen. „Verpasste Gelegenheit, Alter. Du sagst, du warst nur … du?“

„Ja. Ich war einfach ich. Aber ich hatte einen anderen Namen und lebte in Nashville.“ Er konnte nicht glauben, dass er das alles jemandem gegenüber laut zugab, der nicht Alice war.

„Wie langweilig.“

„Kann man so sehen.“

Derek legte den Kopf schief. „Weißt du, wie du gestorben bist?“

„Ich wurde von einem Lkw überfahren.“

„Scheiße“, Derek zuckte zusammen. „Sorry, Mann. Das ist echt übel.“

„Ist es.“

Derek tätschelte den Platz neben ihm. „Setz dich. Erzähl mir mehr.“

Es war nicht so, dass Neil jetzt alles herausposaunte, aber dennoch wurde Derek nach und nach die einzige Person außer seiner Mutter, die alles über sein früheres Leben und Joshua wusste. Neil zeigte ihm sogar die Videos von Joshua, die Lee im Laufe der Jahre auf Facebook gepostet hatte, und sie diskutierten ausführlich über Neils Erinnerungen aus seinem ersten Leben.

Derek war von all dem ziemlich fasziniert, aber er machte sich nie über Neil lustig oder deutete an, dass er verrückt sei. Es war eine Erleichterung, jemand anderen zu haben, der seine Realität als wahr akzeptierte. Obwohl selbst Neil sich manchmal in den frühen, schlaflosen Morgenstunden fragte, ob das alles überhaupt sein konnte, oder ob er sich einfach in einen Wahn verrannte oder vielleicht sogar schizophren war.

Aber soweit es Neil betraf, kam ein Fickkumpel und Freund an diesem Punkt in seinen Leben genau richtig. Wenn er Joshua nicht haben konnte, sah er nicht ein, warum er ein freundloser Mönch sein musste. Er nahm an, dass er ein wenig Freizeitvergnügen verdiente.

Neil wusste auch, dass die Freundschaft ohne den Sex nie zustande gekommen wäre. Hätten sie nicht gevögelt, wäre Derek nie in Neils Schlafzimmer gekommen, oder wenn doch, hätte Neil ihn der Schnüffelei oder der Suche nach Geld oder etwas Schlimmerem beschuldigt. Aber manchmal vögelten sie auf Neils Bett statt auf Dereks, und dann stand Neil auf, duschte und ging zurück ins Labor, während Derek selig auf der Matratze liegen blieb.

Ein Teil von ihm musste gewusst haben, dass es nur eine Frage der Zeit war, bis Derek die Sammlung von Büchern bemerken würde, die sich alle mit Reinkarnation befassten, und danach fragen würde. Es war längst nicht mehr üblich, dass junge Leute Bücher aus Papier und Druckerschwärze besaßen, und er hatte eine Menge davon. Neil konnte sich eingestehen, dass er vielleicht wollte, dass Derek ihn danach fragte. Vielleicht war Neil einsam, und Derek war für ihn ein ebenso guter potenzieller Freund wie jeder andere. Schließlich konnte er die Wahrheit über sich selbst kaum mit irgendeinem seiner Professoren oder Kollegen teilen, ohne seiner Karriere zu schaden. Angesichts der Orgasmen und der Kameradschaft, an die keine Erwartungen geknüpft waren, passte Dereks Freundschaft gut in Neils Leben.

Wie sich herausstellte, mochte Alice Derek auch. Neil würde als Sohn niemals einen Preis gewinnen, aber er fügte sich ihrer Bitte, einmal im Monat gemeinsam zu essen, solange das in seiner Wohnung mit Derek stattfand. Auf diese Weise konnte er rasch aus dem Labor verschwinden, mit ihr etwas essen, das ein Bringdienst gebracht hatte, und damit seine Sohnespflichten erfüllen, und danach direkt zurück ins Labor eilen. Eines Abends ging dieser Plan allerdings nach hinten los, als er so in seine Arbeit vertieft war, dass er ihre gemeinsamen Pläne für das Abendessen vergaß und dann noch ihre SMS verpasste. Als er in die Wohnung zurückkehrte, fand er sie und Derek auf dem Sofa sitzend vor, wo sie alte romantische Komödien schauten und wie zwei alte Kumpel Cider tranken.

Danach war er immer pünktlich, wenn er seine Mutter wie verabredet zum Abendessen traf. Er hoffte, das würde die unangemessene Verbrüderung zwischen seiner Mutter und seinem Fickkumpel beenden, aber das tat es nicht. Als er eines Abends aus dem Labor zurückkam, um Sex und Abendessen zu haben, fand er Derek vor, der per Videoanruf mit Alice sprach. Er stand fassungslos vor Dereks Zimmer und hörte zu, wie sie über die

„Reinkarnationssache" sprachen. Als wäre es keine große Sache. Und als Derek aufblickte und Neil dort stehen sah, redete er weiter mit Alice, als wäre das normal und als wäre Neil nicht da und würde zuhören.

„Ja, da stimme ich zu. Das Problem ist nicht, dass Neil scharf auf jemand Älteren ist. Viele Jungs verknallen sich hoffnungslos. Es ist mehr als das, und er muss den hier loslassen", sagte Derek, streckte Neil die Zunge heraus und deutete in Richtung Küche, wo Neil den Geruch von chinesischem Essen wahrnahm, dass er bestellt hatte. „Ich meine, soweit es diesen Joshua betrifft, ist Neil tot. Und er *ist* tot. Also, nicht unser Neil, sondern der andere Neil. Du weißt, was ich meine." Er schaltete das Mikrofon stumm, sodass Alice seine Worte nicht hören konnte. „Deine Mutter ist dran. Ich habe das Lo Mein so bestellt, wie du es magst, okay? Ich bin in einer Minute fertig. Es sei denn, du willst mit ihr reden?"

Neil stand nur da und starrte ihn an. Derek rollte mit den Augen, blies sich die Haare aus dem Gesicht und tippte wieder auf das Mikrofon-Symbol. „Alice, hör zu, ich muss los. Wir können später weiter darüber reden, okay? Aber mach dir nicht so viele Sorgen. Neil geht es gut. Er arbeitet viel, aber er isst genug. Und er hat gestern sogar zweimal gelächelt, also entweder ist das ein Zeichen der Apokalypse oder es geht ihm ziemlich gut."

Neil lächelte jetzt nicht. Verdammt, nein, das tat er ganz sicher nicht. „Hast du ihr auch gesagt, dass wir ficken?", fragte er, sobald Derek aufgelegt hatte.

„Nein. Soll ich?" Derek stapfte in die Küche, holte einige Teller heraus und stellte sie auf den Tisch. „Ich könnte ihr alles darüber erzählen, wie du mich mit deinem großen Schwanz so hart kommen lässt, dass ich Sterne sehe. Meinst du, das würde ihr gefallen?"

Neil wusste, dass Derek ihn absichtlich provozierte, aber das machte ihn nur noch wütender.

Derek seufzte. „Hör zu. Sie ist einsam, okay? Sie hat dieses große, seltsame Ding in ihrem Leben …"

„Du meinst mich."

„Ja, dich. Und sie muss mit jemandem reden, der das versteht. Als sie herausfand, dass ich alles wusste und deine Geschichte glaubte, war sie so erleichtert. Nimm ihr das nicht weg. Außerdem mag ich sie, okay? Sie ist richtig toll. Und eines Tages, wenn du losziehst … weil du du bist, braucht sie vielleicht eine Schulter und ich eine Mutterfigur, die nicht meine eigene Mutter ist. Also, entspann dich. Und iss dein chinesisches Essen."

Derek nahm seinen Teller mit in sein Schlafzimmer und schloss die Tür. Neil stand da und starrte eine Minute lang auf die Kartons mit dem Essen und füllte sich dann einen Teller, bevor er an Dereks Tür klopfte. „Also, vögeln wir jetzt oder was?"

Derek warf etwas Weiches gegen die Tür. Neil hörte, wie es gegen die andere Seite der Tür prallte. „Ruf deine Mutter an und vielleicht ficken wir danach."

Neil seufzte. Er hatte eigentlich keine Zeit, um mit Alice zu reden. Aber anscheinend war das letzte Gespräch wirklich schon fast eine Woche her. Er setzte sich mit seinem Essen hin und rief seine Mutter an.

„Hey, Mama", sagte er um einen Mundvoll Essen herum. „Ich kann nicht lange reden, aber wie geht es dir?"

ALS ALICE DAS nächste Mal zum Abendessen kam, verbrachte sie natürlich die ganze Zeit damit, ihn zu fragen, warum Derek nicht sein Freund sein konnte.

„Weil es so nicht funktioniert", sagte Neil unter Aufbietung aller Geduld, die er aufbringen konnte, und war dankbar, dass Derek zur Abwechslung mit einigen seiner anderen Freunde unterwegs war. Er wollte Alice ein guter Sohn sein. Wirklich. Aber manchmal machte sie ihm das doch recht schwer.

„Du kannst mir nicht erzählen, er sähe nicht gut genug aus. Er ist bezaubernd, Neil, und er ist klug. Er bringt mich ständig zum Lachen, und ich habe sogar gesehen, wie du in seiner Nähe gekichert hast. Also … warum nicht?"

Neil starrte sie an. „Mama", und er musste sich aus lauter Frust verkneifen, sie Alice zu nennen. „Such dir einen Freund. Kümmere dich um dein eigenes Leben und halt dich aus meinem raus. Das habe ich dir schon mal gesagt. Hör mir dieses Mal, um Himmels …"

„Neil", sagte sie ernst, „ist das wegen Joshua?"

Neil ignorierte das. „Wie kommst du darauf, dass Derek überhaupt an einer Beziehung mit mir interessiert wäre? Wir sind Mitbewohner. Wir sind Freunde. Das wars."

Alice verengte die Augen und nahm einen Bissen von ihrer Pizza, und kaute einen Moment, während sie Neil düster anstarrte. „Du hast Sex mit ihm."

Neil verschluckte sich praktisch an seiner Limo und hustete, bevor er noch mehr trank, nur um seinen Mund zu beschäftigen, damit er sie nicht dafür beschimpfte, dass sie so verdammt neugierig war. „Hat er dir das erzählt?", fragte er schließlich.

„Das brauchte er nicht."

Neil glaubte ihr nicht, und das wusste sie offensichtlich, denn sie fuhr fort: „Ich habe eine fundierte Vermutung angestellt, basierend darauf, wie du ihn ansiehst und wie er sich dir gegenüber verhält, und wie sich das in den letzten Monaten verändert hat. Du bedeutest ihm was, Neil.“

„Wir sind Freunde. Die Sex haben. So wollen wir das beide.“

Alice seufzte. „Du könntest glücklich sein, wenn du es nur zulassen würdest.“

Neil verschluckte sich an seiner Limo und stopfte sich mehr Pizza in den Mund. Er konnte nicht mit ihr darüber reden. Schließlich hatte sie recht. Er konnte so tun, als wäre er wie alle anderen, so tun, als wäre Joshua nicht da draußen am Leben, war einfach Joshua und das Beste, was Neil je gekannt hatte, und er konnte *versuchen*, sich in Derek zu verlieben. Aber das war der Knackpunkt. Er sollte es nicht versuchen müssen.

„Was ich von der Liebe – der romantischen Liebe – in Erinnerung habe“, stellte er klar, „ist, dass sie nicht etwas ist, das man versucht, herbeizuführen, oder über das man irgendwie Kontrolle hat. Wenn ich mich in Derek verlieben wollte, hätte ich mich schon längst in ihn verliebt. Ich mag ihn. Er ist ein guter Kerl. Wir genießen, was wir haben. Aber ich werde ihn nicht heiraten und eine Familie mit ihm gründen. Ich werde nicht ein anderer Sohn werden. Es tut mir leid, dass ich dich immer enttäusche.“

Alices Gesichtsausdruck wurde sehr ernst. „Du enttäuschst mich nicht“, sagte sie. „Ich liebe dich, Neil. Ich möchte nur, dass du geliebt wirst und Glück erlebst. Das ist alles, was ich mir je für dich gewünscht habe.“

„Ich glaube nicht, dass das dieses Mal in den Karten steht, Mama“, sagte er. „Aber im Moment bin ich nicht unglücklich. Ich habe meine Forschung und einen anständigen Mitbewohner. Im

Moment ... nun, es ist nicht schlecht.“

Alice küsste ihn auf die Stirn und ließ die Diskussion hinter sich. Dafür war Neil dankbar. Und später in der Nacht, als er seinen pochenden Schwanz in Dereks engen Körper schob, küsste Neil die verschwitzte Haut von Dereks Hals und dachte: „Nö. Das ist wirklich gar nicht so übel.“

Kapitel 10

November 2030 – Atlanta, Georgia

NEIL STARRTE GESCHOCKT auf sein Handy. Der Social-Media-Post war eindeutig und ließ keinen Raum für Fragen.

Lee Edward Fargo hat diese Erde plötzlich am Freitagnachmittag verlassen. Freunde und Familie werden im Harwood and Strode Bestattungsinstitut am Lois Moore Drive empfangen. Anstelle von Blumen, spenden Sie bitte an World Bicycle Relief, welches weltweit Kinder mobilisiert, um ihnen zu helfen, ihre Ausbildung abzuschließen.

Bitte unterlassen Sie es, zu texten oder anzurufen. Joshua ist bei seiner Familie und braucht etwas Raum zum Trauern. Er weiß, dass Sie ihn lieben und sich um ihn sorgen.

In der Cafeteria der Universität herrschte gedankenloser Betrieb – niemand wusste oder kümmerte sich darum, dass die ganze Welt gerade auf den Kopf gestellt worden war. Neil schob sein Tablett zurück und scrollte durch die Kommentare, um nach Details zu suchen. Und tatsächlich, Chris – ach, Chris, wie er ihn über die Jahre vermisst hatte – hatte als Antwort auf die Fragen von jemandem namens Kath Henderson gepostet, wie und was passiert war:

Ja, ein Aneurysma durch die frühe Nanitenbehandlung,

Kath. Joshua war bei ihm. Es passierte beim Frühstück. Sie waren allein. Armer Joshua.

Dann weiter unten als Antwort auf einen Gary Lowe:

Die Naniten haben sich nicht richtig aufgelöst. Eine genetische Veranlagung kann das Problem manchmal verursachen, besonders bei den alten Naniten. Ich weiß nicht viel darüber, außer dass Dale nicht das genetische Problem hat, das Lee hatte. Ist es falsch von mir, Gott dafür zu danken? Das meiste, was ich über die älteren Naniten und diese Probleme weiß, stammt aus den Nachrichten.

Gary Lowe fragte dann, ob es ein totaler Schock gewesen war, oder ob sie gewusst hatten, dass die Möglichkeit bestand.

Joshua sagte mir, dass Lee bereits von der fehlenden Auflösung der Prototyp-Naniten wusste, aber sie hatten gehofft, einen Weg zu finden, das Problem zu lösen, bevor so etwas passiert. Joshua ist am Boden zerstört. Er ist bei seiner Mutter und seinem Bruder. Du weißt, dass sein Vater letztes Jahr plötzlich verstorben ist? Es war eine schwere Zeit. Aber die Mennoniten, die für ihn auf dem Holzplatz arbeiten, haben die ganze Familie mit Essen versorgt. Danke für deine Nachfrage.

Neils Blut wurde kalt. Er las sich die Kommentare noch einmal durch. Er klickte sich zu Joshuas Seite durch und scrollte durch einen Beitrag nach dem anderen mit Beileidsbekundungen und Geschichten über Lee und Fotos von Lee mit denjenigen, die ihren Kummer zum Ausdruck brachten. Er klickte ein Bild auf, auf dem

Lee allein neben den Cummins Falls in Tennessee stand. Sein struppiges, dunkelbraunes Haar war nass und hing um seinen immer noch vernarbten Hals, und seine Augen funkelten fröhlich. Die Bildunterschrift lautete: „Lustiger Ausflug zu den Wasserfällen mit Lee Fargo. Nächste Woche beginnt die Naniten-Behandlung für seine Narben.“

Während er die Bilder anstarrte, erschien ein neuer Beitrag auf Joshuas Seite. Er stammte von Joshua selbst, und Neil schluckte schwer. Er konnte die Anzahl der Posts, die Joshua im Laufe der Jahre selbst veröffentlicht hatte, an zwei Händen abzählen.

Lee zu verlieren ist, als hätte man mir das Herz herausgerissen und den Arm abgeschnitten. Ich kann nicht atmen. Ich kann nicht aufhören zu weinen. Ich weiß, dass ihr ihn alle geliebt habt, und das hilft mir mehr als alles andere. Als ich Neil, meine erste Liebe, verlor, dachte ich, ich würde nie wieder so einen Schmerz empfinden. Ich habe mich geirrt. Danke für all eure Worte der Liebe und geteilten Trauer. Wir werden das gemeinsam durchstehen müssen. Lee würde das für mich wollen ... für uns.

Neil blinzelte auf sein Telefon und seine Gedanken schwirrten. Er hatte keine Ahnung, was er tun oder wie er vorgehen sollte. Ihm war gar nicht bewusst gewesen, wie wohl er sich über die Jahre mit dem Wissen gefühlt hatte, dass Lee Fargo sich um seinen Joshua kümmerte. Und jetzt ...

Aufgrund seiner Erfindung und des Mangels an rigorosen Tests vor der Anwendung am Menschen war Lee nun fort, und Joshua litt Schmerzen. Er kniff sich in den Nasenrücken, atmete langsam ein und aus und versuchte, seinen rasenden Verstand zu beruhigen. Er musste das in Ordnung bringen.

Aber er wusste nicht, wie.

Dumpf kehrte er zurück, wobei seine Gedanken in alle Richtungen schweiften – die Vergangenheit, die Gegenwart und die Zukunft, und nahmen seine alten Naniten-Schemata auseinander. Er verfluchte die Gier, die dazu geführt hatte, dass seine Arbeit in die Welt hinausgedrängt worden war, bevor sie es hätte sein sollen.

Als er die Wohnung betrat, knurrte er Derek an, der ihn mit einem begeisterten Grinsen begrüßte. „Hey, du bist ja früh zu Hause. Bist du geil oder was?"

Neil sagte nichts, stürmte in sein Schlafzimmer und warf ein Buch nach dem anderen auf sein Bett. *Die Reise der Seelen, Die zahlreichen Leben der Seele: Die Chronik einer Reinkarnationstherapie, Soul Survivor: Ein Junge erinnert sich an ein Leben vor seiner Geburt* und mehr wurden rücksichtslos auf die Matratze geschleudert, bis der Stapel ins Schwanken geriet und Bücher auf den Boden rutschten.

„Was machst du da?", fragte Derek, der in der Tür lehnte und mit großen Augen zusah. „Bist du okay?"

„Scheiß auf all das", sagte Neil und warf *Reinkarnationsbeweise* über seine Schulter. „Scheiß auf diese Scheiße, scheiß auf mein Leben, scheiß auf meine Forschung. Scheiß auf alles."

„Jetzt mal langsam", sagte Derek leise und streckte die Hände aus. „Was ist denn los?"

Neil antwortete nicht, sondern schob ein ganzes Regal mit Büchern auf den Boden und schrie aus Leibeskräften.

Derek packte ihn von hinten. „Schhh. Komm schon. Schhh."

Neil wehrte sich gegen ihn, aber selbst Derek war stärker als er. Er sackte gegen Dereks Brust zusammen und rang nach Atem.

„Rede mit mir", murmelte Derek und fuhr mit den Fingern in Neils Haar. „Sag mir, was los ist."

„Lee ist gestorben."

„Lee wer?"

„Lee Fargo. Joshuas Lee."

„Oh." Derek setzte sie beide auf die Bettkante, und die Veränderung des Winkels der Matratze rutschten noch mehr Bücher mit einem Klatschen auf den Boden. „Und?"

„Und er wird mir nie verzeihen", murmelte Neil. „Ich bin der Grund, dass sein Mann tot ist."

„Du hast ihn ermorden lassen?", fragte Derek mit offenem Mund, schlang aber seine Arme noch fester um Neil.

„Was? Nein, du Idiot. Er starb an einem Versagen der Nanitenauflösung."

„Und auf Deutsch?"

„Ungehorsame Naniten haben ihn getötet."

„Verdammt." Derek lockerte seinen Griff und Neil konnte ein wenig besser atmen, aber der verzweifelte Schmerz kam zurück.

„Ich will das nicht mehr machen", sagte Neil leise.

„Was genau?"

„Ich sein. Das hier sein." Er winkte zur Bücherkaskade und löste sich aus Dereks Umarmung. „Es ist Zeit für mich, das hier hinter mit zu lassen. Joshua zu vergessen, und die Vergangenheit."

Derek runzelte die Stirn und schob sich seine gefärbten schwarzen Haare aus dem Gesicht. „Weil Lee gestorben ist? Das verstehe ich nicht. Ist es nicht das, worauf du gewartet hast?" Er erblasste ein wenig und fuhr fort, als wolle er die nächsten Worte gar nicht sagen, zwang sie aber trotzdem heraus. „Jetzt kannst du Joshua finden und ihm die Wahrheit sagen. Und mit ihm zusammen sein.“

„Bist du wahnsinnig?“, schnaubte Neil. Er stand auf, um auf und ab zu gehen, wurde aber durch das Durcheinander von Büchern behindert. Er kickte eins zur Seite. „Das ist das Dümmste, was ich je gehört habe.“

Dereks Augen flackerten verletzt. „Autsch.“

Neil wischte sich mit einer Hand über das Gesicht. „Nein, ich bin der Dumme. Zu denken, dass er mich eines Tages treffen könnte und ich … dass wir … Das war ein Traum, Derek. Der Traum eines dummen Kindes.“

„Ich glaube nicht, dass du jemals ein dummes Kind warst.“

„Ich war kaputt. Ein Freak. Du und Mama haben recht. Ich hätte das schon früher loslassen sollen.“

„Aber warum? Vorher war Lee am Leben und du hattest keine Chance.“

„Das ist nicht der einzige Grund.“

„Richtig. Weil Joshua glücklich war und du ihm nicht wehtun wolltest. Aber jetzt ist Lee weg, und, ja, das ist traurig, aber wenn du Joshua einfach etwas Zeit gibst, um zu trauern …“ Derek fuchtelte mit der Hand herum.

„Was dann? Nachdem ich Joshua ein Jahr lang habe leiden lassen, tauche ich einfach auf und sage: ‚Hi, ich bin dein toter Freund von vor zwanzig Jahren. Was geht?‘ Er würde mir nie glauben.“

„Ich habe dir geglaubt.“

„Weil du …“, Neil gestikulierte in seine Richtung, „du bist.“

„Was soll das heißen?“

„Du bist leichtgläubig.“

„Danke, du Arschloch. Außerdem sagt niemand mehr: ‚Was

geht?'" Derek kaute auf der Innenseite seiner Wange herum und dachte nach. „Du würdest Dinge wissen, die nur er wissen würde, oder? Dinge, die ihr zueinander gesagt habt. Dinge, die ihr zusammen gemacht habt. Wie könnte er dir da nicht glauben?"

Neil starrte ihn an, sein Magen kribbelte. Hoffnung und Verzweiflung und eine seltsame Trauer, die er nicht verstand, weil er Lee nie wirklich gekannt hatte, mischten sich in ihm wie eine hochreaktive Kombination von ätzenden Chemikalien. „Stimmt. Aber wie kann ich ihm das antun? Das wäre egoistisch."

„Ja und?"

„Er hat gerade seinen Mann verloren."

„Ich sage nicht, dass du sofort hinfahren und ihm alles erzählen sollst. Ich sage nur, dass das deine Chance ist. Irgendwann."

Neil schüttelte den Kopf. „Das ist zwanzig Jahre her. Er hat mich vergessen." Die Worte von Joshuas Post schwebten in seinem Kopf. *Als ich Neil, meine erste Liebe, verlor, dachte ich, ich würde nie wieder so einen Schmerz empfinden.* Vielleicht war er nicht vergessen, aber er lag in der Vergangenheit: tot, begraben und betrauert.

Was für ein Arschloch müsste er sein, um diese Narbe wieder aufzureißen?

Derek zog ihn wieder an sich heran. „Du brauchst nur einen guten Fick, um den Kopf freizubekommen", flüsterte er und knöpfte Neils dunkles Hemd auf. „Nach einem Orgasmus wird das alles besser aussehen."

Neil gab nach – das angenehme Vergessen war besser als der unerträgliche Tumult der Gefühle in seinem Inneren.

Einige Stunden später lag Derek schlafend neben ihm im Bett, die Bücher lagen immer noch überall herum, und Neils Eier schmerzten vom Kommen. Er starrte an die Decke und betrachtete den gesprenkelten Putz.

Er würde nicht absichtlich Kontakt mit Joshua aufnehmen. Aber wenn der Zeitpunkt käme, an dem sie sich wegen der Nanitenforschung oder eines seltsamen Zufalls von Angesicht zu Angesicht begegneten, dann würde er es als ein Zeichen ansehen – ein Zeichen jener Quelle, die ihn zurückgeschickt hatte. Und wenn es darum ging, was er dann tun oder sagen würde, nun, er konnte nur hoffen, dass ihm dann das Richtige einfallen würde. So sehr er das auch üben könnte, es würde niemals leichter werden, zu sagen, dass er einmal Neil Russell gewesen war. Vielleicht wäre das Höchste, worauf er je hoffen könnte, dass er einfach wieder mit Joshua in einem Raum wäre, aber als Neil Green, Nanitenforscher und Bewerber um einen Zuschuss der Stiftung, und damit zufrieden zu sein.

Bis es so weit war – falls es jemals so weit kommen sollte – würde Neil sich dafür einsetzen, dass alle seine zukünftigen Versuche und Behandlungen mit Naniten unter den strengsten Richtlinien und Auflagen geprüft würden, bevor die Naniten am Menschen eingesetzt wurden, so wie er es von Anfang an gewollt hatte. Wenn er nur alt genug gewesen wäre, um das bestimmen zu können. Aber als die Proto-Naniten am Menschen getestet worden waren, war er nicht einmal auf dem College gewesen.

Vorsichtig, um Derek nicht zu wecken, kletterte Neil aus dem Bett, lief um die Bücher herum und schaltete seinen Computer ein. Dann machte er eine anonyme Geldspende, die er sich eigentlich nicht leisten konnte, in Lee Fargos Namen an World Bicycle Relief.

Mehr konnte er nicht tun.

DRITTER TEIL

Kapitel 11

Oktober 2032 – Bowling Green, Kentucky

DER KONFERENZRAUM DES Barren River Resorts war immer der gleiche gewesen, so lange sich Joshua erinnern konnte: Holzvertäfelung an den Wänden und ein langer, schön polierter Tisch, der die gesamte Länge des Raumes einnahm. Die Fenster boten eine Aussicht auf den schimmernden See hinaus, in dem sich der Himmel spiegelte. Gänse flogen aus dem Norden ein und ließen sich mit einem Platschen in den See fallen.

Joshua stopfte die Hände in seine Taschen und fragte sich, ob es vielleicht falsch gewesen war, darauf zu bestehen, dass sie das Meeting hier statt im Büro der Holzfirma abhielten. Schließlich waren es nur er und zwei Leute von der Emory-Universität. Der Pomp und das ganze Brimborium des Konferenzraums waren unnötig. Er fragte sich, ob es zu spät war, um einen kleineren Raum zu bitten, um die Förmlichkeit zu reduzieren.

„Mr Stouder", rief ihm Brian Peters jovial zu. Brian war sein Kontakt an der Emory, mit dem Joshua bereits zusammengearbeitet hatte. Sein silberblondes Haar war kürzer als sonst, und seine Brille glitzerte im Sonnenschein, der durch das Fenster fiel. Er war etwas größer als Joshua, aber schlanker, und hatte ein schmales Handgelenk und dünne Finger.

Joshua begrüßte Brian mit einem Lächeln und bot ihm die

Hand, die Brian überschwänglich schüttelte.

Joshua hatte Brian seit vor Lees Tod nicht mehr gesehen. Nachdem Naniten sowohl seinen als auch Lees Körper umgebaut hatten – wodurch Lees Narben verschwanden und Joshuas Gesundheit verbessert und seine Jugend verlängert wurde – hatte Joshua gedacht, dass Naniten die Antwort auf die Gebete aller Ärzte und Patienten wären. Ganz zu schweigen von dem Anti-Aging-Effekt der Naniten-Cremes, die Zellschäden an der Hautoberfläche reparierten. Joshua war eitel genug, um sich daran zu erfreuen, dass es für jeden möglich war, um Jahre jünger auszusehen, zumindest, wenn man sich das leisten konnte. Und dann war da natürlich noch Dales Erfolgsgeschichte. Die Naniten hatten sein Bein und alle Nervenschäden repariert, und das war das Sahnehäubchen, soweit es Joshua und Lee betraf.

Aber am Ende hatten die Prototyp-Naniten, die Lees Narben entfernt hatten, auch Lees Tod verursacht. Und in der Finsternis seiner Trauer stellte sich Joshua viele schwierige Fragen darüber, ob er es verkraften konnte, weitere Naniten-Forschung zu finanzieren oder nicht. Die Zunahme der Todesfälle im Zusammenhang mit Naniten in den letzten Jahren deutete für Joshua darauf hin, dass man übereifrig dabei gewesen war, eine viel zu neue Technologie zur Anwendung zuzulassen, ohne diese zuvor ausreichend strengen Tests und Auflagen zu unterziehen.

Es war fast zwei Jahre her, dass Lee zusammengebrochen und gestorben war. Joshua kam allmählich aus dem Gröbsten heraus, aber trotz vieler überzeugender Zuschussanträge hatte er immer noch nicht genehmigt, dass weitere Mittel ausgezahlt wurden. Und das würde er auch weiterhin nicht. Zumindest nicht, bis er sicher war, dass er mit jemandem zusammenarbeiten würde, der verantwortungsbewusst und anspruchsvoll genug war, um die strengen Tests zu durchlaufen, die Joshua jetzt verlangte, bevor irgendwelche Naniten-Experimente an Menschen durchgeführt würden. Das gehörte zu dem, was Brian ihm versprochen hatte.

„Wo ist Ihr Schützling?", fragte Joshua gerade, als der junge Mann den Konferenzraum betrat. Er war der Grund, warum Brian sich persönlich mit ihm hatte treffen wollen.

„Dr. Green ist ein Genie", hatte Brian während ihrer Telefonkonferenz gesagt. „Wenn Sie ihn nicht wenigstens kennenlernen, sind Sie weder sich selbst noch der Welt gegenüber fair. Zugegeben, er ist egoistisch und verdammt anspruchsvoll, aber gerade deshalb ist er so beeindruckend. Brillant. Weiß mehr über die Entwicklung von Naniten als ich und hat einen Verstand, der Probleme lösen kann, bevor sie überhaupt auftreten. Auch wenn er ein bisschen ruppig ist, hoffe ich, dass Sie über seine mangelnden sozialen Fähigkeiten hinwegsehen können."

Aber Joshua wusste nicht, ob er über das, was er jetzt sah, hinwegsehen konnte.

Seine Brust wurde eng, und er konnte nicht atmen. Er starrte den Jungen vor sich an, der für ein so wichtiges geschäftliches Meeting sehr leger gekleidet war. Sein schwarzes Hemd und die dunklen Jeans ließen ihn noch dünner aussehen, als er ohnehin schon war. Er konnte nicht älter als zwanzig sein, hatte blaue Augen und lockiges, kastanienbraunes Haar, einen langen Hals und eine Kieferpartie, die bemerkenswert ähnlich … identisch war mit …

Die Erkenntnis traf ihn wie ein Schlag, und er spürte, wie die Welt kippte, als würde sie aus ihrer Achse fallen.

Der Junge sah genauso aus wie Neil in seinem Alter.

Joshua wusste es. Er wusste es, ohne dass er einen Grund dazu gehabt hatte, oder ein Bild, das es beweisen würde, aber es war trotzdem wahr.

„Mr Stouder", sagte Brian stolz, „darf ich Ihnen Dr. Green vorstellen? Er ist der junge Mann, von dem ich Ihnen erzählt habe."

Joshua leckte sich über die Lippen, streckte die Hand aus und nahm Dr. Greens lange, kühle Finger in seine eigenen, um ihm die Hand zu schütteln. Der Griff war fest und zu vertraut. Joshua ließ los und spürte immer noch das kribbelnde Echo von Dr. Greens Hand in seiner und verschränkte seine Hände unter den Armen, um das Gefühl zu unterdrücken. Er versuchte, etwas zu sagen, aber es kam nichts. Dr. Greens Lippen zuckten in einem kleinen, vertrauten Lächeln, und Joshua blinzelte. Erinnerungen durchfluteten ihn hart und schnell. Er presste eine Hand gegen seine Augen und versuchte, sich zu fassen.

„Mr Stouder?" Brian klang besorgt. „Geht es Ihnen gut?"

Joshua atmete tief durch die Nase ein und zwang sich ins Hier und Jetzt zurück. Er riss den Blick von Dr. Greens blauen Augen los und sah Brian an. Punkte wirbelten in seinem Blickfeld herum. „Es tut mir leid. Ich brauche einen Moment. Ich bin gleich wieder da", sagte Joshua und trat auf den Flur hinaus, und floh in Richtung des Balkons, von dem er einen Blick auf den See hatte.

Er zog die Ausgangstür auf, und als sie sicher hinter ihm geschlossen war, nahm er ein paar lange, tiefe Atemzüge in der kühleren Luft. Einige Erinnerungen an Neil schossen ihm durch den Kopf, während er sich wieder die Handballen gegen die Augen presste. Was würde Neil sagen? Er murmelte vor sich hin: „Reiß dich zusammen, Joshua. Du schaffst das. Geh da rein, hör ihnen zu und sag ihnen, ob sie dein Geld haben können oder nicht. Er ist nur ein Junge, kein Gespenst."

Kein Gespenst. Joshua nahm einen weiteren langen Atemzug, betrachtete den schimmernden See für einen Moment und schüttelte beim Ausatmen den Kopf. Er lachte leise. Es war dumm von ihm gewesen, so auszuflippen. Er wusste nicht, warum ihm die Ähnlichkeit überhaupt so zusetzte. Wahrscheinlich war sie nicht einmal so stark, wie er auf den ersten Blick gedacht hatte.

Joshua kehrte in den Konferenzraum zurück und schluckte. Der Junge, Dr. Green, sah so sehr wie ein junger Neil aus, dass Joshua sofort in schweißtreibende Panik geriet.

„Es tut mir leid", sagte Joshua, wieder atemlos. „Ich habe letzte Nacht nicht viel Schlaf bekommen." Das stimmte sogar. Er hatte den Großteil der Nacht mit Albträumen über Lees Tod verbracht.

Dr. Green sah ihn mit einem Ausdruck an, den man nur als *scharfsichtig* bezeichnen konnte, und Joshua fühlte sich entblößt, als wüsste Dr. Green genau, warum er aus dem Raum verschwunden war.

Sie setzten sich alle an den Konferenztisch, während Joshua fortfuhr: „Ich bin bereit, mir Ihren Vorschlag anzuhören, obwohl ich Sie im Voraus warnen muss: Aufgrund meiner Vorgeschichte sind Ihre Aussichten nicht gut."

„Ich schätze, manche Dinge ändern sich nie", murmelte Dr. Green, und Joshua blinzelte ihn an.

„Wie bitte?", fragte Joshua.

„Ignorieren Sie ihn", sagte Brian. „Soziale Nettigkeiten überfordern ihn manchmal, obwohl er der beste Student ist, den ich je getroffen habe."

„Wissenschaftler", korrigierte Dr. Green. Sogar seine Stimme klang wie Neils.

Joshua zitterte merklich, als würde er frieren, und seine Zähne klapperten ein wenig.

„Und er ist großartig im Umgang mit Hunden", sagte Brian, offensichtlich bemüht, den seltsamen Moment etwas aufzulockern. „Er hat meinem Muppet in nur ein paar Stunden beigebracht, sich zu benehmen. Meine Frau war begeistert."

Dr. Green zuckte mit den Schultern und erwiderte Joshuas Blick nicht mehr. „Ich mag Hunde."

„Ich weiß nicht, warum du keinen hast", sagte Brian mit einem Lächeln. „Du würdest vielleicht mehr aus dem Labor herauskommen, wenn du einen hättest."

Dr. Green zuckte mit den Schultern, eine Geste, die so vertraut war, dass Joshua nicht atmen konnte.

Joshua hielt sich die Hand vor den Mund, um einen Laut zu unterdrücken. Er war sich nicht einmal sicher, welchen genau – ein Schluchzen? Ein Stöhnen? Etwas, das tief im Inneren schmerzte, etwas, das nicht so sehr schmerzen sollte, wie es das gerade tat. Das zumindest wusste er ganz sicher.

Er ist ein *Junge*, kein *Gespenst*, wiederholte Joshua innerlich.

„Sind Sie mit Hunden aufgewachsen?", fragte Joshua und erstickte fast an den Worten.

„Nein", sagte Dr. Green. Seine schroffe Stimme setzte Joshua in jeder Hinsicht zu. „Ich wollte immer einen haben, aber meine Mutter war allergisch. Und es war ohnehin nicht genug Geld da, also keine Allergiespritzen. Außerdem wäre es nicht fair gewesen, noch ein weiteres Maul hinzuzufügen, dass es zu stopfen galt." Er hielt Joshuas Blick mit seinem fest. „Es ist wichtig, eine gute Entscheidung zu treffen, wann man ein Tier in sein Leben holt."

Joshua starrte ihn an, Kälte rieselte durch seine Adern. „Wann haben Sie gelernt, Hunde auszubilden?"

Brians Blick ging zwischen ihnen hin und her, und seine Brauen zogen sich zusammen, als er offensichtlich versuchte, Joshuas Tonfall zu deuten.

Dr. Green beantwortete die Frage nicht. Stattdessen stellte er eine, „Brauchen Sie einen Hundetrainer?"

Joshua schüttelte heftig den Kopf. „Nein."

„Geht es Ihnen gut, Mr Stouder?", fragte Brian und legte den Kopf schief.

„Mir gehts gut. Ich glaube, ich habe etwas gegessen, was mir nicht bekommen ist. Fangen wir an", sagte Joshua und gestikulierte in Richtung der Akten, die Brian mitgebracht hatte. Seine eigene Lüge ließ ihn blinzeln. Er log nie. Warum also jetzt?

Sie setzten sich mit Joshua an das Kopfende des Tisches, und Brian reichte ihm einen dicken Ordner mit Papieren. Joshua öffnete ihn und begann sie durchzublättern, um Dr. Green nicht mehr als nötig anzusehen. Er hatte nicht vor, seinen Verstand zu verlieren. Nicht jetzt. Nicht in einem Geschäftsmeeting.

Joshua blinzelte auf die Seiten vor ihm, versuchte, den Sinn der Worte zu erfassen, und fragte sich, ob er das Meeting nicht einfach ganz absagen oder auf einen Tag verschieben sollte, an dem er nicht so müde und emotional war. Er hasste es jedoch, Brians Zeit zu verschwenden. Er musste sich zusammenreißen.

„Wie ich bereits sagte", sagte Brian und warf Dr. Green einen warnenden Blick zu, den Joshua als Schelte im Voraus für das interpretierte, was auch immer Dr. Green sagen wollte. „Ich bin mir sicher, dass Sie mit Dr. Greens Arbeit durch die Informationen, die ich Ihnen gegeben habe, vertraut sind."

Eigentlich hätte Joshua nicht sagen können, ob er mit Dr. Greens Arbeit überhaupt vertraut war. Er nahm an, dass er wirklich einige Stunden damit hätte verbringen sollen, sich damit vertraut zu machen. Früher wäre er die ganze Nacht aufgeblieben, um genau das zu tun. Aber seit Lees Tod sah er in vielen Dingen keinen Sinn mehr. Und so hart zu arbeiten gehörte dazu.

Es war seltsam, wie die Trauer jedes Mal anders war, wenn er jemanden verlor. Als Neil und sein Großvater gestorben waren, hatte ihn die Arbeit gerettet. Als sein Vater gestorben war, war er seltsam ausgeglichen gewesen, aber dann war Lee da gewesen, um seinen Schmerz zu lindern. Seit Lee gestorben war, schien ihm alles viel weniger wichtig zu sein. Stouder Lumber war immer noch ein gelegentliches Ärgernis, aber Joshua hatte gelernt, das zu verdrängen. Alles in allem hatte er einfach nicht mehr den Willen, sich so sehr auf die Welt einzulassen.

Lee war seit fast zwei Jahren tot, und Joshua ging es soweit gut. Aber „soweit gut" war anders als vorher. Es war viel ruhiger und gesetzter; er nahm sich Zeit, um aus dem Fenster zu schauen, ein Buch zu lesen oder einen Garten im Hinterhof anzulegen, wie sie es seit Jahren besprochen, aber nie getan hatten.

Das Leben war jetzt bittersüß. Joshua vermisste den Mann, mit dem er hatte alt werden wollen, aber er hatte auch das Gefühl, dass er wirklich Glück gehabt hatte. Verdammtes Glück. Er hatte *Jahre* mit Lee gehabt. Er kannte Einzelheiten von ihm, die Geschichten aus seiner Kindheit und wie es sich anfühlte, ihn in seinen Armen zu halten. Obwohl er ehrlich sagen konnte, dass es höllisch wehtat, Lee zu verlieren, ganz so, als wäre ein Teil von ihm ohne Vorwarnung amputiert worden, milderte all das, was sie mitein-ander geteilt hatten, irgendwie den Schmerz.

Es war leichter als damals, als er Neil verloren hatte. Denn selbst zwanzig Jahre nach Neils Tod verfolgten Joshua noch immer die

Dinge – große wie kleine –, die er nicht wusste. Dinge, die niemand *jemals* über Neil wissen würde. Und er bedauerte all das, was sie nicht hatten teilen können.

Lee zu verlieren tat weh, aber Joshua wusste, welche Art von Trauer schlimmer war.

Joshua begriff, dass Dr. Green sprach, und das schon seit einiger Zeit. Seine Stimme war tief und doch ausdrucksvoll und sein Tonfall hob und senkte sich auf eine Weise, die ebenfalls schmerzlich vertraut war. Joshua schüttelte den Kopf und versuchte, nicht mehr an Neils leises Lachen zu denken oder an die Art, wie er Joshuas Wange nach einem Kuss streichelte oder mit dem Daumen über seine Unterlippe strich.

Joshua glaubte nicht, dass er das hier überstehen würde.

„… Naniten sollten nicht aus Eitelkeit missbraucht werden", sagte Dr. Green. „Sie sind möglicherweise das größte Heilmittel aller Zeiten. Und wie werden sie typischerweise eingesetzt? Für unsere kleinlichen Wünsche, die heißesten, attraktivsten Menschen zu sein, die wir sein können. Wir mischen sie in Feuchtigkeitscremes, damit wir für immer wie fünfzehn aussehen können – sehen Sie sich selbst an, zum Beispiel, Mr Stouder …"

Joshuas Augenbrauen fuhren in die Höhe, und er blinzelte Dr. Green an.

„Sie sehen aus wie 30 statt wie 42. Obwohl Sie sich kürzlich gegen Naniten gewandt haben, ist es mir klar, dass Sie von ihnen profitiert haben. Diese Mini-Maschinen können freie Radikale zerstören und wirken großartig in Feuchtigkeitscremes und sind fantastisch darin, Hautschäden zu reparieren, aber bei zu schneller Einwirkung und der falschen genetischen Veranlagung kann das Gefäßsystem nicht mit ihnen umgehen, und als Nächstes passiert was? Ein Aneurysma. Auch bekannt als ‚diese Arterie hatte genug‘. Ich glaube, Ihnen ist das bekannt."

Joshua presste die Kiefer zusammen und schwieg. Dr. Green bezog sich eindeutig auf Lees Tod.

Brians Augen weiteten sich, und er starrte Dr. Green an, als wäre er ein Außerirdischer. Sein Mund öffnete sich, als wolle er einen Kommentar abgeben, aber Dr. Green fuhr fort. Seine Worte drangen hervor, als könne er sie nicht aufhalten.

„Aber Naniten könnten für so viel mehr verwendet werden. Ich habe an Modellen gearbeitet, die menschliches Gewebe reparieren könnten, das bisher als zu beschädigt galt, um es zu retten. Ich habe sogar an einem Weg gearbeitet, Naniten durch die Blut-Hirn-Schranke zu bringen. Die Zahl der Todesfälle durch katastrophale Verletzungen könnte drastisch sinken, wenn meine Forschung erfolgreich ist." Dr. Green presste die Handflächen zusammen und neigte sie zu Joshua in einer Geste, die so sehr an Neil erinnerte, dass Joshua noch einmal tief Luft holen musste.

„Mr Stouder", sagte Dr. Green mit durchdringendem Blick. „Sind Sie noch bei uns?"

Joshua schluckte. Er klang so sehr wie Neil. *Nur ein Junge. Kein Gespenst.* Es war Zeit, sich zu fassen.

„Ich bin noch bei Ihnen." Joshua verschränkte die Arme vor der Brust. „Vergessen Sie nicht, dass *ich* derjenige bin, den Sie überreden wollen, Ihnen einen Haufen Geld für ein Projekt zu geben, von dem ich nicht gerade begeistert bin."

Dr. Green verengte die Augen noch mehr und sagte: „Wie ich bereits erklärt habe, *Mr Stouder*, können die Naniten in dem aktuellen Projekt, an dem ich arbeite, schwere Hirntraumata rückgängig machen. Sie verbinden sich mit Glukose, verschmelzen mit der Zelle und werden Teil davon, um die Blut-Hirn-Schranke effektiv zu überwinden. An diesem Punkt beginnen sie, die Nervenbahnen zu reparieren, um die neuronale Kommunikation zu ermöglichen, oder das, was wir Wissenschaftler als die Drähte bezeichnen, die …"

„Drähte?", spottete Joshua. Er wandte sich an Dr. Peters. „Brian? Selbst wenn wir mal meine aktuellen Probleme mit diesem speziellen Thema beiseitelassen, bittest du mich ernsthaft darum, ein Projekt über *Naniten* zu finanzieren, bei dem der leitende Wissenschaftler – der übrigens aussieht, als wäre er kaum aus der Highschool heraus – Nervenbahnen als Drähte bezeichnet?"

„Das ist ein sehr alter Slang, Mr Stouder", sagte Dr. Green seltsam steif. „Ich kann in rein wissenschaftlichen Begriffen sprechen, wenn Sie das vorziehen, aber ich bezweifle, dass Sie mir dann folgen können."

Joshua konnte keine weitere Minute dieser beunruhigenden Ähnlichkeit mit Neil ertragen. Die Stimme, die Mimik, sogar die brutale Geradlinigkeit. Das war einfach lächerlich, und niemand konnte von Joshua erwarten, dass er damit zurechtkam. Er rieb sich über das Gesicht und sagte: „Tut mir leid, Brian. Das wars. Ich bin hier fertig."

Brian öffnete den Mund, um zu sprechen, aber Dr. Green unterbrach ihn: „Wirklich, Mr Stouder? Sie wollen einfach so gehen?" Sein Körper bebte, und seine Augen funkelten. Da war etwas in seinem Tonfall, etwas, das Joshua nur allzu deutlich an den ersten Tag vor seiner Wohnungstür und die daraus resultierende zehnminütige Schelte erinnerte, die er von Neil erhalten hatte. „Ich weiß, Sie sind ein Junge vom Land, aber haben Sie im Laufe der Jahre nichts dazu gelernt?"

Joshua hielt inne. Der arrogante kleine Bastard hatte es definitiv zu weit getrieben. „Wie bitte?", fragte Joshua. „Und was glauben Sie, über mich zu wissen?"

„Mehr als Sie über mich wissen", antwortete der.

„Neil", sagte Brian mit Nachdruck.

Joshua verengte die Augen, und sein Herz machte einen Satz. „Was hat Neil mit der Sache zu tun?"

„Nicht der Neil", sagte Dr. Green, sichtlich verärgert. „Offensichtlich haben Sie Ihre Hausaufgaben nicht gemacht, Mr Stouder. Er redet mit mir."

„Mit Ihnen?"

„Ja, mir. Mein Name ist Neil Green." Er verschränkte die Arme vor der Brust.

Joshua keuchte. Die Worte trafen ihn mitten ins Herz, und er blinzelte den Jungen schockiert an. „Tut mir leid, wie sagten Sie, dass Sie heißen?"

„Sie haben mich verstanden", sagte Neil Green, aber seine Stimme war jetzt sanft, zärtlich, als würde er sich um Joshua sorgen. „Ich bezweifle, dass es ein Name ist, den Sie vergessen würden. Oder täusche ich mich da vielleicht?" Er legte den Kopf schief, sein Ton wurde so sanft, dass es Joshuas Wirbelsäule hinaufkribbelte. „Zwanzig Jahre sind schließlich eine lange Zeit."

Joshua starrte ihn an. „Sie haben also *Ihre* Hausaufgaben über *mich* gemacht. Gut zu wissen. Einen ähnlichen Namen wie mein toter Liebhaber zu haben, bedeutet absolut …"

Dr. Green lachte, ein vertrautes Geräusch, das Joshua zutiefst erschütterte. Er blinzelte Joshua fast schüchtern zu. „Liebhaber? Ist das nicht ein bisschen weit hergeholt?"

Sein Blut sickerte gleichzeitig aus ihm heraus und rauschte so stark durch seine Adern, dass er nicht mehr richtig hören oder sehen konnte. Woher zum Teufel konnte Dr. Green wissen, dass er und Neil ihre Beziehung nie körperlich vollzogen hatten?

Dr. Greens Selbstsicherheit geriet ins Wanken, und er streckte seine Hand nach Joshua aus, wobei ihm das Bedauern ins Gesicht geschrieben stand. Joshua wich zurück. Es war eine Sache, *wie Neil dazusitzen* und *wie Neil zu sein*, es war eine andere, ihn so mit Neil zu konfrontieren.

Joshua zeigte mit dem Finger auf Dr. Green. „Vielleicht können Sie so mit anderen Leuten reden, Dr. Green, aber bei mir funktioniert das nicht. Ich bin nicht beeindruckt von Ihrem sogenannten ‚Genie‘ oder Ihren unhöflichen, unangemessenen Kommentaren über meine Vergangenheit oder mich selbst. Und was das Geld angeht? Ich denke, Sie können davon ausgehen, dass Sie jede Chance darauf verloren haben, als Sie meinen toten *Liebhaber* ins Spiel gebracht haben. Also, Brian, ruf mich ruhig an, wenn du einen Chefwissenschaftler findest, der ein wenig Respekt aufbringen kann ...“

„Respekt?“, sagte Dr. Green. „Ich respektiere Sie. Ich habe Sie immer respektiert.“

Joshua blinzelte ihn an, schüttelte den Kopf und sagte: „Dann haben Sie keine Ahnung, wie man das zeigt, Dr. Green.“ Joshua stand auf und beugte sich vor, wobei er die Hände flach auf den Tisch legte. Er blickte in Dr. Greens blaue und beunruhigend vertraute Augen. „Sie sind noch ein Kind, also werde ich das für Sie noch klarer ausdrücken. In Zukunft werden Sie sich daran erinnern, dass der Typ mit dem Geld Ihre Eier in einem Schraubstock hat. Und was die angeht, wurden sie gerade zerquetscht. Viel Spaß beim Forschen ohne Geld.“

Joshua staubte sich die Hände ab und drehte sich um.

Als er den Raum verließ, hörte er, wie Brian Dr. Green verbal anging, und Joshua war einen Moment lang versucht, zu bleiben und zu sehen, wie gut der Junge eine Abreibung von seinem Doktorvater verkraftete.

Irgendwie hatte er das Gefühl, dass Dr. Green sich tapfer schlagen würde, aber er steuerte auf das Treppenhaus zu, verließ das Gebäude und ging, so schnell er konnte, an die frische Luft.

Kapitel 12

NEIL HATTE SICH noch nie so sehr selbst gehasst wie jetzt, als er die Tür des Hotelzimmers vor Brian Peters' immer noch sprechendem Gesicht schloss. Er hatte kein einziges Wort von dem gehört, was Dr. Peters zu ihm gesagt hatte, nachdem Joshua den Raum verlassen hatte, und er glaubte nicht, dass er hören musste, was auch immer Dr. Peters jetzt sagen würde. Es konnte nicht schlimmer sein als das, was er zu sich selbst sagte.

Du hast es vermasselt, Idiot. Du hattest diese eine Chance, diese eine Gelegenheit, und du hast es versaut.

Eine Chance auf was? Er hatte nie eine Chance bei Joshua gehabt. Nicht in diesem Leben. Er war ein Idiot gewesen, herzukommen, um Joshua persönlich zu treffen. Er hätte darauf bestehen sollen, dass sie sich woanders um Fördergelder bewarben, und wenn es keine andere Stiftung gab, die so etwas Experimentelles wie das, was Neil vorschlug, auch nur in Betracht zog, dann hätte er darauf bestehen sollen, dass Dr. Peters allein kam.

Aber er hatte der Idee nicht widerstehen können, wieder in Joshuas Gegenwart zu sein.

Neil fuhr sich mit der Hand über den Mund. Gott, sein dummer *Mund.* Es war, als wäre er besessen gewesen, und die Sätze waren herausgeplatzt, bevor er sie aufhalten konnte. So etwas war ihm noch nie passiert, weder in diesem noch im letzten Leben. Es war, als hätten all seine Nerven ihn zu der schlimmsten Version seiner selbst gemacht, die er nur Laborassistenten, die Mist gebaut hatten, und manchmal besonders beschissenen Baristas gegenüber zeigte.

Scheiße.

Er wollte Joshua nicht wehtun. Er hatte Joshua nie wehtun wollen. Aber der Ausdruck auf Joshuas Gesicht, als Neil von Stress angetrieben gestichelt hatte, dass Dr. Russell nie Joshuas Liebhaber gewesen war, hatte ganz klar einen Schmerz tief in seinem Inneren getroffen. Neil hatte seine eigene Zunge verschlucken wollen, damit er daran erstickte und *nicht* in einem weiteren Leben wiederkam, um sich an alles zu erinnern.

Verdammt, wenn er sich dessen nur sicher sein könnte, hätte er sich schon vor langer Zeit umgebracht.

Es war genau so, wie er es erwartet hatte. Schmerzhaft, unangenehm und ja, Joshua zu sehen, neben ihm zu sitzen und zu beobachten, wie sein Gesicht verschiedene Emotionen spiegelte, während er Neil betrachtete, hatte ihn erschreckt – also hatte er die Nerven verloren und sich wie ein Arsch verhalten. Zu dem Zeitpunkt schien es besser zu sein, als Joshua zu packen, ihn zu küssen und sich als Reinkarnation von Joshuas lange verlorenem Liebhaber erkennen zu geben.

Liebhaber.

Gott, Neil wünschte, er wäre Joshuas Liebhaber gewesen. Wenn er auch solche Erinnerungen gehabt hätte, wäre er vielleicht etwas besser mit allem zurechtgekommen. Vielleicht hätte er wirklich alles hinter sich lassen können, als der Lastwagen auf ihn und Magic zuraste. Stattdessen saß er mit dieser ganzen Sehnsucht fest. Die

Sehnsucht, die ihn dummerweise dazu veranlasst hatte, die Fördergelder zu beantragen und dann mit Brian hierher zu kommen.

Er war ein Idiot gewesen. Ein dummer, egoistischer, herzloser Idiot.

Mit dem Kopf in den Händen saß Neil auf dem Bett und starrte auf seine glänzenden Schuhe, die er nur für diese Reise gekauft hatte. Er erinnerte sich daran, wie er sich für das Meeting fertiggemacht hatte, an die Vorfreude und die Angst, die in einer Endlosschleife durch ihn hindurchgejagt waren. Wie er sich im Spiegel angestarrt hatte, die Linie seiner Nase und den Winkel seines Kiefers betrachtet und sich gewünscht hatte, er wäre irgendwie zehn Jahre älter. Er hatte sich gefragt, ob Joshua ihn wiedererkennen würde, ob er die Ähnlichkeiten sehen würde, oder ob er einfach nur ein seltsames Kind sein würde.

Jetzt konnte er es zugeben. Er hatte gewollt, dass Joshua es wusste. Und doch war die Erkenntnis in Joshuas Augen ein schrecklicher Anblick gewesen. Joshua hatte krank ausgesehen, als könnte er es kaum ertragen, Neil anzusehen, und das hatte wehgetan. Wollte Joshua ihn wirklich so dringend vergessen? War er seit Lees Tod dazu übergegangen, mehr um seinen Mann zu trauern, als er jemals um Neil getrauert hatte? Für den Bruchteil einer Sekunde wünschte Neil, Joshua hätte Lee nie getroffen. Dem Gedanken fehlte es an Großzügigkeit und Liebe, aber er war trotzdem da.

Neil ließ sich auf das Bett zurückfallen, starrte an die Decke, und Tausende von Erinnerungen strömten durch ihn hindurch. Scottsville war ihm geradezu unheimlich vertraut vorgekommen, als er nach der einstündigen Fahrt vom Flughafen in Nashville mit Dr.

Peters in die Stadt gefahren war. Es war genau so, wie Joshua es ihm vor all den Jahren beschrieben hatte. Eine Stadt, in der die Zeit eingefroren war. Nachdem sie im Barren River Resort angekommen waren, hatte er sich in seinem Zimmer versteckt, weil er eine Heidenangst hatte, und hatte auf den Beginn des Meetings gewartet.

Das Meeting, das er gerade komplett in den Sand gesetzt hatte.

Dann hatte er Joshua im Konferenzraum stehen gesehen – den Blick auf den Tisch gerichtet und die Hände in die Taschen gestopft, und sein hellbraunes Haar hatte sich an den Schläfen gekräuselt, wie es das immer getan hatte. In dem Moment hatte Neil gedacht, sein pochendes Herz würde ihm aus der Brust springen. Er hatte gehört, wie Leute so etwas sagten und eine intensive, hohle, klingelnde Angst beschrieben wie die, die er während des Lkw-Unfalls gefühlt hatte, aber jetzt, wo er sie wieder erlebt hatte, konnte er ihren Nachhall nicht aus seinem Körper verdrängen.

Und dann hatte Joshua ihn gesehen.

Und sein Gesicht … sein Gesicht hatte so viel gezeigt. Neil schauderte, als er sich daran erinnerte, wie Joshua geradezu kränklich bleich geworden war. Joshua war entsetzt gewesen über die Ähnlichkeit, und Neil konnte ihm das nicht verdenken. Es hatte Zeiten gegeben, in denen er in der Cafeteria auf dem Campus einen Kaffee getrunken oder in der Bibliothek alte, verstaubte Bücher über Reinkarnation gesucht hatte und dabei jemanden sah, der Joshua ähnelte. Jemanden mit hellbraunem Haar, das ihm ins Gesicht fiel – so wie Joshua sein Haar getragen hatte, als Neil ihn zum ersten Mal getroffen hatte – oder jemanden mit der gleichen Schulterlinie und dem gleichen schwungvollen Gang. Und er hatte diese Person gehasst. Er hatte nie mit einem von ihnen gesprochen und würde es auch nie tun, aber er hasste sie dafür, dass sie wie Joshua aussahen, dass sie Neil auf eine unterschwellige, schmerzhafte Weise an genau das erinnerten, was er nie haben konnte. An die eine Sache, die er loslassen musste.

Aber er war kein Idiot. Er begriff, dass er nie eine Ahnung gehabt hatte, wie er Joshua loslassen oder aufhören sollte, ihn zu lieben. Es schien unmöglich. Joshua zu lieben war alles, was er je gekannt hatte.

Sein Telefon begann zu piepen, und er zog es aus der Tasche. Natürlich war es Dr. Peters. Er schaltete es aus und warf es quer durch den Raum. Es knallte gegen die Wand und fiel auf den Boden.

Neil wälzte sich herum und bedeckte den Kopf mit einem Kissen, als es weiter klingelte.

MEHRERE STUNDEN VERGINGEN, und Neil ignorierte das Klopfen an seiner Hotelzimmertür und den Klang von Dr. Peters' Stimme, der durch das dicke Holz nach ihm rief. Er konnte nicht schlafen, und sonst konnte er auch nichts tun. Er lag einfach nur da, ging durch Erinnerungen aus einer anderen Zeit und versuchte herauszufinden, wie er weiterleben sollte, wenn er seine Arbeit nicht machen konnte, und wenn er die Gedanken an Joshua nicht damit verdrängen konnte, dass er sich in die Forschung und Experimente mit Naniten stürzte.

Das Geräusch, als die Privatsphäre-Einstellungen des Zimmers außer Kraft gesetzt wurden, brachte Neil dazu, aufzustehen, und sein Mund klappte herunter, als Joshua mit Dr. Peters auf den Fersen und ein paar Mitgliedern der Hotelsicherheit im Schlepptau hereinkam.

In Joshuas Augen blitzten sowohl Verärgerung als auch Erleichterung auf. Neil konnte den Blick nicht von Joshua losreißen, aber er wusste, was er für ein Bild abgeben musste, so auf dem Bett ausgestreckt, das Hemd zerknittert und sein Haar vom Kissen zerzaust. Sein Gesicht würde alles verraten, auch seine Gefühle.

Dr. Peters sprach, aber Neil hörte ihn gar nicht.

Joshua schluckte, machte einen Schritt nach vorne und streckte die Hand nach Neil aus. „Hey, Sie haben uns ganz schön Sorgen bereitet." Joshua warf einen Blick über die Schulter und entließ die Sicherheitsleute mit einem Wink. Sie verliessen den Raum, aber Neil hatte den Eindruck, dass sie nicht ganz weggingen. Joshua wandte sich wieder zu Neil um und fragte: „Geht es Ihnen gut?"

„Mir gehts gut." Neil versuchte, die Worte herauszupressen, aber er fand, dass er nicht besonders überzeugend klang. Seine Stimme war atemlos und seltsam. Entsetzt stellte er fest, dass Joshua ihn für ein melodramatisches Teenager-Genie hielt, das schmollte, weil er die Finanzierung verloren hatte.

Joshua blickte zu Dr. Peters und wartete ab, was der tat.

Dr. Peters machte einige Schritte nach vorne. Sein müder Gesichtsausdruck sagte alles. „Neil, ich verstehe, dass du enttäuscht bist, aber uns so zu erschrecken, war nicht nötig."

Neil wischte sich mit einer Hand über das Gesicht. „Ich wollte etwas allein sein, nichts weiter."

Joshua sah einen Moment lang erschrocken aus, obwohl Neil nicht wusste, warum. Aber dann nahm sein Gesicht wieder einen besorgten Ausdruck an und er trat ein wenig näher heran. „Hören Sie, ich bin bereit, Ihnen zuzuhören. Vorhin wurde es ein wenig unangenehm, und zum Teil lag das an mir. Wie wäre es, wenn wir das hinter uns lassen und es noch einmal versuchen?"

„Warum?", fragte Neil und stand auf, um sich mehr auf gleicher Augenhöhe mit den beiden zu fühlen. Seine Zunge bewegte sich und er formte Worte, und sobald er sie hörte, wollte er sie wieder einfangen. „Damit Sie die verletzten Gefühle des armen Kindes besänftigen können? Meine Arbeit wird das nicht beeinträchtigen. Ganz unabhängig von Ihnen."

Dr. Peters warf die Hände in die Luft und verließ den Raum. Offensichtlich hatte er genug von Neil. Joshua blickte ihm nach, folgte ihm aber nicht. Stattdessen atmete er tief durch, schloss die Zimmertür und zog sich einen Stuhl heran. Er drehte ihn herum und setzte sich verkehrt herum darauf. Er beäugte Neil von den Schuhen bis zum Scheitel, dann seufzte er, knöpfte seine Hemdsärmel auf und rollte sie hoch.

Neil war sprachlos. Er konnte seine Augen nicht von Joshuas Unterarmen losreißen, dem weichen Haar und der Haut, die er freilegte. Erinnerungen an Joshuas Arme unter seinen Händen, als sie sich geküsst hatten, kehrten zu ihm zurück. Er kniff die Augen zusammen, um diese Gedanken abzuschütteln.

Als er die Augen wieder öffnete, hatte Joshua die Arme über der Stuhllehne verschränkt und studierte Neil aufmerksam.

„Setzen Sie sich. Ich will ganz offen zu Ihnen sein", sagte Joshua, als Neil seinen Beinen gestattete, nachzugeben und sich wieder auf die Bettkante zu setzen. Joshua leckte sich über die Lippen und legte dann den Kopf ein wenig schief, seine Augen waren konzentriert auf Neils Gesicht gerichtet. „Sie sehen jemandem sehr ähnlich, den ich mal kannte. Ich vermute, Sie wissen das sogar. Es scheint, als wüssten Sie eine ganze Menge über mich, Dr. Green."

Neil sagte nichts.

Joshua nickte jedoch, als hätte er es getan. „Also, das müssen wir berücksichtigen. Ich habe Ihnen keine faire Chance gegeben, weil ich … nun, ich habe meinen Mann vor zwei Jahren verloren. Ein schlecht erforschtes, experimentelles Nanitenverfahren hat zu seinem Tod geführt. Das, kombiniert mit der Tatsache, dass Sie aussehen wie … nun, Sie wissen, wie Sie aussehen. Also wurde ich wütend. Wie ich schon sagte, ich habe Ihnen keine faire Chance gegeben."

„Es gab keine Möglichkeit zu verhindern, was mit Lee passiert ist", sagte Neil und begab sich wieder in die vertrauten Gefilde seiner Arbeit. Dort war es sicherer. „Als Ihr Mann mit der Nanitenbehandlung begann, hatten wir noch keinen Test für die genetischen Marker."

Joshua nickte. „Ich weiß. Und Sie haben inzwischen einen entwickelt."

„Ja", sagte Neil. „Das habe ich. Ich habe ihn *seinetwegen* entwickelt."

Joshua blinzelte. „Wie bitte?"

„Nun, für Ihren Mann und etwa fünfzehnhundert andere Menschen. Die Zukunft der Nanitenmedizin hing davon ab. Mit den Tests, die ich entworfen habe, können wir sicher sein, dass das nicht wieder vorkommt. Meine Vorschläge mögen experimentell sein, Mr Stouder, aber ich bin nicht gewissenlos. Es gibt immer Regelungen, die mich im Zaum halten, aber Menschen sind mir nicht egal. Oder tatsächlich alle Lebewesen."

Joshuas Gesichtsausdruck wurde weicher, und er sagte warm: „Wie ich schon sagte, ich kannte einmal jemanden wie Sie – ihm waren Menschen auch wichtig. Und Tiere. Vielleicht ein bisschen zu sehr."

„Ach ja?", fragte Neil, wobei sein Adamsapfel hart wippte. „Was meinen Sie damit?"

„Es hat ihn umgebracht", sagte Joshua. „Vielleicht, wenn es ihm nur ein bisschen weniger wichtig gewesen wäre …"

Neils Atem stockte. „Das tut mir leid."

„Mir auch."

„Es tut mir leid, dass er gestorben ist." Neil fühlte sich, als würde er gleich vom Erdboden verschluckt, weil er es überhaupt wagte, es auszusprechen. „Beide, meine ich. Ich kann mir nicht vorstellen, wie Sie sich gefühlt haben."

„Es war furchtbar."

Neil erinnerte sich an den Ausdruck auf Joshuas Gesicht, als er Neil zum ersten Mal gesehen hatte – und wie sehr er nicht gewollt hatte, dass Neil ihn an sich erinnerte. Es erinnerte ihn an die selbst auferlegte Folter, als er sich Joshuas Interviews immer und immer wieder angesehen hatte und sich jede Falte, jedes Lächeln einprägte. Er dachte an die Jahre, die er in Atlanta verbracht hatte, an das Aufwachsen mit Alice, daran, dass er so viel mehr gewesen war als ein kleines Kind, und doch nie genug, um mit Joshua zusammen zu sein. Zu jung, zu spät, zu tot. Und dann war Joshua zu glücklich gewesen, zu verheiratet.

Es war zu viel.

„Ich weiß, dass Sie getrauert haben um … Neil. Aber Sie hatten danach ein ziemlich tolles Leben, oder? Sie waren glücklich." Solange er denken konnte, hatte er sich nichts anderes gewünscht, als dass Joshua glücklich war. Er sah weg. „Nun, bis vor Kurzem, das heißt …"

„Sprechen Sie nicht über Lee", sagte Joshua und hob warnend die Hand. „Erwähnen Sie nicht einmal seinen Namen."

Neil nickte und tat so, als mache er seinen Mund wie einen Reißverschluss zu.

Joshua schüttelte den Kopf. „Was Neil angeht – nicht, dass ich Ihnen eine Erklärung schulde –, aber ich habe ihn seit seinem Tod jeden Tag vermisst. An manchen mehr als an anderen, sicher, und schließlich wurde es erträglich, etwas, mit dem ich einfach lebte, so wie ich mit einer Narbe leben würde, bevor es die Naniten gab." Er stieß ein Lachen aus. „Schon komisch, dass Naniten emotionale Wunden nicht reparieren können."

„Noch nicht."

„Hoffentlich nie", sagte Joshua. „Aber ich war nicht ein einziges Mal glücklich darüber, dass er gestorben ist, falls Sie das wissen wollen."

Neil blickte auf den Boden hinunter, dann wieder hoch in Joshuas Augen und wollte jetzt das Richtige sagen. Er wollte ihm die Wahrheit sagen – dass er ihn auch vermisst hatte, dass es ihm leidtat, dass er gestorben war, dass er nichts so sehr wollte, wie, es wieder gutzumachen. Aber wie konnte er das tun? Es würde absurd klingen. Außerdem war es nicht nett.

Joshua hatte ihn betrauert und hatte mit seinem Leben weitergemacht, nicht nur mit Lee, sondern in jeder Hinsicht. Es wäre der höchste Akt von Egoismus, ihm jetzt alles zu beichten, sein Leben wieder auf den Kopf zu stellen und ihn zu bitten, etwas zu akzeptieren, das so schwer zu verstehen war. Er verdiente Frieden. Er verdiente es, wieder etwas Lebensfreude zu finden. Nicht diesen verstörenden Wahnsinn mit einem Mann, der halb so alt war wie er, falls er das überhaupt wollte. Sie waren vor so langer Zeit zusammen gewesen. Selbst damals hatte es zwischen ihnen keine Garantien gegeben.

Die Welt hatte sich verändert. Genau wie Joshua. Und Neil wäre ein Monster, wenn er versuchen würde, das zu leugnen.

„Ich weiß, Sie sind jung, aber waren Sie schon einmal verliebt?" In Joshuas Stimme schwang ein wenig Wut mit, aber auch ein wenig Mitgefühl.

Neil zuckte mit den Schultern. Er war schon immer verliebt gewesen. Es war schmerzhaft und voller Verzweiflung. Es war eine schreckliche Art zu leben.

„Okay, gut, dann lassen Sie mich etwas anderes fragen", fuhr Joshua fort. „Haben Sie jemals überhaupt jemanden geliebt? Jemanden außer sich selbst?"

Neil starrte ihn ausdruckslos an, während etwas in seinem Kopf die unmöglichste Antwort schrie.

„Nein? Nicht einmal Ihre Mutter?"

Neil schluckte. „Ich liebe meine Mutter sehr. Aber ich bin ein furchtbarer Sohn."

„Ach, wirklich? Habe ich Sie gerade sagen hören, Dr. Green, dass Sie in etwas *furchtbar* sind?"

Neils Lippen schürzten sich, und er starrte auf den Teppich hinunter, unfähig, Joshua anzusehen, als dieser über den Scherz lächelte. „Verraten Sie das nicht weiter."

Joshua schnaubte. „Ich sage es Ihnen nur ungern", sagte er und zog die Luft durch die Zähne ein, „aber Sie scheinen die Art von Typ zu sein, dessen Ruf ihm vorauseilt. Ich bezweifle, dass irgendjemand überrascht wäre, wenn er hören würde, dass Sie Ihre

Mutter ruppig behandeln."

Neil zuckte zusammen. „Ich habe nie gesagt, dass ich ihr gegenüber ruppig war."

Joshua legte interessiert den Kopf schief, und er schien einen Rückzieher von seinem nächsten Angriff zu machen, worin auch immer der bestand.

„Ich habe gesagt, dass ich ein furchtbarer Sohn bin. Aber ich behandle sie nicht schlecht. Ist es das, was Sie denken?"

Joshua runzelte deutlich verwirrt die Stirn. Er schien zu begreifen, dass er einen wunden Punkt getroffen hatte, und in typischer Joshua-Manier tat ihm das jetzt leid. „Ehrlich gesagt, Dr. Green, weiß ich nicht, was ich von Ihnen denken soll."

Neil nickte einmal, um anzuzeigen, dass Joshuas Worte berechtigt waren. Er fühlte sich aber immer noch, als müsse er sich verteidigen. Er dachte an Alice mit ihrem dunkelbraunen Haar und dem Kuss, den sie ihm jeden Abend zur Schlafenszeit auf die Stirn gepflanzt hatte, als sein Körper in seinen Verstand hineinwuchs, und er wollte mehr als alles andere auf der Welt einen Weg finden, es wiedergutzumachen – wiedergutzumachen, dass er *er* war.

„Ist alles in Ordnung?", fragte Joshua.

Neil konnte es nicht fassen. Nachdem er sich so verletzend und gefühllos verhalten hatte, fragte Joshua *ihn*, ob alles in Ordnung sei. Joshua war immer noch so ein gutherziger Mann, dass es Neil in der Brust wehtat. Ein einfacher Junge vom Lande, mit einem Herz aus Gold. Er nickte, wandte den Blick wieder ab und fuhr sich mit den Fingern durch die Haare. Er hörte, wie Joshua scharf einatmete.

„Ja, nun. Das mit Ihrem Liebhaber tut mir leid. Und Ihrem Mann", sagte Neil und seine Worte klangen leise und müde. „Es tut mir einfach leid. Alles."

„Ich … äh, danke", sagte Joshua und klang verwirrt.

Joshua stand vom Stuhl auf und setzte sich neben Neil auf das Bett. Nicht unglaublich nah, aber sein Gewicht ließ die Matratze tiefer sinken, und Neil konnte sein Aftershave riechen. Es war angenehm. Anders als vor all den Jahren, aber immer noch sehr nett. Älter, irgendwie; reifer.

Joshua neigte den Kopf nach unten und versuchte, in Neils Gesicht zu blicken. „Dr. Green? Was ist los? Ich habe das Gefühl, dass Sie mir etwas verschweigen."

Neil zuckte mit den Schultern. Was konnte er auch sagen, ohne Joshua unnötig zu verletzen? „Nein, nein. Es ist alles in Ordnung."

Joshua nickte. Er seufzte schwer und saß da, so nah und so schrecklich fern. Neils ganzer Körper wollte sich an Joshua lehnen, sich drehen und ihn auf das Bett drücken, auf ihn klettern, ihn küssen, ihn riechen, ihm nahe sein und ihn für den Rest seines Lebens festhalten. Wenn er sich nur dazu durchringen könnte, Joshua jetzt die Wahrheit zu sagen, könnten sie beide ein sehr langes Leben führen. Gemeinsam. Es war unerträglich.

Neil stand auf, drehte ihm fast völlig den Rücken zu und griff nach seinem Koffer. Er ließ ihn auf das Bett neben Joshua fallen und begann, ihn mit seinen wenigen Klamotten zu füllen. Nach Scottsville zu kommen, Joshua persönlich zu sehen … das war eine schlechte Idee gewesen. Jetzt wusste er wirklich nicht, wie er ohne ihn überleben sollte, und er hatte ihn nicht einmal berührt. Er konzentrierte sich auf den Koffer, denn wenn er in Joshuas müde Augen blickte, würde er alle Entschlossenheit verlieren, und dann wäre er für Joshuas Schmerz verantwortlich.

„Dr. Green?"

„Es tut mir leid, Mr Stouder", sagte Neil. „Hierher zu kommen, war für uns beide eine Zeitverschwendung.“

Joshua saß da und sah zu. Neil konnte ihn spüren, aber er schaute nicht hin.

Schließlich sagte Joshua: „Dr. Green … hey. Hören Sie. Neil …“

Ein Schauer durchfuhr Neil, als er hörte, wie Joshua seinen Namen mit einem so sanften, zärtlichen Ton aussprach.

„Neil, falls du Hilfe brauchst …“

Die vertrauliche Anrede machte die Folter nur noch schlimmer. Er wusste nicht, wie lange er die Nähe zu Joshua noch ertragen konnte, bevor er die Fassung verlor. Er sagte alle Worte, die er in seinem Kopf zu fassen bekam und die nichts damit zu tun hatten, dass er Joshuas Hals küssen wollte, oder dass er wiedergeboren war, oder dass er ihn vermisste. „Hilfe? Was ich brauche, ist Geld, Mr Stouder, und da Sie in der Hinsicht nicht nachgeben wollen …“

„Gut, gut, vergessen Sie, was ich gesagt habe“, sagte Joshua und stand auf. Er hob kapitulierend die Hände, obwohl Sorge in seiner Stimme mitschwang. „Ich lasse Sie einfach in Ruhe und dann können Sie hier abreisen.“

„Vielleicht, wenn wir Glück haben, sehen wir uns nie wieder“, sagte Neil und fühlte sich den Tränen näher, als er die Worte aussprach.

„Ja, wenn wir Glück haben.“

Neil schloss die Augen, stieß einen Atemzug aus, notfalls bereit, Joshua zu sagen, dass er gehen solle, weil er das hier nicht noch eine weitere Minute aushalten konnte.

Er spürte, wie Joshua sich zurückzog, und sein Rücken versteifte sich, als Joshua von der Tür aus sagte: „Sie haben recht. Ich hatte ein gutes Leben mit Lee. Ich habe ihn sehr geliebt, und ich vermisse ihn jeden Tag. Aber wenn Neil überlebt hätte, hätte ich auch ein gutes Leben mit ihm gehabt. Ein anderes Leben, aber ein gutes. Und ich bedaure, dass ich diese Erfahrung nicht machen durfte. Ich bedauere das jeden einzelnen Tag."

Neil dachte, das war es nun, aber nein.

„Ich weiß nicht, warum ich Ihnen das erzähle", sagte Joshua. „Lee hat es verstanden. *Mich verstanden.* Ich weiß nicht, warum ich will, dass Sie es auch verstehen. Es sollte für mich keine Rolle spielen. Aber das tut es."

Neils Kopf sank herab, als er hörte, wie sich die Tür schloss. Er kämpfte gegen den Drang an, ihm hinterherzulaufen, alles zu beichten und Joshua zu sagen, dass er diese Erfahrung jetzt mit seinem Neil machen könnte, wenn er wollte. Aber er beherrschte sich und fiel mit dem Gesicht nach unten aufs Bett.

Schluchzer schüttelten ihn, als er versuchte, durch den Schmerz zu atmen, dass er Joshua gehen ließ.

Kapitel 13

NEILS PLAN WAR es, Barren River zu verlassen, einen Wagen zu rufen, der ihn zum Flughafen von Nashville brachte, und den ersten Flug nach Atlanta zu nehmen. Das würde ein Vermögen kosten, aber was bliebe ihm sonst anderes übrig, als hierzubleiben und am nächsten Tag mit Dr. Peters zu reisen? Aber Autos und Taxis gab es so weit draußen in der Pampa nicht, also konnte er keinen Fahrer finden, der ihn nach Nashville gebracht hätte.

Er fluchte leise und warf sich wieder rückwärts auf das Hotelbett. Er war hier gefangen. Und er musste hier raus. Er dachte daran, sich ein Auto zu mieten – in dieser Stadt gab es sicher eine Autovermietung –, aber dann fing er an zu lachen, denn er war noch nicht alt genug. Verdammt, er war nicht einmal alt genug, um nach unten zu gehen und einen Drink an der Bar zu bestellen. Er war es so verdammt *leid*, ein Kind zu sein.

Wütend stand er auf, zog seine Jacke an und verließ das Hotelzimmer. Er hatte keine Ahnung, wo er hinging, aber er musste sich bewegen, und zu laufen schien ihm besser, als weiterhin mit den Fäusten gegen die Kissen zu trommeln.

Neil erkannte seinen Fehler, sobald er den Parkplatz erreichte. Jede Runde um den Parkplatz war nur ein weiterer Kreis derselben neuen, schrecklichen Erinnerungen: jedes Wort, das er zu Joshua gesagt hatte, die Art, wie Joshua ausgesehen hatte, wie er gerochen hatte, wie alles so schiefgegangen war. Normalerweise rief er seine Mutter nicht an, wenn es ihm schlecht ging, vor allem, weil er versuchte, zu beschäftigt zu sein, um sich jemals wirklich niedergeschlagen zu fühlen, aber als er auf der Bank vor dem Hauptgebäude des Resorts saß, wusste er nicht, was er sonst tun sollte.

„Zwei Wochen", sagte Alice zur Begrüßung. „Es ist zwei Wochen her, seit du angerufen hast, und ich höre heute von Derek, dass du nicht einmal im selben Bundesstaat bist!"

„Mama", sagte Neil, um sie zu unterbrechen, und dann schwieg er.

Als sie wieder sprach, klang ihre Stimme anders. „Wo bist du? Was ist los?"

Er schüttelte den Kopf, obwohl sie es nicht sehen konnte, und fürchtete sich zugleich davor, es ihr zu sagen. Ihm war klar, dass das hier das Dümmste war, was er getan hatte, seit er versucht hatte, ein Wettrennen mit einem Sattelschlepper zu veranstalten, um Magic zu retten, und es verloren hatte.

„Scottsville", sagte er. „Ich bin in Scottsville." Technisch gesehen war Barren River am Rande von Bowling Green, aber egal. Nah genug.

„Oh." Am anderen Ende der Leitung herrschte eine lange Stille.

„Wir haben uns um diese Fördergelder beworben. Die, von denen ich dir erzählt habe. Ich vergaß zu erwähnen, dass es sich bei der Stiftung um eine ganz bestimmte handelt …"

„Die Neil-Russell-Stiftung", murmelte sie. „Hast du ihn getroffen?"

„Ja." Neil rollte mit den Schultern, als wolle er seine Stimmung abschütteln. Es fiel ihm bereits leichter, ihr etwas vorzuspielen. Er entließ einen langen Atemzug durch die Zähne und sagte: „Nun, es ist besser so, denke ich. Dumm ist, wer Dummes tut. Meinen Genieausweis haben sie gleich einbehalten."

„Denkst du, du bist ein Genie, was das Leben angeht, nur, weil du ein Genie in der Wissenschaft bist?"

„Super, danke, Mama. Das ist genau die Art von Ermutigung, die ich im Moment brauche."

Alice seufzte. „Du brauchst keine Ermutigung, Neil. Du musst aus Scottsville verschwinden, bevor du dir selbst das Herz brichst. Aber dafür ist es bestimmt zu spät, oder?"

„Ja", sagte er. Seine Kehle wurde eng. Die Bank war hart und kalt an seinem Hintern, obwohl der Herbstabend nicht allzu kühl war und er auf seine Jacke hätte verzichten können.

„Du hast ihn also getroffen?", fragte Alice. Er konnte das Zögern und die Sorge hören.

Er sagte nichts. Er versuchte es, aber er hatte keine Ahnung, was er sagen sollte. Ja, er hatte ihn getroffen. Joshua war alles gewesen, von dem Neil gewusst hatte, dass er es sein würde, und es hatte sich so *richtig* und so furchtbar *falsch* angefühlt. Und Neil hatte Joshua eine Scheißangst eingejagt. Verdammt, er hatte *sich selbst* zu Tode erschreckt.

„Neil?", fragte sie.

„Er sagte, ich erinnere ihn an jemanden."

„Du hast es ihm nicht gesagt?", fragte sie, und ließ das „doch" aus, obwohl Neil es hören konnte.

„Ich bin ein emotionaler Idiot, kein Verrückter", sagte er. „Ich meine, klar, ich weiß Dinge, die nur sein Neil wissen kann, aber warum sollte ich ihm das antun? Er ist gerade erst über den Verlust seines Mannes hinweg. Warum sollte ich ihm wieder so wehtun?"

„Oh, mein Schatz."

Neil stieß ein leises Schmerzensstöhnen aus.

„Also, wie ist es gelaufen?"

„Ich habe dich angerufen", flüsterte Neil.

„Also nicht gut."

„Ich muss hier weg."

„Komm nach Hause."

Neil lachte, und es klang bitter. „Ich stecke fest."

Sie gab einen seltsamen Laut von sich. „Du wurdest doch nicht verhaftet, oder?"

Neil zupfte an seinen Haaren und sagte: „Nein, aber ich kann hier oben kein Taxi oder Auto bekommen. Es ist mitten im nirgendwo Kentuckys."

„Neil, willst du, dass ich dich abhole? Ich kann dort sein in … ich weiß nicht, wie weit ist es bis Scottsville?"

„Mit dem Auto? Zu weit. Mit dem Flugzeug? Immer noch zu weit. Ich glaube, ich verliere den Verstand."

In dem Moment blickte Neil auf. Ein großer, dünner Mann mit langen, braunen Haaren kam ihm auf dem Bürgersteig aus den Büros des Resorts entgegen. Er schaute nicht, wohin er ging, sondern kramte mit gesenktem Kopf in einer riesigen Handtasche herum, die das gesamte Inventar eines Kosmetikgeschäfts zu enthalten schien – zumindest soweit Neil das anhand der Gegenstände, die er einzeln herauszog und zurückwarf, sagen konnte. Ein junger, maskuliner Mann, der wie ein stereotyper Farmer gekleidet war, folgte ihm auf den Fersen und redete wie ein Wasserfall.

Da wusste Neil Bescheid, und er konnte nicht wegschauen.

„Das stehst du durch, Schatz. Da bin ich ganz sicher", sagte

Alice grimmig.

„Ich muss gehen", sagte Neil und beendete den Anruf.

„Declyn, Schatz, du bist ein erwachsener Mann", sagte Chris, als er neben der Bank innehielt, auf der Neil immer noch saß, um noch etwas mehr in seiner Tasche zu wühlen. „So sehr ich auch einspringen und dich retten möchte, dieses Mal musst du dir selbst helfen."

„Ich weiß, aber es ist einfach …" Der Junge stöhnte und steckte die Hand in die Tasche seiner Jeans. „Warte, das ist Nadia, die gerade anruft. Bleib hier, okay? Geh nicht weg." Er nahm den Anruf entgegen und duckte sich um die Ecke des Gebäudes, offensichtlich wollte er etwas Privatsphäre.

Chris seufzte, rollte mit den Augen und sah dann zu Neil hinunter. Er war älter als das letzte Mal, als Neil ein Foto von ihm auf Lees Posts in den sozialen Medien gesehen hatte, aber so anders sah er nicht aus. Wie Joshua hatte er sich offensichtlich die Anti-Aging-Naniten-Cremes leisten können, denn er war immer noch strahlend schön anzusehen.

Es hatte einmal eine Zeit gegeben, in jenem anderen Leben, da war Chris Neils Freund gewesen. Einer seiner wenigen Freunde.

Neil riss den Blick fort, aber es war zu spät.

Chris ließ sich neben ihm auf die Bank plumpsen und sagte: „Du siehst verloren aus, Zuckerschnute."

Neil schnaubte leise, hob eine Schulter und ließ sie fallen.

Chris kramte wieder in seiner Tasche, sagte: „Na *endlich*", und holte einen getönten Lippenbalsam heraus. Er nahm den Deckel ab, schaute sich die Farbe an und begann ihn aufzutragen.

Neil hatte nicht vor, mit ihm zu reden. Er wollte aufstehen und weggehen. Stattdessen sagte er: „Das ist für niemanden ein guter

Look.“

„Mensch, danke, verlorener Fremder, für deinen Beitrag zu meiner Lippenfarbe.“ Chris rollte mit den Augen. „Bist du auch homophob? Denn für so was haben wir hier keine Zeit, wie mein Mann sagt.“

„Nein. Dein Lippenstift ist mir egal. Oder das mit dem Schwulsein. Ich meinte mich. Ich sehe verloren aus. Das ist generell kein guter Look …“

„Für niemanden. Verstanden“, sagte Chris. Er verengte die Augen. „Weißt du, es ist irgendwie unheimlich, wie sehr du einem Typen ähnelst, den ich mal kannte.“ Er streckte die Hand aus und griff nach Neils Kiefer. Neil zuckte bei der Berührung instinktiv zurück.

Chris rollte mit den Augen. „Lass mich dich ansehen. Hmm, ja, ich sehe, dass du ganz verloren bist und einen Rat brauchst.“ Er grinste und ließ Neils Kinn los. „Zu deinem Glück weiß ich alles, was es über diese Stadt zu wissen gibt, und ich bin ausgezeichnet darin, fantastische und unerwünschte Ratschläge zu erteilen. Frag dazu einfach meinen Sohn.“ Er blickte in Richtung der Ecke, um die Declyn verschwunden war. „Wenn er jemals aufhört, mit diesem Mädchen zu telefonieren. Läuft das immer so? Hängen sich die Jugendlichen immer an die Person, die am schlechtesten zu ihnen passt? Meine Eltern lieben Dale natürlich. Ich bin es, den sie hassen.“

Neil starrte ihn an. Chris war derselbe. Genau derselbe. Er redete mit jedem, als habe er ein Recht dazu, und war unermüdlich fröhlich, selbst wenn er ein Miststück war. Und Chris hatte sich an ihn erinnert – na ja, an den alten Neil. Und er schien sich über die Ähnlichkeit zu freuen.

Neil fühlte sich, als wäre er in eine Art seltsames Zeitreisegerät getreten und nun waren die Menschen, die er am besten kannte und liebte, älter, während er allein jünger war. Sein Telefon surrte. Er wusste, dass es Alice war, die zurückrief. Er hatte sich nicht sehr klar ausgedrückt, als er seinen Anruf beendete. Sie dachte wahrscheinlich, er sei überfallen worden oder so. Bei der Geschwindigkeit, mit der es mit seinem Leben bergab ging, war das auch nur eine Frage der Zeit.

„Willst du nicht rangehen?", fragte Chris.

„Es ist meine Mutter", sagte Neil.

Chris gab ihm einen sanften Klaps gegen den Kopf. „Wie ich schon sagte, *willst du nicht rangehen?*"

Neil nahm den Anruf an und sagte: „Hey, ich bin okay. Ich muss los."

„Bist du sicher?", fragte Alice.

„Ich rufe dich später an", sagte er fest und legte wieder auf.

Chris sah ihn stirnrunzelnd an. „Und, bist du immer so unhöflich zu deiner Mutter?"

„Schlägst du ständig fremde Männer gegen den Kopf? Erstens ist das Körperverletzung. Zweitens könnte diese Art von Verhalten auf Dauer zu neurologischen Schäden führen."

Chris grinste wieder. „Ach, ist das süß. Du denkst, du bist ein Mann." Er tätschelte Neils Knie auf übertrieben zärtliche Art. „Iss weiter dein Gemüse, dann wirst du vielleicht eines Tages einer." Neil warf ihm einen Blick zu, und Chris lachte. „Wie heißt du?"

Er ließ zu, dass sich seine Mundwinkel nach oben zogen. „Green", sagte er. „Neil Green."

Chris' Ausdruck änderte sich, und er wurde ernst. „Bist du ...

ich nehme an, du bist nicht verwandt mit Dr. Neil Russell?“

Fast hätte Neil gesagt: „Ich bin sein Sohn“, nur um die Reaktion zu sehen, aber stattdessen schüttelte er den Kopf.

„Nein, natürlich nicht“, sagte Chris ein wenig abwesend und studierte sein Gesicht. „Du siehst ihm nur so ähnlich. Und es ist so seltsam, dass ihr denselben Namen habt. Aber nein, natürlich seid ihr nicht verwandt.“

„Zufall“, sagte Neil leise. „Nie von dem Kerl gehört.“

„Richtig. Aber natürlich.“ Chris schien sich zusammenzureißen, und er lächelte wieder strahlend. „Du bist also ganz verloren. Wie kann ich dir helfen?“

„Gar nicht. Ich muss nur … nach Nashville, damit ich wieder nach Hause kann.“

„Und wo ist ‚zu Hause‘?“

„Atlanta“, sagte Neil, obwohl sein Verstand ihn mit einer zwingenden, frischen Erinnerung an Joshuas braune Augen versorgte, die ihn mit ernster Sorge studierten.

„Und wie bist du hierher gekommen?“

„Du würdest es mir nicht glauben, wenn ich es dir sage.“

„Probier’s.“

Neil rieb sich mit den Fingern über die Augen und überlegte, ob er herausplatzen sollte: „Nun, es begann alles, als ich vor etwa zwanzig Jahren unter einem Sattelschlepper starb.“ Aber stattdessen sagte er nur: „Ich bin ein Wissenschaftler. Ich war hier für ein Interview mit einem potenziellen Investor.“ Das war einfach gehalten, wenn auch ungenau.

„Jetzt hör aber auf!“, sagte Chris und starrte ihn misstrauisch an. „Bist du sicher? Du siehst ein bisschen jung aus.“

„Äh, ja, ich bin mir sicher. Ich war sehr jung mit dem Studium fertig, und so weiter und so fort."

„Es ist nur so seltsam, wie sehr du ihm ähnelst ..."

„Das Leben ist seltsam", unterbrach Neil ihn.

„Das ist es wirklich."

„Apropos, was machst du hier?"

Chris blinzelte heftig. „Arbeiten? Ich bin der Büroleiter."

„Ich meine hier. In Scottsville."

„Oh. Das ist eine lange Geschichte." Chris lächelte und blickte in die Ferne. „Ich schätze, es ist offensichtlich, dass ich nicht von hier bin, hm? Ich bin in Nashville aufgewachsen. Das ist eine viel größere Stadt. Aber die Liebe hat mich weit von zu Hause weggeführt."

„Bist du hier glücklich?"

„Ich bin glücklich, ja." Chris drehte sich wieder zu ihm um. „Weißt du was? Ich glaube, ich kann dir helfen." Chris blickte in Richtung der Ecke, wo Declyn sich angeregt mit seiner Freundin unterhielt. „Ich kenne da jemanden, der eine Auszeit gebrauchen könnte."

„Warte, bist du ...?", fragte Neil. „Du hast mich gerade erst getroffen. Ich bin ein völlig Fremder, und du lässt mich von deinem Sohn nach Nashville fahren? Ich könnte auch ein Serienmörder sein, soweit du weißt."

Chris zuckte fröhlich mit den Schultern. „Aber das bist du nicht. Und Declyn, mein Stiefsohn, sollte mal für einen Nachmittag aus Scottsville rauskommen. Es würde ihm guttun."

Neil fühlte einen seltsamen Anflug von Angst bei dem Gedanken, mit Chris' Sohn in einem Auto gefangen zu sein.

„Du erinnerst mich an jemanden, den ich geliebt habe und der vor langer Zeit gestorben ist", sagte Chris, ziemlich fröhlich angesichts der Tatsache, dass er über den Tod sprach. „Und ich hätte das Gefühl, dass ich ihm einen Gefallen tue, wenn ich dir helfe."

„Das ist lächerlich", sagte Neil, dem plötzlich heiß und unbehaglich wurde, weil Chris seinem Neil *tatsächlich* einen Gefallen tun würde, und es lastete auf ihm, wie seltsam das alles war.

„Und wie", stimmte Chris zu. „Du klingst genau wie er. Okay, warte mal. Du bleibst genau hier, Neil. Wow, das hört sich so komisch an, das zu sagen. Ich bin gleich mit Declyn zurück."

Neil beobachtete, wie Chris Declyn das Telefon wegnahm, etwas zu der Freundin sagte, das ziemlich unangenehm aussah, und dann auflegte. So, wie Declyn die Hände in die Hüften stemmte und schockiert aussah, war er über das Verhalten seines Stiefvaters nicht gerade erfreut. Ein Teil von Neil wollte bleiben und zusehen, wie sich das alles entwickelte, und war neugierig, was den Mann anging, der ihm einst etwas bedeutet hatte. Aber ein anderer Teil von ihm konnte sich nur wenige katastrophalere Weisen vorstellen, diesen ohnehin schon grauenhaften Tag zu beenden, als mit Chris' Stiefsohn in ein Auto zu steigen.

Er flitzte zurück ins Innere des Barren River Resorts, bevor Chris ihn aufhalten konnte. Er bereitete sich darauf vor, Dr. Peters wenigstens lange genug gegenüberzustehen, um ihn wieder abblitzen zu lassen. Den Rest des Abends und der Nacht würde er im Bett verbringen.

Mit etwas Glück würde die Decke, die Joshua berührt hatte, seinen Geruch behalten, und Neil konnte sich die ganze Nacht damit quälen, bevor er am nächsten Morgen wie geplant mit Dr. Peters zurück nach Atlanta fuhr.

FAST ZWANZIG STUNDEN nach der Landung in Atlanta und fünfzehn Stunden, nachdem er Alice davon überzeugt hatte, dass er glücklicher wäre, wenn er zur Uni zurückkehrte, war Neils Körper erschöpft, aber sein Geist wollte nicht abschalten. Er hatte in den Labors gearbeitet und versucht, sich von den schmerzhaften, quälenden Gedanken an Joshua fernzuhalten, indem er sich auf sein Projekt konzentrierte, bevor ihnen die Gelder ausgingen, aber es war nutzlos. Nachdem er aufgegeben hatte, schlenderte er gereizt und erschöpft nach Hause in die Wohnung.

Er warf einen Blick auf Dereks Chaos, die halb geleerte Müslischale auf dem Tisch und die leeren Essensverpackungen rund um die Couch. Er murmelte leise „Ich lebe mit einem Tier zusammen" und stakste in sein eigenes Zimmer, wo er die Jeans auszog und sich das T-Shirt über den Kopf zog. Neil rieb sich mit einer Hand über das Gesicht und zog sich dann die Boxershorts herunter.

Ohne ein Wort ging er von seinem Zimmer in das von Derek und schreckte Derek aus einem ziemlich tiefen Schlaf auf. Aber Derek hielt ihn nicht zurück, sondern flüsterte nur „Jaaaa", als Neil ihn auf den Bauch drehte und Dereks Jogginghose bis zu den Knöcheln herunterzog, wodurch sein runder, strammer Hintern zum Vorschein kam.

Neil war vielleicht nicht in der Lage, sich auf die Arbeit zu konzentrieren, und er fühlte sich vielleicht, als würde er vor der Intensität des erneuten Schmerzes und der unerfüllten Sehnsucht nach Joshua auseinandergerissen, aber das konnte er mit einem guten, langen Fick erst einmal übertönen. Derek war ein unordentlicher Mitbewohner, der Neils Mutter nervtötend nahe stand, aber sein Körper war biegsam, begierig und immer bereit.

Derek blickte über seine Schulter, während Neil sich ein Kondom schnappte und es runter rollte. Seine blauen Augen waren vor Lust geweitet, und sein Mund öffnete sich. Neil war dankbar, dass er keine Fragen stellte.

Neil spritzte Gleitmittel auf Dereks Loch, zielte darauf und stieß grob hinein. Dereks Kopf fiel nach vorne, als Neil hart und schnell in ihn eindrang, ohne ihm Zeit zu geben, sich daran zu gewöhnen oder sich darauf einzulassen.

„Himmel", keuchte Derek, krallte sich in die Laken und biss in sein Kissen. „Scheiße, Neil."

Neil schloss die Augen und konzentrierte sich auf den festen Griff von Dereks Arsch um seinen Schwanz. Das heiße Hinein- und Herausgleiten war fast genug, um die schmerzende, schreckliche Qual zu blockieren, die in seiner Brust aufgeklafft war, als er Joshua persönlich begegnet war.

Neil stieß grob in Derek, beugte sich hinunter, um seine Zähne in scharfen Bissen entlang Dereks Schultern und Nacken in seine Haut zu versenken, und spürte die köstliche Reaktion von Derek, der zuckte und sich um Neils eintauchenden Schwanz zusammenzog. Er ließ nicht locker, änderte den Winkel, um Dereks Prostata zu treffen, und vergrub sein Gesicht in Dereks bereits schweißnassem Haar, während Derek unter ihm zitterte und ächzte.

Es fühlte sich gut an, Derek zu ficken. Zumindest hatte er *etwas* unter Kontrolle, als er Derek an den Rand des Orgasmus trieb und ihn dann dort hielt, ohne ihn ganz hineinzudrängen. Derek krümmte sich und bettelte, und Neil fühlte eine Welle beruhigender Macht. Er konnte nicht mit Joshua zusammen sein, aber er konnte Derek ficken, und er konnte Derek zum Schreien bringen, und er konnte etwas anderes fühlen als Schmerz. Er rieb Dereks Rücken, wusste durch die Art und Weise, wie Derek sich bewegte, dass er gleich kommen würde, und spürte Dereks Schock und sogar Angst vor der Intensität des Orgasmus, der ihn gleich durchfluten würde.

Neil packte eine Handvoll von Dereks Haaren, hielt sich daran fest und fickte Derek noch härter. Derek gab wilde, animalische Geräusche von sich, als Neil ihn ritt, und dann zerrte Derek am Laken in einem verzweifelten und doch halbherzigen Versuch, Neils Schwanz zu entkommen, bevor Dereks angestrengte Bewegungen das Spannbettlaken von der Matratze rissen und er unter Neil in schaudernder Überraschung zusammenzuckte.

„Scheiße!“, schrie Derek. Sein Arschloch krampfte sich rhythmisch zusammen, als er seine Ladung abschoss, ohne sich selbst zu berühren.

Neil fickte weiter in Dereks Arsch und fuhr mit einer beruhigenden Hand durch Dereks Haare, vage dankbar, dass Derek das mit sich machen ließ, während er gegen seinen eigenen Orgasmus ankämpfte, ihn zurückhielt und lieber weiter fickte, um sich nicht daran erinnern zu müssen, wie Joshua ihn angesehen hatte, oder wie Joshuas Stimme klang, als er seinen Namen gesagt hatte.

Derek zappelte unter ihm und schrie jedes Mal auf, wenn Neil tief in ihn eindrang und gegen seine Prostata stieß, die offensichtlich jetzt zu empfindlich war, aber es dauerte nicht lange, bis Derek zurückstieß, sich auf seine Hände und Knie erhob und „härter“ und „schneller“ rief. Er fiel nach vorne auf seine Ellbogen, als er aufschrie und seinen Schwanz wieder zum Orgasmus wichste, und sein Arschloch krampfte sich so sehr zusammen, dass Neil seine Stöße kurzzeitig unterbrechen musste.

„Heilige Scheiße", keuchte Derek, als Neil wieder anfing, in ihn zu stoßen, und er schmolz geradezu in die Matratze, ein schlaffer Körper, der Neils Schwanz ohne Widerstand aufnahm, und Neil packte Dereks Hüften, zog ihn ein wenig hoch, um einen besseren Winkel zu haben, und machte weiter.

Derek sabberte und krampfte gelegentlich vor Lust, seine Augen rollten in seinem Kopf zurück. Neil ließ nicht locker, zögerte seinen eigenen Orgasmus so lange wie möglich hinaus, bevor er schließlich so tief in Derek stieß, wie es nur ging. Als er sich auf Dereks schweißglatten Rücken fallen ließ und zitterte, während er endlich das Kondom füllte, sah er nichts als Joshuas braune Augen.

Der Schmerz, der ihn verschlang, war ungeheuerlich. Verzweifelt zog Neil das Kondom ab, warf es auf den Boden und rollte ein neues auf. Es tat weh, in Dereks glitschiges, zuckendes Loch zu stoßen, während sein Schwanz noch empfindlich vom Orgasmus war, aber es war besser als der emotionale Schmerz, der ihn verschlang, wenn er aufhörte. Derek wimmerte, verlangte aber nicht, er solle aufhören.

Neil fickte Derek, bis sie beide zu erschöpft waren, um sich zu bewegen. Hilflos lagen sie keuchend und zuckend da, beide bedeckt mit Schweiß und Dereks Sperma. Als Neil sich wegrollte, erschöpft und in der Hoffnung, er könne jetzt einschlafen, bemerkte er, dass Derek wie im Delirium lächelte, von den intensiven Ficks zugedröhnt bis in die Haarspitzen. Neil jedoch war am Ende seiner Kräfte, und statt Dereks glücklichem Summen hörte er Joshuas wütende Stimme, die sagte: „Sie sind noch ein Kind!", als er in einen erschöpften, elendigen Schlaf fiel.

Kapitel 14

ZUM DRITTEN MAL in ebenso vielen Tagen unterbrachen Schlaflosigkeit und innere Unruhe Joshuas Nacht. Sein Bett erschien ihm viel zu groß. Seine Träume, als er es schaffte, einzuschlafen, waren ein Sammelsurium aus Frustration, Trauer und alten, unerfüllten Sehnsüchten.

Joshua fuhr mit der Hand über das Kissen neben sich und erinnerte sich an die letzten Monate von Lees Leben. Sie hatten geglaubt, dass die experimentelle Behandlung funktioniert hatte — sie hatte den Schaden aufhalten sollen, den die Naniten in Lees Gefäßsystem angerichtet hatten. Die Zeit war geprägt gewesen von Freude, einem Gefühl der Vergebung, und Joshuas Träume schienen ihm selbst harmlos.

Während jener Zeit hatte er einen immer wiederkehrenden Traum gehabt von einem Bienenstock, der vor Honig triefte. Das Bienenvolk war ausgeschwärmt, und die Insekten tanzten in der Luft um ihn herum, als er sich näherte, und begrüßte ihn fröhlich mit ihren geheimen Bewegungen, die eine Botschaft überbrachten.

Später erinnerte er sich daran, dass man früher geglaubt hatte, dass Bienen die Nachricht vom Tod eines Menschen zu den Göttern trugen. Er fragte sich, ob sein Unterbewusstsein irgendwie gewusst hatte, dass sie sich mitten in einer honigsüßen Atempause befanden und dass Lee trotz des augenscheinlichen Erfolgs der

Behandlung bald aus dem Leben scheiden würde. Es erklärte jedenfalls, warum er nicht überrascht gewesen war, als Lee während des Frühstücks zusammengebrochen war. Sein Gesicht wurde ganz weiß, als er innerlich verblutete und in nur wenigen Minuten starb, während Joshua ihn gehalten und ihm zugeflüstert hatte, er solle keine Angst haben.

Joshua stöhnte und rieb sich mit den Handballen über die Augen, als er sich daran erinnerte, wie Lee sich bei ihm entschuldigt hatte, als er starb. Ganz am Ende hatte Lee mit einer Art Überraschung bemerkt: „Mir ist so kalt, Schatz", und dann war es vorüber.

Selbst jetzt wusste Joshua nicht genau, wofür Lee sich genau entschuldigt hatte – hatte es ihm leidgetan, dass er von den Naniten-Prozeduren so begeistert gewesen war? Tat es ihm leid, dass er Joshua genau wie Neil allein ließ, oder es tat ihm leid, dass er in Joshuas Armen gestorben war? Was auch immer er gemeint hatte, Joshua hatte ihm gesagt, es sei okay. „Es ist okay, ich liebe dich, hab keine Angst." Das hatte er eindringlich gesagt, immer und immer wieder.

Nachdem Lee wirklich tot war, hatte er es geschafft, den Notruf zu wählen. Die Sanitäter waren eingetroffen, und Joshua hatte Lees leblosen Körper einen letzten Moment lang festgehalten, bevor die Sanitäter ihn gebeten hatten, zur Seite zu treten. Sie arbeiteten vergeblich, während Joshua zusah und ihm die Tränen über das Gesicht liefen.

Danach hatte er nicht mehr von Bienen geträumt, bis zu jener Nacht, nachdem er Neil Green begegnet war.

Es hatte ewig gedauert, bis er einschlief. Sein Verstand spielte jeden Moment seiner Gespräche mit Dr. Green noch einmal ab und präsentierte ihm immer wieder die unheimliche Ähnlichkeit, die dieser mit seinem Neil hatte. Die stechend blauen Augen, die Kieferpartie und der lange Hals, die Art, wie seine Finger geformt waren, und die Farbe seiner Haare, die Form seiner Lippen und sogar die scharfen Sticheleien, die er so rasch von sich gab, ohne sie zu durchdenken. Wie oft hatte Joshua ihn so mit Laboranten reden hören, wenn er wütend war?

Als Joshua schließlich einschlief und seine Finger in die Laken auf Lees Seite des Bettes krallte, um Trost in der Erinnerung an seinen Mann zu suchen, träumte er, dass er auf einen honigtriefenden Bienenstock zuging. Unbeeindruckt vom Summen der Bienen um ihn herum kniete er neben dem Bienenstock nieder und ließ etwas von dem Honig auf seinen Finger tropfen. Er schmeckte seine Süße, während die Bienen um seinen Kopf tanzten und darauf warteten, dass er ihnen etwas sagte, das sie den Göttern zutragen sollten.

Der Frieden des Augenblicks verflüchtigte sich, als Joshua tief in sich nach Worten suchte und sie nicht finden konnte. Da war etwas Wichtiges – eine Botschaft, ja, aber vielleicht war es nicht an ihm, sie zu überbringen; vielleicht war es an ihm, sie zu empfangen.

Joshua lauschte dem Summen, so gut er konnte. Er spürte das Kitzeln der Bienen, die auf seinen Ohren landeten und in seinen Gehörgang krabbelten, summten, brummten und ihn drängten, zu nehmen, was sie ihm zu geben hatten, aber er konnte es nicht entziffern. Er beherrschte ihre Sprache nicht.

In Panik wachte Joshua auf und kratzte sich an den Ohren, um das summende Geräusch abzuschütteln. Ohnmächtig und frustriert fühlte er sich verloren und allein.

Zwei Tage später war das Gefühl immer noch nicht gewichen.

Der Traum kehrte immer wieder zurück, wenn sein Körper endlich der Erschöpfung nachgab. Gerade jetzt war er wieder daraus erwacht, und das Zimmer war kaum von der Dämmerung erhellt.

Joshua setzte sich auf, streckte sich und schloss die Augen, als er an Neil Greens Mund dachte. Sein Schwanz pochte mit seiner üblichen Morgenlatte, und er widerstand dem Drang, nach unten zu greifen, um sich einen runterzuholen. Seine Entschlossenheit währte jedoch nur wenige Augenblicke, als seine Gedanken zu Neil Greens Hals und seinen vertrauten Augen wanderten.

Was konnte es schaden, sich das vorzustellen? Nur für ein paar Minuten?

Joshua presste die Zähne zusammen, als er seinen Schwanz in die Hand nahm, dann packte er ihn fester und stellte sich den herausfordernden Gesichtsausdruck von Dr. Green vor. Vor seinem geistigen Auge packte Joshua Dr. Green an den Haaren, zerrte ihn nach vorne in einen Kuss, der brennend und heiß war, und zwang ihn dann auf die Knie. Er könnte Dr. Green zeigen, was er mit seinem frechen Mund Sinnvolleres anstellen konnte.

Vor Joshuas geistigem Auge öffnete Dr. Green eifrig die Lippen, um Joshua einzusaugen. Die nasse, heiße Glätte seiner Zunge und seiner Wangen verschlang Joshuas Schwanz, und dann hielt er es nicht mehr aus. Er kam so heftig, dass sein Samen sein Kinn traf und er nach Luft schnappen musste. In seiner Vorstellung sah Dr. Green unerträglich selbstgefällig und viel zu zufrieden mit sich selbst aus.

Selbst das ließ Joshuas Schwanz wieder zucken.

„Mist", murmelte Joshua und wischte sich mit einer Hand das Sperma vom Kinn. Er führte sie zu seinem Mund und lutschte seine Finger sauber.

Er wünschte, es wäre nur die unerwartete Lust, die er für Dr. Green empfand, die an ihm nagte, aber das war es nicht. Die Ähnlichkeit war so überwältigend, die Vertrautheit so unerwartet und intensiv, dass Joshua nicht in der Lage war, seinen Verstand davon abzuhalten, Fragen zu stellen, die von unwahrscheinlich bis unmöglich reichten.

Joshua duschte und machte sich auf den Weg in sein Büro in der Holzfirma, entschlossen, die ausgedruckten Informationen, die man ihm von der Emory-Universität geschickt hatte, noch einmal durchzugehen, bevor er den Privatdetektiv in Atlanta anrief.

Adair Pimberton kam auf Empfehlung von einem seiner ältesten Kontakte, sodass Joshua sich ihrer Kompetenz sicher war. Sie würde dafür sorgen, dass Joshua innerhalb von vierundzwanzig Stunden wusste, welche Art von Seife und Waschmittel Dr. Green benutzte – so gut war sie.

Joshua hatte nicht vorgehabt, so weit zu gehen, aber nach der ersten schlaflosen Nacht hatte er seine Fragen nicht mehr beiseiteschieben können. Er hatte begonnen, die Unterlagen, die Dr. Green eingereicht hatte, noch einmal durchzugehen, und die waren nicht gerade schlecht. Wenn er seine Zweifel an dem Nanitenprojekt ausräumen und gleichzeitig sein Bedürfnis befriedigen konnte, mehr über Dr. Green zu erfahren, dann war das eine Win-Win-Situation.

Joshua rechtfertigte es vor sich selbst, indem er dem Vorstand der Neil-Russell-Stiftung sagte: „Ich bin immer noch unschlüssig, was die Finanzierung des Naniten-Förderantrags von der Emory angeht. Ich brauche nur noch ein paar zusätzliche Informationen über den Jungen, der die ganze Sache leitet. Er kommt mir vor wie ein Elefant im Porzellanladen."

Die Tatsache, dass sein Informationsbedürfnis hauptsächlich davon herrührte, dass er nicht aufhören konnte, sich zu fragen, wer der Junge wirklich war und ob er mit Neil verwandt sein konnte, ging niemanden etwas an.

In seinen obsessiven Gedanken über Dr. Neil Green war Joshua sogar so weit gegangen, sich zu fragen, ob Neil vielleicht einmal Samen gespendet hatte. Zwar hatte Neil in der Zeit, die sie gemeinsam verbracht hatten, nie ein Interesse daran gezeigt, Kinder zu haben, aber Joshua hielt es nicht für ausgeschlossen, dass Neils Ego ihn dazu gebracht haben könnte, sein genetisches Material zum Wohle der Zukunft zu spenden. Joshua konnte sogar den Gedanken nicht ganz abschütteln, dass Neil einer kinderlosen Frau, die er bewunderte, bereitwillig seinen Samen gespendet hätte. Gegenüber seinen Freunden war er ein sehr liebevoller Mensch gewesen.

Und dann waren da noch die anderen Gedanken – die, die keine noch so großzügig angewendete Logik oder das Tageslicht vertreiben konnten und die Joshua zu dem Schluss brachten, dass er die geistige Kurve nicht gekriegt hatte und somit nicht mehr ganz zurechnungsfähig war. Diese Gedanken liefen alle auf eines hinaus: Irgendwie *war* Dr. Green Neil. Nicht jemand wie Neil, nicht ein Verwandter von Neil, sondern tatsächlich Neil selbst. Es war absolut lächerlich.

Joshua setzte sich an seinen Schreibtisch, schloss die mittlere Schublade auf und zog den Aktenordner wieder heraus. Sie enthielt Dr. Neil Greens schriftlichen Förderantrag und er war seltsamerweise ziemlich amüsant zu lesen. Anscheinend war Dr. Green nicht imstande, keine Klammern einzufügen, wie diese zum Beispiel: „Übersetzung all dieser großen Worte im vorherigen Satz: Naniten reparieren Hirnschäden, Menschen werden gesund, hurra!

Das Leben verlängert sich! Jetzt können sie bis ins hohe Alter feiern." Offensichtlich hatte Brian Peters entweder keine Kontrolle über den Jungen, oder er hatte den endgültigen Entwurf, der an die Stiftung ging, nicht gesehen.

„Joshua", sagte seine Assistentin Rebecca, die in der Tür stand. Ihr neuer Bobschnitt umrahmte ihr reifes Gesicht. „Gehts dir gut? Du bist in letzter Zeit ein bisschen abgelenkt."

Joshua blickte von Dr. Greens Beschreibung der zu erwartenden Auflösung der Naniten im Körper auf, dem für Joshua beunruhigendsten und wichtigsten Teil der gesamten Studie, und zwang sich zu einem Lächeln. Er nahm sich die Zeit, um zu bemerken, wie gerade und groß Rebecca jetzt wirkte. Es gab nicht auch nur den Hauch des Hinkens, unter dem sie gelitten hatte, bevor die Naniten vor zwei Jahren ihre Arbeit an ihrer verkrümmten Wirbelsäule vollendet hatten.

Trotz dessen, was mit Lee passiert war, sah Joshua den lebenden Beweis für die Wichtigkeit der Nanitentechnologie vor sich (und auch an sich selbst – seine Gesundheit und Haut waren nie besser gewesen). Er war nicht gänzlich gegen ihre Anwendung; er verlangte einfach, dass die Tests unter strengeren Bedingungen gemacht wurden, wenn er sie finanzieren sollte. Die späte Erkenntnis, dass bestimmte genetische Marker das Scheitern der Nanitenauflösung vorhersagen konnten, hätte nach Joshuas Meinung vermieden werden können, wenn die Wissenschaftler von Anfang an vorsichtiger gewesen wären.

„Ja", sagte Joshua. „Mir gehts gut. Ich bin nur müde."

Rebecca nickte. „Ich schätze, um diese Jahreszeit ist es schwer, was?"

Joshua legte den Kopf schief. „Was meinst du damit?"

„Pete hat mich gestern Abend daran erinnert, als ich erwähnte, dass du niedergeschlagen wirkst."

„Ich kann dir nicht folgen. Pete hat dich an was genau erinnert?"

„Sie sind beide im Herbst gestorben. Ihre Partner: Neil und Lee, meine ich. Ich schätze, das muss den Herbst … Nun, es muss jedes Jahr ziemlich schwierig sein."

Rebecca und Pete hatten Neil nicht einmal gekannt, und doch hatten sie, auch dank Lee und wie er darauf bestanden hatte, dass niemand Neil vergessen durfte, eine Verbindung bemerkt, die Joshua bis jetzt nicht einmal gesehen hatte. Wie war es ihm entgangen, dass Lee und Neil beide im Herbst gestorben waren? Und jetzt war es wieder Herbst. Vielleicht erklärte das seine ungewöhnliche Reaktion auf Dr. Green. Vielleicht brachten sowohl das lange zurückliegende als auch das neuere Trauma seinen Verstand durcheinander.

Eine enorme Erleichterung durchflutete ihn bei dem Gedanken, dass Dr. Green vielleicht Neil gar nicht so sehr ähnelte. Vielleicht spiegelte ihm seine Einbildung das nur vor, ausgelöst durch eine Welle unbewussten Kummers. Der Kummer neigte dazu, zu kommen und zu gehen. Joshua wusste das aus langer Erfahrung.

Seine kurzzeitige Erleichterung wurde von einem schweren Gedanken erdrückt: Was, wenn Neil Green doch nicht sein Neil war?

Joshua hoffte, dass man ihm die Achterbahn der Gefühle nicht am Gesicht ablesen konnte. „Das wird schon wieder, Rebecca. Danke, dass du nach mir gesehen hast. Warum gehst du nicht schon früher nach Hause? Ich mache dann den Laden hier auch zu."

Rebecca lächelte freundlich, wandte sich ab, als wolle sie gehen, und hielt dann inne. „Oh, und übrigens, in deiner E-Mail sind ein paar private Nachrichten von dieser Detektivin in Atlanta. Deren Kennzeichnungen haben meinen Kalender darauf hingewiesen, dass die E-Mails dringend sind. Nur so als Vorwarnung." Sie winkte ihm kurz zu und beeilte sich dann, nach Hause zu gehen, wie er es ihr angeboten hatte.

Joshuas Kehle wurde trocken. Er wartete, bis er hörte, wie Rebecca ihre Sachen holte, um zu gehen, bevor er die Akte, die er gelesen hatte, beiseite legte und stattdessen seine E-Mails öffnete.

Als er die angehängten Dokumente aufrief, übersprang Joshua den dazugehörigen Bericht für den Moment und ging zu dem Teil über, der ihn am meisten interessierte. Adair hatte drei kurze Videos von Dr. Green beigefügt, die innerhalb der letzten fünfzehn Stunden aufgenommen worden waren, und Joshua öffnete diese Dateien mit klopfendem Herzen. Er wusste nicht, was er zu sehen hoffte – ein Teil von ihm sehnte sich danach, dass die Videos seinem offensichtlichen Wahnsinn ein Ende setzen würden, und ein anderer Teil von ihm empfand unerträglichen Kummer bei dem Gedanken, dass er sich die ganze Zeit über in etwas verrannt hatte.

Das erste Video zeigte Dr. Green in einem kleinen Café. Er zog Grimassen über einer dampfenden Tasse, während ein junger Mann mit schwarz gefärbten Haaren auf ihn einredete. „Im Grunde versuche ich zu erklären, dass der eiserne Brian zur mythopoetischen Männerbewegung gehört und …"

Neil unterbrach ihn. „Du hast mein Interesse bei ‚mythopoetisch' verloren."

Der Junge schien sich nicht daran zu stören und redete einfach weiter. „… das ist irgendwie relevant, weil es in der Jung'schen Psychologie verwurzelt ist …"

„Jung'scher Blödsinn", murmelte Dr. Green.

„… und dem neopaganem Schamanismus, und das wirkt jetzt irgendwie ein bisschen altmodisch, oder?"

„Wenn du das sagst", meinte Dr. Green, nahm einen weiteren Schluck von seinem Kaffee und runzelte die Stirn. „Was ist das für ein Mist?"

„Die Computer haben den Kaffee die ganze Woche lang überhitzt."

„Hey", rief Dr. Green in Richtung des Schalters, den Joshua im Hintergrund des Videos gerade noch erkennen konnte. „Ich will eine Gutschrift auf mein Konto! Das ist kein Kaffee – das ist Diesel."

Der schwarzhaarige Junge schnaubte. „Oh mein Gott, du Freak. Er weiß wahrscheinlich nicht einmal, was Diesel ist. Haben die nicht längst aufgehört, das herzustellen …"

„Vor sechs Jahren, nicht im letzten Jahrhundert. Idioten. Alle."

„Brummel-brummel! Du brauchst etwas mythopoetischen Neoschamanismus in deinem Leben, da würdest du dich gleich besser fühlen." Der Junge flirtete Dr. Green an, der seinen Charme nicht zu bemerken schien, und dann seufzte der Junge und rollte mit den Augen. „Vielleicht brauchst du auch einen guten …"

„Ich sage dir, was ich brauche." Dr. Green rief jetzt wieder über seine Schulter. „Schreib das meinem Konto gut, oder ich werde dafür sorgen, dass jemand anderes den prestigeträchtigen Job bekommt, den ganzen Tag auf dem Arsch zu sitzen und zuzusehen, wie die Kaffeemaschinen Rohöl ausspucken."

„Weißt du, so wirst du nie Freunde finden", sagte der schwarzhaarige Junge und sah ungerührt aus. „Warst du früher auch schon so? Ich meine, wie hast du damals überhaupt jemanden dazu gebracht, sich in dich zu verlieben?“

„So war ich nicht.“

„Wieso nicht?“

„Ich war nicht so verdammt wütend.“

„Ah.“ Der Junge legte den Kopf schief. „Jetzt bist du definitiv wütend. Willst du mir sagen, warum?“

„Nein.“ Dr. Green schnitt eine Grimasse. „Doch. Dieser Kaffee. Deshalb bin ich sauer.“

„Aber klar. Okay.“ Dr. Greens Freund schob sich die schwarzen Haare hinter die Ohren und studierte ihn. „Ich bin hier, wenn du reden willst.“

Neil zuckte mit den Schultern. „Das wird nichts ändern.“

„Ich weiß, aber … es ist mir nicht egal. Aus irgendeinem Grund. Ich weiß nicht mal, warum. Weil du ein Arsch bist.“

Neil lächelte ein wenig und sagte dann: „Erzähl mir mehr von diesem Neoschamanismus-Mist.“

„Warum sollte ich?“

„Weil es dir wichtig ist und ich aufhören sollte, ein Arschloch zu sein, und zuhören sollte.“

„Ach, das klingt fast so, als würdest du lernen, ein Mensch zu sein!“ Der Freund streckte die Hand aus und zauste Dr. Greens Haare.

„Glaub mir, darin habe ich viel Übung.“

Und da endete das Video.

Joshua biss sich auf die Lippe. Jeder Gedanke, dass er sich die Ähnlichkeit mit Neil nur eingebildet hatte, war verflogen. Dr. Green sah Neil ähnlicher denn je, komplett mit seinem Augenrollen und den Handbewegungen, die Joshuas Magen verknoteten.

Das zweite Video war unangenehm. Es zeigte Neil und eine

dunkelhaarige Frau, die etwas älter aussah als Joshua selbst. Aber in Anbetracht dessen, was die Nanitencremes kosteten, konnte sie jünger sein als Joshua und hatte sich die Cremes nur nie leisten können. Sie und Neil saßen auf der Stoßstange ihres Autos, eines neueren Modells mit Selbstantrieb, soweit Joshua das beurteilen konnte, also konnte ihre finanzielle Lage nicht ganz so schlecht sein.

„Du musst es loslassen, Neil", sagte die Frau, ihre Augen dunkel vor Traurigkeit. Joshua fragte sich, wie Adair es schaffte, so gute Aufnahmen zu machen, ohne entdeckt zu werden. Er nahm an, dass sie deshalb so einen Stundensatz verlangen konnte. „Es ist an der Zeit, in die Zukunft zu blicken. Jemand Neues zu finden. Wie ich nach Marshalls Tod."

„Und bei dir hat das ja auch so gut geklappt", sagte Dr. Green.

Die Frau seufzte. „Ja, Jim war ein Fehler. Ich war jung und schwanger. Ich habe es aus Verzweiflung getan. Aber du bist nicht wie ich. Du wirst die richtige Entscheidung treffen."

„Genau, Mama." Dr. Green seufzte. „Ich bin nicht wie du."

Er stand auf und ging in Richtung eines Gebäudes davon, das wie ein altmodisches Studentenwohnheim aussah. Es erinnerte Joshua an die alten Wohnheime, die die MTSU vor ein paar Jahren abgerissen hatte, um sie durch modernere Unterkünfte zu ersetzen.

Dr. Greens Mutter folgte ihm nicht, sondern vergrub nur ihr Gesicht in den Händen. Joshua wusste nicht, ob sie weinte oder einfach nur verzweifelt war.

Das dritte Video war das kürzeste von allen. Dr. Green ging mit gerunzelter Stirn auf ein Campusgebäude zu. Bevor er die Tür öffnete, rieb er sich mit den Fingern über die Augen, und die Bewegung war so unglaublich Neil-artig, dass Joshua nicht atmen konnte. Dr. Green schluckte schwer, schüttelte sich und sagte leise:

„Verdammt, Joshua. Ich verliere hier meinen Verstand." Und dann öffnete er die Tür zum Gebäude und ging hinein.

Joshua sah sich den letzten Clip dreimal an. Er leckte sich über die Lippen und flüsterte: „Ich auch, Neil. Ich auch."

Kapitel 15

J OSHUA SAß AUF der Bank vor dem Barren River Resort und starrte auf sein Telefon.

Laut dem Bericht, den Adair geschickt hatte, war Neil Green ein paar Monate nach Neil Russells Tod geboren worden, am 17. Januar. Seine Mutter war eine gewisse Alice Green Martin, Freundin des verstorbenen Marshall Green und Ehefrau von Jim Martin – obwohl sie sich von ihrem Mann hatte scheiden lassen, als Neil acht, fast neun, gewesen war. Der Bericht wies darauf hin, dass Dr. Green ein seltsames Kind gewesen war – Nachbarn und Lehrer gaben zu Protokoll, er sei „exzentrisch", „nervig" und, was Joshua aus irgendeinem Grund am meisten störte, „wie ein zorniger Mann mittleren Alters in einem Kinderkörper" gewesen.

Dr. Green hatte im zarten Alter von fünfzehn Jahren als Klassenbester seinen College-Abschluss gemacht und begann sofort ein Schnellstudium der Medizin und des Ingenieurwesens an der Emory-Universität, das er in Rekordzeit mit einem medizinischen und einem weiteren Doktortitel abschloss. Und obwohl sich ihm damit Möglichkeiten auch außerhalb der akademischen Welt boten, wurde er in der Schülerzeitung mit den Worten zitiert: „Ich bin schwierig und seltsam. Die Leute hier sind an mich gewöhnt. Ich kann das bekommen, was ich von meiner Karriere will, wenn ich hierbleibe. Warum sollte ich da gehen?"

In demselben Artikel fragte ihn der College-Reporter, ob er Zeit für ein Privatleben habe, und Dr. Green hatte gesagt: „Ja, auf ein Privatleben lasse ich mich nicht ein. Ich habe es vor langer Zeit mal versucht. Es endete in einem Desaster." Der Reporter hatte es geschafft, sich respektvoll über die Idee lustig zu machen, dass das Wunderkind jemals irgendwelche romantischen Aussichten gehabt haben könnte, und hatte Dr. Green gefragt: „Vor langer Zeit? Als Sie zwölf waren, oder so?" Dr. Green hatte das nicht einmal mit einer Antwort gewürdigt. Joshua hingegen fand nichts Lustiges daran. Es erschreckte ihn.

Adairs Bericht enthüllte auch, dass es ein Gerücht gab – kein großes, denn Dr. Green war niemand, auf den viel Klatsch und Tratsch abzielte –, dass Dr. Green bei allen örtlichen Sammlern von Druckwerken einen Dauerauftrag hatte, ihm alle Zeitschriften, Artikel und Bücher, die sich mit der Reinkarnation befassten, zuzusenden. Auch dieses Detail hatte Joshua mit einem Gefühl, als hätte man ihm das Herz aus der Brust geschnitten, an seinem Schreibtisch sitzend ins Leere starren lassen.

Könnte Neil wiedergeboren worden sein? Hielt Joshua das überhaupt für möglich? Und wenn es möglich war – erinnerte sich Neil daran, wer er gewesen war, was er Joshua bedeutet hatte, und war das überhaupt etwas, das passieren konnte? Joshua kannte niemanden, den er fragen konnte, ohne völlig verrückt zu klingen. Seine Mutter würde da keine Hilfe sein; sie würde ihn streicheln, ihn „Schätzchen" nennen und sich Sorgen um ihn machen. Chris' Ausdruck würde ganz besorgt werden, und er würde Joshua vorschlagen, sich mehr Auszeit von der Arbeit zu nehmen, und ihm wahrscheinlich sagen, es sei nur aus Trauer um Lee. Auch Sam konnte es nicht gebrauchen, sich fragen zu müssen, ob sein großer

Bruder den Verstand verloren hatte. Paul würde ihm vorschlagen, zu einem Therapeuten zu gehen – und ganz abgesehen davon, ob er einen Therapeuten engagieren *sollte* oder nicht, Joshua hatte nicht vor, das zu tun. So hockte Joshua allein auf einer Bank in der Nähe des Ortes, an dem er Neil Green zum letzten Mal gesehen hatte, und behielt das alles für sich.

Joshua hatte keine Ahnung, wo er anfangen oder was er tun sollte. Aber er konnte nicht *nichts* tun. Er konnte nicht einfach dasitzen und sich all diese Fragen stellen. Er blickte in Richtung der Hoteltür. Da drin war eine Bar. Er stellte sich den beruhigenden Biss des Alkohols in seiner Kehle vor. Das könnte die ganze Besessenheit wegspülen.

Joshua rieb sich die Stirn und räusperte sich.

„Hallo, Partner." Chris' Stimme klang fröhlich. Sein langes braunes Haar war geflochten, und er trug einen leuchtend orangefarbenen Pullover mit einem Herbstmuster auf den Armen. Er hielt eine dampfende Thermoskanne und ließ sich neben Joshua auf die Bank fallen. „Was ist denn hier los?"

Joshua lächelte über die willkommene Gesellschaft. Chris würde ihn zumindest von der verlockenden Vorstellung ablenken, sich zu besaufen. „Bist du jetzt ein Cowboy?"

„Nee, aber du bist mein Partner."

„In welcher Hinsicht?"

Inmitten seiner Sorgen und Trübsal blendete Chris' strahlendes Lächeln Joshua fast. „In der Freundschaft! Im Leben!"

„Oh, natürlich."

Chris lehnte sich näher. „Außerdem hatten wir einmal Neil gemeinsam, erinnerst du dich? Das ist etwas, worüber wir nie reden."

Joshua versuchte zu lächeln, aber die Erwähnung von Neil hatte ihn wie ein Schlag in den Solarplexus getroffen, und er konnte nicht mehr atmen. Seit Jahren hatte er Chris nicht mehr Neils Namen sagen hören. Fast schon hatte er geglaubt, Chris hätte ihn vergessen. Aber Chris war niemand, der sich an die Trauer klammerte. Er ging mit Entschlossenheit über die Schwierigkeiten des Lebens hinweg.

„Apropos Neil", sagte Chris, der nicht zu bemerken schien, wie sehr das Joshua bereits zusetzte, oder vielleicht dachte er, dass das Schwelgen in Erinnerungen an alte Zeiten ihn aufmuntern würde, „ich habe letzte Woche diesen Typen getroffen – genau hier auf dieser Bank, nun, auf *der* Bank da," er deutete zur anderen Seite des Weges. „Und er sah genauso aus wie Neil. Er redete auch wie er."

„Du hast jemanden getroffen, der wie Neil aussah? Auf der Bank?"

„Ja, er sah total verloren aus. Ich dachte, ich würde mich lächerlich machen, aber dann, als er den Mund aufmachte? Bumm! Total Neil … es strömte nur so heraus. Es war wild. Und irgendwie unheimlich."

Joshuas Herz pochte in seiner Brust. „Was hat er gesagt?"

„Oh, ich weiß es nicht. Er sagte, er müsse zurück nach Hause nach Atlanta. Ich bot ihm an, dass Declyn ihn nach Nashville fahren könnte, um da ein Flugzeug zu erwischen. Der Vorschlag schien ihm irgendwie nicht zu schmecken." Chris lachte. „Aber dann war er weg. Hat sich einfach in Luft aufgelöst wie ein Gespenst."

Joshua blinzelte. „Während du zugesehen hast? Er ist direkt vor deinen Augen verschwunden?"

„Oh! Natürlich nicht! Nein! Jetzt sei nicht albern!" Chris lachte wieder. „Nein, ich war drüben um die Ecke, um mir Declyn zu schnappen, und als ich zurückkam, war der kleine Popel weg. Hatte ich schon erwähnt, dass der Typ jung war? Wie ein Teenager. Jünger als Declyn. Und er hatte so ein freches Mundwerk. Ich hoffe wirklich, dass er genug Verstand hat, dass ihn das Mundwerk nicht in Schwierigkeiten bringt."

„Oh, glaub mir, den hat er", murmelte Joshua.

Chris lehnte sich näher, seine haselnussbraunen Augen funkelten vor Interesse. „Was? Du kennst ihn?"

„Irgendwie schon."

Ich kenne ihn, beharrte Joshuas Verstand. *Ich kenne ihn, wie ich mich selbst kenne – immer weniger, und immer mehr.*

„Sieht er nicht genauso aus wie Neil?"

Joshua konnte nur zustimmend nicken, da er seiner Stimme nicht traute.

Chris rückte so nahe heran, dass sein Schenkel gegen Joshuas drückte, und Joshua konnte den Kaffee in seinem Atem riechen. „Es ist bizarr, oder? Wer ist er?"

„Ein Doktor – na ja, Forscher. Von der Emory."

„Neil war ein Forscher." Chris runzelte die Stirn, als ob er es sich zusammenreimen würde.

„Ja."

„Also, woher kennst du diesen Typen?"

„Er hat Fördergelder für die Nanitenforschung beantragt. Wie Neil."

Chris' Augen traten hervor. „Okay. Im Ernst?"

„Was meinst du damit?"

„Ich meine, der Junge behauptete, nicht zu wissen, wer Neil war, als ich ihn fragte, aber er hat offensichtlich etwas zurückgehalten. Und ich meine, *jetzt mal im Ernst*, Joshua." Chris schob eine verirrte Haarsträhne hinter sein Ohr. Sie wehte sanft im Wind. „Sieh ihn dir doch an. Also, was ist die Wahrheit? Ist er mit Neil verwandt, oder was?"

„Ich ..."

Chris wartete seine Antwort nicht ab. „Ich versuche, mich zu erinnern. Neil und ich haben nicht viel über seine Familie geredet. Zum Teufel, meistens habe ich geredet. Er hörte mir nur zu, wie ich über all die Typen jammerte, die ich vögelte, und manchmal hat er sich aufgerafft, Typen in Clubs anzubaggern. Oder wir schauten bei ihm zu Hause Baseball und schrien gemeinsam den Fernseher an." Chris tippte sich mit dem Zeigefinger gegen die Vorderzähne. „Hatte Neil einen Neffen? Oder einen Bruder? Oder – egal, ich bezweifle, dass er selbst ein Kind hatte. Er hätte es mir gesagt."

„Meinst du?", fragte Joshua.

„Ja. Ich kann mir nicht vorstellen, dass er es mir nicht gesagt hätte, wenn er irgendwo da draußen ein Kind hätte. Das ist doch eine ziemlich große Sache, oder? Und außerdem war Neil *wirklich* schwul." Chris stieß Joshua mit dem Ellbogen an. „Aber das weißt du doch."

Joshua zog eine Grimasse. Er kannte ihn nicht annähernd so intim, wie alle annahmen, oder so intim, wie er es gerne gehabt hätte. „Ja. Aber vielleicht hat er Samen gespendet?"

„Hmm. Ich könnte mir vorstellen, dass Neil das macht. Ist es das, was passiert ist?"

„Ich weiß es nicht. Vielleicht. Ich ... habe keine Ahnung."

„Aber ich dachte, du kennst den Typen von der Bank. Kannst du ihn nicht einfach fragen?"

Joshua schüttelte den Kopf. „Fürchte nicht."

Er konnte Neil Green keine Fragen stellen. Er konnte kaum

darüber nachdenken, ihn anzurufen, ohne so stark zu zittern, dass er sich an etwas festhalten musste. Er blickte zum Eingang des Resorts und sehnte sich wieder nach der Bar.

„Warum?"

„Das könnte ein Interessenskonflikt darstellen. Wegen der Fördergelder." Er log nie, und jetzt hatte er es zweimal in einer Woche getan. Aber er hatte auch nicht vor, Chris die Wahrheit zu sagen.

„Ah", sagte Chris, als würde das einen Sinn ergeben. „Ich wünschte, ich hätte mich länger mit ihm unterhalten können. Wie hieß er? Er hat es mir erzählt, aber ich habs vergessen."

„Dr. Green."

„Richtig, das wars. Er war dürr, genau wie Neil gewesen wäre, weißt du."

„Ich bin mir nicht sicher, ob Neil diese Beschreibung gefallen hätte."

Chris grinste. „Wahrscheinlich nicht. Trotzdem kann ich nicht aufhören, an Neil zu denken, seit ich den Burschen gesehen habe. Ich vermisse ihn, Joshua. Er ist schon lange weg, aber er gab mir einen sicheren Ort, zu dem ich kommen konnte, wenn ich einen brauchte. Und dafür werde ich immer dankbar sein."

Joshua schluckte schwer. Konnte ein Mensch wieder zum Leben erweckt werden? In einem anderen Körper? In einem Körper, der genau so aussah wie der, in dem er vorher gewesen war? Er rieb sich mit einer Hand über das Gesicht. „Ja, ich auch. Er hat auch mir einen sicheren Ort gegeben."

Jetzt schien Chris Joshuas Kummer zu ahnen; er lehnte sich näher heran und berührte seinen Arm. „Joshua, gehts dir gut? Ich weiß, dass du Lee wahrscheinlich immer noch vermisst. Aber es wird besser. Das verspreche ich dir. Das wissen wir beide.“

„Ich vermisse Lee, und ich weiß, dass es mit der Zeit nachlassen wird“, sagte Joshua leise und erinnerte ihn mit seinem Tonfall daran, dass er lange Zeit sehr um Neil getrauert hatte, danach aber ein gutes Leben geführt hatte. „Und es ist nicht wegen Lee. Es ist …“ Er brach ab. Was sollte er sagen? Dass er überzeugt war, dass Dr. Green Neil in einem neuen Körper war? Chris würde seine Mutter anrufen, und sie würde ihn einweisen lassen, wenn er das ihr gegenüber sagen würde.

„Es ist was? Du weißt, dass du mit mir reden kannst, Joshua. Ich bin für dich da.“

Joshua zwang sich zu einem knappen Lächeln. „Weißt du, Chris, ich glaube, das ist etwas, womit ich allein fertig werden muss.“

Er runzelte die Stirn. „Du bist nie allein, Joshua. Das weißt du doch, oder?“

Joshua tätschelte die Hand seines Freundes und zwang Leichtigkeit in sein Lächeln. „Ich weiß. Danke.“

In dieser Nacht, nachdem er sich stundenlang hin und her gewälzt hatte, bevor er endlich einschlief, wachte Joshua schweißgebadet und mit einem Gefühl der Übelkeit auf. Er griff nach der Seite des Bettes, auf der Lee geschlafen hatte, packte das Kissen und hielt sich daran fest.

In seinem Traum hatte er auf der Bank vor dem Barren River Resort gesessen und handschriftliche Notizen in ein Papiertagebuch geschrieben, als Neil sich neben ihn setzte.

„Oh mein Gott! Du bist es!“, sagte Joshua, genau wie immer.

Neil sah genauso aus, Liebe und Zuneigung leuchteten in seinen Augen, und ein kleines Lächeln zupfte nur an seinen Mundwinkeln, fast als wäre das unfreiwillig.

Joshua umarmte ihn, spürte Neils spitze Schulterblätter unter seinen Händen, seinen festen, drahtigen Körper, und er war so voller Freude, dass er es fast nicht aushielt. Er zog sich zurück, um Neil zu sagen, dass er so froh war, dass er da war. Sie konnten endlich all die Dinge tun, die sie zusammen tun sollten. Aber statt Neil, seinem Neil, hielt er den jungen Dr. Green fest, der ihn mit Neils Augen anstarrte. Joshua zuckte vor Verwirrung zusammen.

„Das Erkennen wird zum Teil durch den Gyrus fusiformis gesteuert", sagte Dr. Green.

„Was?", fragte Joshua.

„Joshua. Wach auf. Du weißt, wer ich bin."

„*Was?*", fragte Joshua erneut.

„Wach auf", sagte Dr. Green. „Das hier muss kein Traum sein."

Wach auf.

Kapitel 16

NEILS HÄNDE ZITTERTEN, als er das Meeting mit Brian Peters verließ. Es war eine Sache, in dieser Welt ohne Joshua existieren zu müssen, wissend, dass er da draußen war, lebendig und völlig unerreichbar, aber es war eine andere, das zu tun, ohne seine Arbeit als Ablenkung benutzen zu können. Und seit einer Viertelstunde befand er sich in einem erzwungenen Sabbatical. Sicher, es waren vorerst nur zwölf Tage, aber für Neil waren es zwölf Tage pure Hölle.

Und das Sahnehäubchen war, dass es *Joshua* war, dem er das zu verdanken hatte.

Neil wartete nicht, bis er wieder in der Wohnung war, bevor er bei der Neil-Russell-Stiftung anrief. Nachdem er jemandem namens Rebecca in den Ohren gelegen hatte, wurde er schließlich zu Joshuas Handy durchgestellt, und als das Klingeln an sein Ohr drang, kippte er fast um, weil ihm plötzlich übel wurde vor nervöser Erwartung, die fast seine Wut überwältigte.

„Dr. Green?" Antwortete Joshuas Stimme und klang genauso überwältigt, wie sich Neil fühlte. „Kann ich Ihnen helfen?"

„Das können Sie ganz sicher", sagte Neil. Seine Zunge fühlte sich dick an, und in seinem Kopf wirbelten Helligkeit und blaue Punkte. „Sie können Ihre Ermittlungen abbrechen, Mr Stouder."

„Wie bitte?"

Neil schmeckte einen Schwall von Galle in seiner Kehle. Er wusste nicht, was er sagen wollte. Die Worte kamen einfach heraus. Er hielt sich an der Seite des Fahrradständers fest, neben dem er stand, und hörte zu, wie sie von seinen Lippen purzelten, als müsse er sich übergeben.

„Ich weiß, dass Sie seit dem Tod Ihres Mannes keine Nanitenprojekte unterstützen, aber der Kollateralschaden ist hier zu groß. Ich lasse mich nicht von Ihnen kaltstellen, weder aus Groll gegen Naniten oder gegen mich. Ich bin ethisch und ehrlich. Ich mache die beste Arbeit, die es auf diesem Gebiet gibt, und mich aus dem Spiel zu nehmen, wird nicht zu besseren Ergebnissen führen. Ich brauche meinen Job, Mr Stouder. Nicht wegen des Geldes. Nicht wegen des Ruhms. Und, ob Sie es glauben oder nicht, auch nicht wegen meines Egos. Ich brauche ihn für meine geistige Gesundheit. Und wenn Sie auch nur eine Ahnung hätten, warum das so ist, würden Sie mich in Ruhe arbeiten lassen. Hören Sie mir zu, Mr Stouder?"

„Ja. Ich höre Sie", sagte Joshua.

Neils Knie wurden schwach, und seine Brust fühlte sich an, als würde sie eingedrückt. „Warum dann? Warum haben Sie Peters angerufen? Warum haben sie ihn über meine fragwürdigen Hobbys und Aktivitäten ausgefragt? Die, um das einmal festzuhalten, *niemanden etwas angehen*. Sie nicht. Ihn nicht. Ich habe den Tod Ihres Mannes nicht verursacht. Hätte man mir von Anfang an zugehört, wäre das nicht passiert. Aber nein! Wer hört schon auf ein Kind? Niemand."

„Ich schon", sagte Joshua. „Ich hätte auf Sie gehört."

Neils Kehle fühlte sich eng an. „Den Teufel hätten Sie. Und was hätte ich sagen sollen? ‚Mr Stouder, glauben Sie mir. Ich bin zwölf.

Ich weiß, was ich tue.‘“

Joshua machte ein seltsames Geräusch, und dann sprudelte es weiterhin aus Neil heraus. „Haben Sie eine Ahnung, wie wichtig diese Arbeit für mich ist? Wissen Sie, was es bedeutet, wenn ein wichtiger Geldgeber einen Projektleiter anruft und mit seinen Fragen im Grunde genommen andeutet, dass er an der Finanzierung eines immensen Nanitenprojekts interessiert sein könnte, wenn da nicht das lästige Kind mit der großen Klappe und den seltsamen Hobbys wäre?“

„Vielleicht könnten Sie versuchen, Ihren Mund zu kontrollieren, Neil“, sagte Joshua, und sein Ton, als er Neils Namen sagte, war bedeutungsvoll. „Oder Sie könnten versuchen, mir mehr zu erzählen. Über sich selbst. Über Ihr Hobby. Warum lesen Sie all diese Bücher über Reinkarnation? Das ist ein seltsames Thema für einen Wissenschaftler, finden Sie nicht? Oder vielleicht wollen Sie mir sagen, wo Sie herkommen? Ich meine, wo Sie *wirklich* herkommen.“ Joshua klang jetzt fast panisch, als wäre er selbst am Rande eines emotionalen Ausrasters.

Neils Furcht stieg weiter an. War das ein Trick? Würde er etwas sagen, das seinen Verstand infrage stellen und ihn lebenslang auf die schwarze Liste setzen würde, was glaubwürdige Nanitenforschung anging? „Versuchen Sie … versuchen Sie, meine Karriere zu sabotieren?“

„Nein, natürlich nicht. Ich mache mir Sorgen um Sie.“ Joshua klang, als wollte er etwas anderes sagen, hatte sich aber zum Nächstliegenden gerettet, das er zugeben konnte.

„Sorgen? *Worüber* genau?“, spottete Neil.

„Nachdem ich die Finanzierung abgelehnt hatte, machte ich mir Sorgen um Ihre geistige Gesundheit. Ich habe mir Sorgen gemacht, dass Sie sich ... selbst verletzen könnten."

„Mich selbst verletzen? Wollen Sie mich verarschen? Ich werde mir nicht eine Kugel in den Kopf jagen, weil Sie mir kein Geld geben. Ich hatte schon mehr Gründe, mich umzubringen, als das und habe es überlebt."

„Nun, das ist tröstlich", sagte Joshua in einem Ton, der deutlich machte, dass es das nicht war. Dann schien er sich zu beruhigen, und er klang wieder professioneller und kontrollierter. „Hören Sie, als potenzieller Spender für Ihr Projekt habe ich jedes Recht, mir Sorgen um Ihr geistiges Wohlergehen zu machen."

„Oh, bitte. Sie werden nichts spenden, also lassen Sie uns diese Scharade abblasen."

„Ich habe mich eigentlich noch nicht entschieden."

„Warum? Sie haben mehr als deutlich gemacht, dass Sie meine Arbeit verabscheuen, dass Sie glauben, ich sei ein Risikofaktor, und sogar angedeutet, dass ..." Jetzt flippte Neil wirklich aus. Ohne seine Arbeit war er verloren, und das ging zu weit. Von seinem Projekt beurlaubt in der Hoffnung, Joshua als Spender zu gewinnen, und gefangen in diesem jungen Körper zur falschen Zeit und am falschen Ort. Derek nachts zu vögeln, würde das nie aus der Welt schaffen. Er spürte, wie sich alles um ihn herum zusammenzog. Er stand wieder mitten auf der Straße, Magics Leine außer Reichweite, und ein Lastwagen raste auf ihn zu.

Joshua unterbrach sein Geplapper. „Können Sie mal kurz die Klappe halten? Sie reden, wenn Sie eigentlich zuhören sollten, okay?"

„Gut. Warum ziehen Sie in Erwägung, ein Projekt zu finanzieren, das gegen alles geht, woran Sie seit dem Tod Ihres Mannes geglaubt haben? Jeder weiß, dass Sie Naniten für seinen

Tod verantwortlich gemacht haben. Dass Sie …“

„Halten Sie die Klappe. Ein einziges Mal in Ihrem kurzen, privilegierten Leben … halten Sie einfach die Klappe.“

„Kurz und privilegiert. Das ist zum Schießen.“

„Hören Sie …“ Joshua schwieg einen Moment lang und sammelte offensichtlich seine Gedanken. Als er schließlich sprach, klang er, als würde er sich vor der Wahrheit drücken. „Sie erinnern mich an jemanden. Ich würde mich schuldig fühlen, wenn ich nicht versuchen würde, Ihnen zu helfen.“

„Ich brauche Ihre Schuldgefühle nicht, und ich brauche ganz sicher nicht Ihr …“

„Was? Sie brauchen mein Geld nicht? Ich bin mir sogar ziemlich sicher, dass Sie es brauchen.“

Neils Herz raste heftig, Panik breitete sich in ihm aus, und spontan legte er auf. Seine Beine zitterten, sein Atem kam in kurzen, erschrockenen Atemzügen.

Er setzte sich auf den Bürgersteig, um nicht umzufallen. Er war ein Narr gewesen, diesen Zuschuss zu beantragen. Er war ein noch größerer Narr gewesen, sich mit Joshua persönlich zu treffen. Aber ihn jetzt anzurufen, war der größte Fehler von allen gewesen. Er wollte ein Loch finden und sich darin verkriechen. Er wollte nach Hause zu Alice gehen, sein Gesicht in ihrem Schoß vergraben und weinen. Er wollte sich die Haut vom Leib reißen und sie als der Mann nachwachsen lassen, der er einmal gewesen war. Verdammt, *das* hatte er schon sein ganzes Leben lang gewollt.

Neil schnaubte. Vielleicht hatte Joshua guten Grund, sich um seinen Verstand zu sorgen. Und vielleicht alle anderen auch.

Er wusste nicht, wie lange er dort saß, aber als der Anruf von Brian Peters kam, der ihm mitteilte, dass die Neil-Russell-Stiftung das Projekt unterstützen würde, solange Neil die Verantwortung trüge und solange Neil Joshua selbst direkt unterstellt sei, fand er die Kraft, aufzustehen und zu den Laboren zurückzugehen.

Neil wusste nicht, ob sein überreiztes Nervensystem endlich genug Endorphine ausgeschüttet hatte, um seinen emotionalen Schmerz zu überspielen, aber er fühlte sich, als ob jeder Nerv und jede Synapse auf einmal feuerte, was ihn zu einem einzigen, untypischen Gedanken führte: „Das ist es, was die Heiligen ekstatischen Schmerz nannten. Komisch, denn es fühlt sich an wie die Hölle."

Hoffnung. Er konnte es sich nicht leisten, welche zu haben. Aber sie war da wie eine Fackel in seiner Brust, brennend heiß und hell, und verhieß ihm Telefonate mit Joshua, verhieß Schmerzen und vielleicht mehr als das.

Kapitel 17

November 2032 – Bowling Green, Kentucky

IN DER ANHALTENDEN Dämmerung war die Morgenluft knackig kalt, und Joshua rückte seinen Schal zurecht, bevor er seine behandschuhten Hände tiefer in die Taschen schob. Der Friedhof war wie immer leer, aber er schien auf eine andere Weise besucht zu sein durch den tief liegenden Nebel, der aus dem taufrischen Gras aufstieg.

Joshua war schon eine Weile nicht mehr hier gewesen.

Anfangs kam er fast jeden Tag, nur um sich daran zu erinnern, dass Lee dort begraben und nicht auf einer Geschäftsreise oder in einem längeren Urlaub war, zu dem Joshua in ein Flugzeug steigen und ihn begleiten konnte. Aber nach einer Weile hatte er aufgehört. Er erinnerte sich an den Tag, an dem er beschloss, nicht mehr hinzugehen – er war allein im Earl G. Dumplins gewesen und hatte die Highschool-Schüler beobachtet, die sich gegenseitig anrempelten und sich darauf vorbereiteten, in ihren Tag zu starten, und Joshua verstand fast kein Wort von dem, was sie redeten. Sie lebten einfach ihr normales Leben, auf ihre normale Art und Weise.

Joshua hatte schwer geschluckt und begriffen, dass von nun an jeder Tag so sein würde. Jeder Tag würde ohne Lee vergehen. So oft er auch den Friedhof besuchte und mit seinem Grabstein sprach, daran würde sich nichts ändern. Nach diesem Moment war Joshua für lange Zeit nicht mehr hingegangen, so wie er irgendwann aufgehört hatte, mit Neil zu reden. Das Leben ging weiter, und ob es nun fair war oder nicht, er war immer noch lebendig, und so musste auch er weitermachen.

Aber der Traum über die Bienen hatte ihn in der Nacht wieder überwältigt, und nachdem er wieder eingeschlafen war, hatte er wieder von Neil und Dr. Green geträumt. Mit Übelkeit im Magen war er schweißgebadet und verzweifelt aufgewacht, aber er dachte, er wüsste endlich, was er zu tun hatte. Doch zuerst musste er mit Lee reden, und so stand er an dem ganz gewöhnlichen Grab mit einem ganz gewöhnlichen Grabstein, die Hände in den Taschen und einem schrecklichen Kloß im Hals.

Lee Michael Fargo

5. Dezember 1984

28. November 2030

Geliebter Ehemann und bester Freund

Er erinnerte sich an die Diskussionen, die er und Lee während der Krankheit, die durch den Nanitenschaden verursacht wurde, über den Tod geführt hatten.

„Ich will nicht eingeäschert werden", hatte Lee mit einem finsteren Gesicht gesagt. „Es ist nicht logisch, aber ich war in einem Feuer, und ich habe es überlebt. Ich möchte meinen Körper nicht noch einmal in eines stecken, auch wenn ich es nicht wirklich mitbekomme."

Joshua hatte sofort zugestimmt. „Was immer du willst." Und die Sorge zerrte nicht zum ersten Mal an ihm wegen seiner Entscheidung, Neils Leiche einäschern zu lassen. Er hatte das getan, von dem er dachte, dass Neil es damals gewollt hätte, aber es gab keine Möglichkeit, das mit Sicherheit zu wissen.

Am Ende wurde Lees Leichnam auf einem von Lee selbst gewählten Platz in der Mitte des Crescent-Hill-Friedhofs beigesetzt, ohne einen leeren Platz daneben.

„Weil du eingeäschert werden solltest, Schatz“, hatte er gesagt. „Das hast du immer gewollt, und das solltest du auch tun. Ich weiß, dass du mich liebst. Ob die Asche deines Körpers mit Neil im Bach ist oder neben mir in der Erde vergraben wird, ändert daran nichts.“

Joshua hatte sein Testament nach Lees Tod dahingehend geändert, dass die Hälfte seiner Asche in den Bach auf der Stouder Farm gestreut werden sollte, nahe der Stelle, an der er Neils Überreste verstreut hatte, und die andere Hälfte in Lees Grab beigesetzt werden sollte. Er wollte zur Ruhe gelegt werden mit den beiden Männern, die er geliebt hatte.

Gegen seinen Willen und in Gedanken an Dr. Green fragte sich Joshua, ob er sein Testament noch einmal ändern müsste.

„Also, hör zu“, sagte Joshua. Seine Stimme zitterte mit der warmen Atemwolke, die seinen Mund verließ, „ich glaube, ich habe den Verstand verloren. Und ich bin sicher, dass es deine Schuld ist. Wenn du noch da wärst, würdest du mich sicher im Zaum halten und all das wäre nicht passiert. Du würdest mich auslachen, und ich würde akzeptieren, dass es nur eine Wahnvorstellung war.“

Joshuas Magen kribbelte bei der Lüge.

„Okay, also vielleicht doch nicht. So siehts aus, Lee. Es ist das Realste, was ich gefühlt habe, seit du gestorben bist. Es ergibt keinen Sinn, und ich kann es niemandem erzählen, aber er ist mein Neil. Ich weiß, dass er es ist.“ Joshua stieß einen langsamen Atemzug aus, die Enge in seinem Inneren machte es schwer zu sprechen. „Ich glaube, er weiß auch, dass er es ist.“

Eine Amsel krächzte von einem Baum in der Nähe der Friedhofsgrenze, und Joshua blickte zum Himmel auf und sah, dass es im Osten rasch heller wurde.

„Ich spreche jeden Tag mit ihm am Telefon. Es ist jetzt drei Wochen her, und ich kann keine vierundzwanzig Stunden durchhalten, ohne ihn anzurufen. Ich bekomme das Zittern, wenn ich seine Stimme nicht höre – er klingt genau wie er. Und seit er mir gegenüber weicher geworden ist, merke ich, dass unsere Gespräche ihm auch Angst machen."

Joshua erinnerte sich an den Tag zuvor, und wie seine Hände gezittert hatten, als er Neil angerufen hatte, angeblich um nach dem Fortschritt der Protokollentwicklung zu fragen. Neil hatte ihm bereits gesagt, dass es ein paar Wochen dauern würde, die Spezifikationen so zu gestalten, dass alle zufrieden sein würden, und dennoch rief Joshua täglich an unter dem Vorwand, sich zu vergewissern, dass alles wie geplant lief.

„Ja, wir sind immer noch auf dem richtigen Weg", hatte Neil zur Begrüßung gesagt, seine tiefe, schroffe Stimme klang genervt und doch nachsichtig zugleich. „Ja, es ist alles genauso wie gestern. Ja, ich werde nicht eher ruhen, bis ich alle Unterschriften habe. Ja, das ist eine Lüge, denn ich habe letzte Nacht ganze vier Stunden geschlafen. Sonst noch etwas, Mr Stouder?"

Joshua hatte leise gelacht, und sein Magen hatte sich vor Aufregung und Nervosität verkrampft, wie jedes Mal, wenn er mit Dr. Green sprach. Sein Hirn war herumgestolpert und hatte nach einem weiteren Grund gesucht, um Neil am Telefon zu halten. Und gerade, als es so aussah, als würde Neil die Verbindung unterbrechen, wenn er nichts sagte, fragte Joshua verzweifelt: „Wie geht es Ihrer Mutter?"

Es gab ein kleines Zögern, bevor Neil sagte: „Gut. Wozu der Small Talk, Mr Stouder? Wenn Sie etwas zu sagen haben, sagen Sie es einfach. Ich habe keine Zeit, so zu tun, als ob Sie sich im geringsten für meine Familie interessieren.“

„Tue ich aber“, sagte Joshua und erinnerte sich an Adairs Video von der Frau mit dem Gesicht in den Händen. „Ich weiß, Sie sind ein Einzelkind, und ich halte Sie auf Trab. Ich frage mich nur, ob Sie Ihre Mutter in letzter Zeit angerufen haben.“

Von Neil kam ein Schnauben, und Joshua konnte sich das dazugehörige Augenrollen vorstellen. „Ich versuche, ein Projekt auf die Beine zu stellen, damit mir das Arschloch, das das große Geld dafür bereitstellt, vom Hals bleibt. Ich war ein bisschen beschäftigt. Aber fürs Protokoll: Ich habe heute Morgen mit ihr gesprochen, und sie ist immer noch quicklebendig und aus irgendeinem seltsamen Grund froh, dass ich es auch bin.“

Joshua konnte sich gerade noch verkneifen, zuzugeben, dass auch er froh darüber war, und dass, mit Neil zu sprechen und seine schmerzhaft vertraute Stimme zu hören, ihn unmögliche, lächerliche Dinge glauben ließ. Diese Stimme, die er so lange vermisst hatte und die doch plötzlich wieder in seinem Ohr war.

„Also.“ Neil hatte geseufzt. „Ich habe Dinge zu erledigen. Wenn Sie mich zehn Minuten allein in Ruhe lassen könnten, könnte ich vielleicht sogar einige davon erledigen.“

Da war allerdings etwas in Neils Tonfall, das Joshua glauben ließ, dass er nicht wirklich wollte, dass Joshua ihn in Ruhe ließ, und dass er eigentlich wollte, dass Joshua einen anderen Grund fand, in der Leitung zu bleiben. Joshua suchte verzweifelt nach einem.

„Vielleicht sollte ich rüberkommen und selbst sehen, was los ist“, hatte Joshua gesagt. „Schließlich geht es hier um eine Menge

Geld."

„Nein!", hatte Neil ausgerufen, was dazu führte, dass Joshuas Kopf überrascht zurückzuckte und seine inneren Alarmsirenen aufheulten. „Wir haben es im Griff. Ihre Einmischungen würden nur … alles durcheinanderbringen. Sie würden nicht einmal wissen, was Sie da sehen. Entweder Sie vertrauen mir oder nicht, Mr Stouder. Entscheiden Sie sich."

Die Panik in Dr. Greens Stimme hatte sich wie ein goldener Reißfaden durch Joshua gezogen, und er hatte der Stille der toten Leitung ein paar Sekunden lang zugehört, bevor er sich in Bewegung setzte. Innerhalb weniger Minuten hatte er mit dem Piloten einen Termin vereinbart, um am nächsten Tag nach Atlanta zu fliegen.

„Also, so siehts aus: Ich reise da runter. In zwei Stunden sitze ich im Flugzeug", sagte Joshua zu Lees Grabstein. „Es ist unwirklich, ich weiß, aber ich muss ihn wiedersehen. Ich muss es wissen, Lee." Joshua zögerte, fühlte sich, als würde er Lee verraten, indem er es sagte, aber er musste es trotzdem zugeben. „Ich habe ihn so sehr vermisst, und ich habe mich jeden Tag nach ihm gesehnt, seit er gestorben ist. Wenn er es ist … wenn das irgendwie echt ist und er es wirklich ist, dann muss ich zu ihm gehen. Ich brauche ihn, Lee. Ich brauche ihn so sehr."

Joshua starrte erstaunt auf die Stelle, an der seine Füße das Gras am Rand von Lees Grab niederdrückten, und schluckte einen Kloß herunter. Trotz des frühen Wintereinbruchs, trotz des Frosts und der morgendlichen Kälte krabbelte eine schwarz-gelbe Biene auf seinem Lederschuh. Joshua beobachtete, wie sie sich krümmte und ihren Stachel in das Leder stach, um ihre Botschaft zu übermitteln, bevor sie davonflog, um allein zu sterben. Joshuas Augen füllten sich mit Tränen, und er senkte den Kopf.

„Danke", flüsterte Joshua. „Danke, dass du mich verstehst."

NEIL STOCHERTE IN den Codezeilen herum, spielte wieder mit den Befehlen und versuchte, die Beschleunigungsrate ein wenig zu senken, um das Risiko von Schäden an der Zellmembran zu verringern. Er stöhnte und rieb sich mit einer Hand über das Gesicht. Er hatte nicht geschlafen, aber wenigstens hatte er sich genug in die Arbeit vergraben können, um die nervöse Aufregung des Telefonats mit Joshua vom Vortag zu verdrängen.

Neil wusste nicht, wie viel sein Nervensystem noch aushalten konnte – jeder Tag war wie ein Ruck aus Angst, Freude, Nervosität, Liebe und Wut. Er hatte keine Ahnung, wie er all das sortieren sollte, was er fühlte, wenn Joshua anrief, aber er wusste, dass er sich wünschte, Joshua würde nicht anrufen, und er wusste, dass er mehr leiden würde, als er ertragen könnte, wenn Joshua nicht anrief.

Während einer fünfzehnminütigen Kaffeepause am Nachmittag zuvor hatte er Derek zugehört, wie er über ein neues Gedicht schwadronierte, das er für einen anderen Literaturkurs zerpflückte. Er hatte in den richtigen Momenten genickt, um den Anschein zu wahren, Derek überhaupt Aufmerksamkeit zu schenken. Es interessierte ihn wirklich überhaupt nicht, wie gut Wörter zusam-menpassten oder was sie bedeuten könnten, wenn man sie in verschiedene Richtungen drehte und wendete und verschiedene Gesichtspunkte des Wunschdenkens und der subjektiven Analyse anwandte. Aber er mochte Derek und wollte ihn als Freund behalten, also ertrug er diesen Unsinn.

„Neil", hatte Derek schließlich mit einem Hauch von Frustration gesagt. „Hörst du zu? Ich meine, ich weiß, dass es dich nicht interessiert, aber nimmst du wenigstens meine Worte auf?"

Neil hatte genickt, aber die Wahrheit war, dass er von Joshuas Drohung, sich das Projekt persönlich anzuschauen, wie besessen gewesen war. Der Gedanke, Joshua wiederzusehen, seine Hand zu schütteln, sein Aftershave zu riechen – das war zu viel. Neil konnte es nicht einmal in Erwägung ziehen, ohne sich so *voll* zu fühlen, dass er schreien, sich ausziehen und nackt und wild über den Campus rennen wollte, mit einer Ur-Energie, die er nicht ansatzweise im Zaum halten konnte. Joshua musste wegbleiben. Ihn wiederzusehen konnte Neil nicht überleben, es sei denn, er konnte ihn wirklich haben. Und darauf wollte er sich nicht verlassen.

„Hör zu, Neil", hatte Derek gesagt, „ich weiß nicht, was mit dir los ist, aber es ist, als wärst du gar nicht da. Ich erwarte nicht viel von dir, und ich weiß, dass wir nicht zusammen sind, aber du bist mir wichtig, und … du weißt, was ich meine?"

Neil war sich nicht ganz sicher gewesen, aber er nahm an, dass Derek meinte, er sei in letzter Zeit ein lausiger Freund gewesen. Er biss die Zähne gegen die Wellen von magenkribbelnder Übelkeit zusammen, die ihn jedes Mal durchströmten, wenn er an Joshuas Anruf dachte, und konzentrierte sich auf Derek. „Ich habe nicht zugehört. Es tut mir leid. Es ist wegen des Projektes. Ich kann nicht aufhören, daran zu denken. Aber jetzt höre ich zu." Er hatte mit der Hand gestikuliert, damit Derek weitermachen konnte.

Nicht einmal eine volle Minute verging, bevor Neil wieder in Gedanken an Joshua versunken war, und als er Anstalten gemacht hatte, zu seiner Arbeit im Labor zurückzukehren, bemerkte er, dass Dereks etwas verletzt aussah. Er hatte sich nicht entschuldigt. Er hatte nicht einmal gewusst, was er sagen sollte. Derek sollte sich einen richtigen Freund suchen; das hatte er verdient. Neil konnte lernen zu leben, ohne jemanden zum Ficken zu haben.

Müde und hungrig legte Neil seine Arbeit beiseite und vergewisserte sich, dass sein Telefon richtig funktionierte. Joshua hatte noch nicht angerufen, und es war schon spät. Normalerweise rief er jetzt an und vernichtete Neils Produktivität völlig, bis Neil Zeit gehabt hatte, sich wieder zu beruhigen, was der Grund dafür war, dass er viele Nächte im Labor verbrachte.

Immer noch nichts. Neil überprüfte alle Nachrichten – Text, E-Mail und Digicenter – und nichts von Joshua. Er verfluchte sich dafür, dass er Joshua am Tag zuvor gesagt hatte, er solle ihn in Ruhe lassen, und machte sich plötzlich Sorgen, dass Joshua genau das tun würde. Gestern hatte er es ernst gemeint, vor allem, weil ihn so viel Adrenalin durchschoss, dass er sich fühlte, als würde er aus der Haut fahren. Jetzt aber dachte er, er würde aus seiner Haut fahren, wenn Joshua *nicht* anrief.

Er erwog, Alice anzurufen, aber es würde sie beunruhigen, wenn er zwei Tage hintereinander anrief. Er überlegte, ob er Joshua anrufen sollte – ehrlich gesagt, hatte er das noch nie getan, seit die Finanzierung bewilligt worden war. Er hatte es nie tun müssen. Aber ihm fiel ein, dass er Joshuas Nummer hatte; einen Grund könnte er erfinden. Er könnte sagen, dass er Joshuas Zustimmung einholen wollte, bevor er mit der Dekompressionsarbeit weiter-machte, oder, wenn er den Code für die Beschleunigungsrate herausgefunden hatte, könnte er so tun, als würde er Joshua bezüglich dieser Lösung Bericht erstatten.

Er rieb sich den Nasenrücken und schüttelte heftig den Kopf, um seine Gedanken wieder auf die Arbeit zu richten, aber es war sinnlos.

Neil beendete alle Anwendungen und hängte seinen Laborkittel auf. Es gab immer Mittagessen in der Wohnung, und wenn er dort ankam, bevor Derek zu seinem Nachmittagskurs ging – oder was auch immer er zu dieser Tageszeit trieb –, konnte er sich auch mit Dereks Arsch trösten.

Eines war allerdings seltsam. Seit Joshua angefangen hatte, regelmäßig anzurufen, war das Ficken mit Derek nicht mehr so gut wie zuvor. Neil hatte angefangen, ein seltsames Schuldgefühl dabei zu empfinden, als würde er Joshua irgendwie verraten. Er zwang sich, das abzuschütteln, denn es war lächerlich, und Ficken war eines der wenigen echten Vergnügen in seinem Leben. Und doch schienen die Orgasmen seine Rechtfertigungen nicht zu beachten. Sein Schwanz spuckte sein Sperma einfach mit weniger Befriedigung aus als je zuvor. Sehr ärgerlich.

Trotzdem war Neil zu müde, nervös und hungrig, um noch mehr Arbeit zu erledigen. Er beschloss, nach Hause zu gehen. Vielleicht konnte er wenigstens ein Nickerchen machen.

Kapitel 18

IM VERGLEICH ZU Scottsville war Atlanta groß und zog sich viel weiter in die Breite, aber es hatte schmale, kleine Straßen, auf denen die Menschen anscheinend kaltblütig und ohne Rücksicht auf Verkehrsregeln unterwegs waren. Joshua war heilfroh, einem vorzeitigen Tod entgangen zu sein, als sein Mietwagen auf den Parkplatz vor dem Studentenwohnheim fuhr.

Adair hatte ihm Neil Greens Adresse auf dem Campus der Emory-Universität gegeben. Joshua hatte beschlossen, dort anzufangen, obwohl ein Teil von ihm nörgelte und darauf bestand, es sei angemessener, zu dem Gebäude zu gehen, in dem sich Neils Büro und Labore befanden, oder zumindest vorher anzurufen. Aber ein anderer Teil war neugierig darauf, wie Neil lebte, und wollte etwas Intimeres sehen als Dr. Greens Büroräume. Außerdem, wenn er Neil zuerst anrufen würde, dann würde er das Überraschungsmoment verlieren und nur das sehen, was Dr. Green ihn sehen lassen wollte. Und das war so gar nicht das, was Joshua wollte.

Joshua ging die Außentreppe hinauf und nahm Kenntnis von den Wohnungsnummern. Er zog das Hemd aus der Hose, öffnete oben ein paar Knöpfe und wischte sich mit der Hand über die Stirn. Heiß war es in Atlanta, obwohl es November war. Fast siebenundzwanzig Grad. Joshua wünschte, er hätte ein kurzärmeliges Hemd anstelle seines üblichen Business-Hemdes angezogen, aber mit diesem Wetter hatte er mitten im Herbst nicht gerechnet.

Außerdem hatte er sich gesagt, er wolle professionell wirken, und das stimmte immer noch, aber er wollte sich auch daran erinnern, wie die Machtdynamik zwischen ihnen wirklich lag. Bei all den irrwitzigen Gedanken, die Joshua gehabt hatte, den Hoffnungen und den unvernünftigen Spekulationen hatte er das Gefühl, dass er leicht überwältigt werden könnte, wenn er sich nicht darauf besann, dass er nicht nur der Ältere war, sondern auch der mit dem Geld. Er wiederholte ein tonloses Mantra, als er den Treppenabsatz erreichte. *Du hast alle Karten in der Hand.* Er ignorierte, dass sich das wie eine Lüge anfühlte.

Joshua stand vor Neils Wohnung und nahm einen langen Atemzug der seltsam schwülen Luft und versuchte, sich zu sammeln. Er erinnerte sich daran, dass egal, was dieser Neil sagte, egal, wie er aussah oder was er tat, er war nur ein Kind, kein Gespenst. Das schien jedoch weniger wahr zu sein als je zuvor, und er wandte sich von der Tür ab und flüsterte sich ganz leise zu: „Komm schon, Joshua. Reiß dich zusammen. Du schaffst das. Sei stark.“

Die Tür öffnete sich, und er drehte sich um, nicht wirklich darauf vorbereitet, Neil zu sehen, aber er erwartete es trotzdem. Nur war es nicht Neil. Es war ein junger Typ etwa in Neils Alter, mit dunklen Haaren, einem verschlafenen Lächeln und einem großen Beutel voller Müll. Derselbe Typ wie auf dem Video im Café.

„Oh, äh, hey“, sagte er zu Joshua und schaute sich vor der Tür um, als ob sich dort noch jemand befände, der erklären könnte, wer Joshua war und warum er dort stand.

„Hi", begann Joshua, steckte die Hände in die Taschen und schaute an dem jungen Mann vorbei in die Wohnung. „Ich suche nach Neil?"

„Oh, Neil, ja … ähm, er ist im Labor. Er ist letzte Nacht nicht nach Hause gekommen. Können Sie … ich meine, kann ich helfen? Oder wollen Sie später wiederkommen?"

Joshua schaute sich um. Es hatte vorhin geregnet und Dampf stieg in Schleiern vom schwarzen Asphalt des Parkplatzes auf. „Könnte ich vielleicht hier auf ihn warten? Es ist viel zu heiß, um in meinem Auto zu warten." Der Junge sah nervös aus, also fuhr Joshua fort: „Oder sollte ich besser zum Labor fahren? Und mich dort mit ihm treffen?"

Der Typ trat zur Seite und schob den Müllsack zurück in die Wohnung. Er winkte mit einer Hand. „Nein, kommen Sie rein. Er kommt bestimmt bald zurück. Er wird hungrig sein, und sie dürfen kein Essen im Labor aufbewahren."

Joshua trat ein und sah sich um, während der Typ weiterredete. „Sie hatten in letzter Zeit ein paar große Durchbrüche", sagte er. „Neil ist oft die ganze Nacht im Labor geblieben." Der Junge gestikulierte in den Raum und sagte: „Machen Sie es sich bequem. Es ist alles sauber, das verspreche ich. Neil bringt mich dazu, jeden Tag Staub zu saugen."

Obwohl der Junge behauptete, dass die Wohnung sauber war, sah sie aus wie eine typische Studentenbude. Es lagen einige leere Getränkedosen und Pizzakartons mit Krusten darin herum. Der Typ schob sich eine lange Strähne schwarz gefärbter Haare aus dem Gesicht und sagte: „Also, wollen Sie eine Cola, während Sie warten?"

Joshua lächelte höflich und bat stattdessen um Wasser.

„Klar, kein Problem. Übrigens, ich bin Derek." Er wandte sich der Küche zu – die, das musste Joshua zugeben, für die Wohnung eines Collegestudenten ziemlich sauber aussah.

Als er Joshua das Glas überreichte, runzelte Derek die Stirn. „Also, ich kann nicht versprechen, dass Neil zurückkommt. Ich meine, er sollte, aber … er schaut oft nur kurz vorbei und ist dann wieder los. Sie sollten ihm texten oder ihn anrufen. Früher kannte ich seinen Zeitplan ziemlich gut, aber in letzter Zeit war er sehr beschäftigt. So oft sehe ich ihn nicht mehr."

„Ist das nicht die beste Art von Mitbewohner?", fragte Joshua und versuchte, eine Verbindung mit ihm herzustellen, aber er fühlte sich alt, als er in dieser Wohnung mit einem dürren Burschen stand, der ihn von unter seinen Haaren anglotzte, mit denen er wohl irgendwas Rebellisches oder Individuelles aussagen wollte.

„Nee, ich wünschte, er wäre öfter hier", sagte Derek. „Er ist auf seine eigene Art cool. Wenn er mich nicht gerade anmeckert, weil ich zu viel mit seiner Mama rede, oder wegen meiner Unordnung ausflippt."

Wegen meiner Unordnung ausflippt. Joshua erinnerte sich an Neils penible Wohnung, daran, wie sorgfältig er sich um Magics Fell gekümmert hatte, und daran, wie skeptisch er Pauls Geschirrstapel anstarrte.

„Oh?", fragte Joshua und dachte, dass er nicht so komisch wirken durfte, wie er sich fühlte, sonst hätte der Junge ihn schon längst rausgeschmissen. „Also, magst du ihn?"

„Ja, nun … ja", sagte der Junge. Sein Gesicht wurde leicht rot, als er wegschaute.

Joshuas Augenbrauen fuhren hoch, und er musste schnell den Mund schließen. Er hatte keine Ahnung, warum ihm die Beziehung nicht schon früher in den Sinn gekommen war, aber das hatte sie nicht. Er hatte gedacht, dass Dr. Green wahrscheinlich schwul war, aber Joshua hatte sich eingestanden, dass der Gedanke vielleicht nur Teil seiner Wahnvorstellung war. Jetzt aber hatte er einen kleinen Beweis – Dr. Green *war* schwul. Und er lebte mit diesem Typen zusammen. Auch Student und in seinem Alter. Derselbe Junge wie in dem Video; ja, der, den Joshua nur als Freund abgetan hatte, aber jetzt … jetzt war klar, dass hier mehr dahinter steckte.

Joshua hatte das Gefühl, dass ihm schlecht werden könnte. Enttäuschung und Angst schossen durch ihn hindurch. Er war so nah dran gewesen. Könnte dieser Typ tatsächlich das sein, was ihn von Neil fernhielt? Oder war Joshua am Ende doch nur in einer Illusion gefangen?

Joshua fragte: „Sind Sie Dr. Greens fester Freund?"

„Oh, nein." Derek errötete allerdings noch stärker. „Neil hat keinen festen Freund. Dafür hat er weder Zeit noch die Veranlagung. Er ist zu sehr damit beschäftigt, das größte Genie zu sein, das seit ein paar Jahrzehnten Gottes grüne Erde beehrt." Der Junge lächelte. „Ich meine, er unterrichtet zwei Kurse seines Professors und leitet diese neue, riesige Studie, die ihm einen Traum erfüllt. Er ist ein viel beschäftigter Mann."

Joshua schluckte und beschloss, den Schritt zu wagen. „Ich will nicht zu neugierig sein, aber erforscht er nicht auch Reinkarnation? Nebenbei?"

„Ja." Derek runzelte ein wenig die Stirn und blickte an Joshua auf und ab. „Woher wissen Sie das? Das behält er sehr für sich." Derek wurde blass. „Moment, Sie sehen ja aus wie … Wer sind Sie eigentlich?"

„Joshua Stouder", sagte Joshua und streckte die Hand aus.

Dereks Augen wurden groß, als er sie schüttelte.

„Derek", sagte er. „Derek Matthews."

„Genau, das sagtest du."

Dereks Augen waren riesig. „Wow. Okay, also … Sie sind hier. Er hat Sie tatsächlich getroffen." Derek sah aus, als könnte er gleich lachen oder weinen. Er sah genauso aus, wie Joshua sich fühlte. „Der ist sicher tausend Tode gestorben."

Joshuas Herz pochte in seiner Brust, aber er wollte mehr. Er wollte etwas Eindeutiges. Beweise. „Es tut mir leid. Ich kann dir nicht folgen."

„Oooh, also hat er es Ihnen nicht gesagt. Natürlich nicht. Was rede ich da? Ich meine, was soll er schon sagen?"

„Wie, was soll er schon sagen?", wiederholte Joshua. Er brannte darauf, Dereks Antwort zu hören, wollte, dass er etwas über Reinkarnation sagte, über einen Lkw, über Magic, über Dr. Neil Russell, und dass seine haarsträubende Wahnvorstellung wahr sei.

Derek starrte ihn an, offensichtlich in einer Situation gefangen, in der er nicht wusste, was er antworten sollte.

Das Geräusch des Schlüssels im Schloss, und Dereks Augen blitzten seltsam auf. Er räusperte sich und sagte: „Er ist zu Hause. Ich werde einfach … ähm …"

Neil kam herein und blieb stehen, als er Joshua sah.

Joshua nahm seine stechend blauen Augen wahr, die Länge seines Halses und den hervorstehenden Adamsapfel. Er betrachtete die schwarze Jeans, die Neil trug, und das schwarze Hemd. Er betrachtete Dr. Greens lockiges Haar, das genau die gleiche Farbe hatte wie das von seinem Neil. Joshua unterdrückte den Drang, ihn zu packen, ihn an sich zu ziehen und es wahr werden zu lassen.

In Joshuas Kopf drehte sich alles.

Derek hob den Beutel mit dem Müll auf. „Ich gehe zum Müllcontainer und dann … joggen? Und dann rüber zu Mary, um zu duschen und, äh, zu bleiben?" Er sagte das alles, als wäre es eine Frage, als warte er darauf, herauszufinden, ob es das war, was Neil von ihm wollte.

Neil nickte vage, ohne dass sein Blick Joshuas Gesicht verließ. Derek musste sich an ihm vorbeidrängen, um es mit dem Müllsack zur Tür hinaus zu schaffen. Er hielt kurz inne und blickte zwischen Joshua und Neil hin und her, und Tränen wallten in seinen Augen auf. Aber er sagte nur: „Also, äh, ich sehe dich morgen, Neil. Ich … bleibe heute Nacht bei Mary."

„Bis später", sagte Neil. Sein Blick war nicht von Joshuas Gesicht gewichen.

Neil musste sich aus dem Türrahmen bewegen, damit Derek die Tür schließen konnte, und das schien ihn aus seiner Überraschung zu reißen. Er sah dünner aus als in Joshuas Erinnerung, und Joshua fragte sich kurz, ob er genug gegessen hatte.

„Was machen Sie hier, Mr Stouder? Ich dachte, wir hätten eine Abmachung – entweder Sie vertrauen mir, oder nicht. Oder ist das das Problem? Sind Sie hier, um den Stecker zu ziehen? Oder nur, um wieder nach mir zu sehen?"

„Nein. Ich bin … nicht sicher, warum ich hier bin", sagte Joshua. Wie sollte er erklären, dass er jede Nacht von Bienen geträumt hatte und dass die Bienen ihn gedrängt hatten, Neil aufzusuchen? Oder dass sein längst verstorbener Liebhaber im Schlaf zu ihm gekommen war und sich mitten in einem Kuss unter seinen Händen in Dr. Green verwandelt hatte? Wie konnte er das sagen, von dem er vermutete, dass es wahr war? „Ich bin gekommen, um Sie zu sehen", sagte Joshua lahm.

Dr. Green spannte sich an und rieb sich mit einer Hand über die Augen. „Sie müssen einen besseren Grund haben als den. Ich weiß, dass ich ein gut aussehender Kerl bin, Mr Stouder, aber ich sehe nicht so gut aus, dass Sie hierher fliegen würden, um in meinem Wohnzimmer zu stehen und mich anzustarren."

Der Kommentar war so Neil-mäßig, so viel älter als die Person, die vor ihm stand, dass Joshua nicht wusste, was er damit anfangen sollte.

„Also, raus mit der Sprache. Wenn Sie hier sind, um weiter mit mir über die Kompressionseinheiten zu diskutieren, dann sage ich Ihnen noch mal, dass ich das Protokoll weiterentwickelt habe, um das Problem zu lösen. Und obwohl es irgendwie heiß ist, zu hören, wie ihre Stimme vor Wut lauter wird, ich habe kaum geschlafen und glaube nicht, dass ich jetzt imstande wäre, Ihnen etwas über fortgeschrittene Nanitentechnik beizubringen."

„Manche Leute behaupten, Streiten sei eine Art Flirten", sagte Joshua und war genauso schockiert wie Dr. Green, als die Worte aus seinem Mund kamen.

„Oder Vorspiel", erwiderte Dr. Green, offensichtlich instinktiv und gemäß seiner Natur.

Sie standen weiterhin da und starrten sich einige Momente lang an, und in der Luft zwischen ihnen lag eine Spannung, bis Dr. Green sagte: „Also … was? Sind Sie hierher gekommen, um, äh, weiter mit mir über die Kompressoren zu *streiten,* oder was? Haben Sie das so sehr nötig?" Seine Lippen verzogen sich zu einem kleinen Grinsen. „Wenn ich mich recht erinnere, standen Sie immer auf etwas ältere Typen, Mr Stouder. Ich bin nicht gerade Ihr Beuteschema." Er gestikulierte auf seinen eigenen Körper. „Sie sind niemand, der es auf Frischfleisch abgesehen hat."

Joshua nahm einen Schluck von dem Wasser, von dem er fast vergessen hatte, dass er es in der Hand hielt. Es war erfrischend, kühl gegen seine heiße Kehle, also nahm er noch einen, während er darauf wartete, dass ihm eine Erklärung einfiel, irgendein Grund dafür, hier zu sein, der nicht völlig lächerlich war.

„Ich träume ständig von Ihnen", sagte Joshua. Das war nicht die Erklärung, nach der er gesucht hatte.

Dr. Green wurde ganz still – bis auf seine Finger, die gegen sein Bein zu zittern schienen. „Ich muss zugeben, das habe ich nicht kommen sehen", sagte er. Seine Stimme war leise und ruhig, fast intim.

„Was? Ich habe den großen Neil Green überrumpelt?"

Dr. Greens Augen verengten sich ein wenig, und seine Lippen pressten sich zu einer nervösen, vertrauten Linie zusammen, die Joshua mehr als einmal an seinem Neil gesehen hatte – normalerweise, wenn sie über etwas redeten, das ihn ansprach und ihm gleichzeitig Angst einjagte.

Dr. Green sagte: „Ich weiß, dass es ein bisschen wärmer ist, als Sie es zu dieser Jahreszeit gewohnt sind, aber leiden Sie an einem Hitzschlag, Mr Stouder? Ich erwarte jeden Moment, dass Screamin' Jay Hawkins ‚*I Put a Spell on You*' zu spielen beginnt."

Das Lied war schon zu Joshuas Kindertagen ein Oldie. Er erinnerte sich, wie Neil es eines Tages sang, mit den Fingern herum wedelte und scherzte: „Du hast mich verzaubert; es ist widerlich." Joshua spürte ein krabbelndes Jucken auf seinem Rücken, als er in Neils blaue Augen starrte, die scharfsichtig waren und genau, wie er sie kannte.

„Haben Sie das?" Joshua stellte das Wasser auf dem Beistelltisch neben ihm ab und stopfte die Hände in die Taschen. „Haben Sie mich mit einem Zauber belegt?"

Dr. Green prustete verächtlich. „Wovon reden Sie da? Ich bin Wissenschaftler, schon vergessen? Zaubersprüche haben in der Wissenschaft nichts zu suchen. Und fangen Sie gar nicht erst an mit diesen lächerlichen Zaubersprüchen, die von Wiccas oder wie auch immer die sich in dieser Generation nennen, denn ..."

Dieser Generation. Joshuas Hände waren schweißnass, und seine Beine fühlten sich schwach an. „Ich spreche nicht von einem echten Zauber, Neil", sagte Joshua. „Ich spreche von Naniten. Man kann sie so programmieren, dass sie alles tun. Das haben Sie selbst gesagt. Haben Sie Naniten programmiert, damit ich von Ihnen träume?"

Er hatte sich an dieses letzte Fitzelchen geistiger Gesundheit geklammert – auch wenn es weit hergeholt war, denn wie hätte Neil die Naniten in seinen Blutkreislauf einführen können? Wie hätten sie die Blut-Hirn-Schranke umgehen sollen, wenn das doch zu dem gehörte, was Joshuas finanzieller Unterstützung ermöglichen sollte? Aber es war seine einzige Hoffnung – andernfalls hätte er entweder offiziell den Verstand verloren oder Dr. Green war wirklich Neil, und er konnte nicht damit umgehen, wie sehr er sich wünschte, dass Letzteres wahr wäre. Er *brauchte* es.

Dr. Green schien darauf zu reagieren, dass Joshua ihn bei seinem Vornamen nannte. Er wurde ein wenig ruhiger, und er sah ein wenig zerbrechlicher aus, weniger dreist und frech. Joshua versuchte es erneut: „Also, haben Sie, Neil? Haben Sie Naniten benutzt, um mich diese Dinge träumen zu lassen?"

Joshua fühlte sich durch und durch kalt, wenn er daran dachte, dass Neil – nein, Dr. Green – ihm das antun könnte. „Haben Sie auf diese Weise mit meinem Verstand gespielt? Wollten Sie mich glauben machen, dass ich verrückt bin? War es eine Art Rache?"

„Mit Ihrem Verstand spielen? Naniten, die Sie von mir träumen lassen? Selbst wenn das möglich wäre, Mr Stouder, warum sollte ich das tun wollen? Als Rache dafür, dass Sie mein Projekt anfangs nicht finanziert haben? Das ergibt keinen Sinn.“

„Ich kenne Sie nicht.“ Joshuas Magen war angespannt und fühlte sich voll von schwärmenden Bienen, die in seinen Adern summten und ihn in Schwingung versetzten.

„Doch, das tust du“, sagte Neil mit einer Gewissheit und Intensität, die nicht zu leugnen war. „Du kennst mich. Sieh mich an und sag mir, dass du mich nicht kennst.“

Joshua schwindelte es. Ihm war zu heiß, und er wischte sich wieder über die Stirn. Der Raum fühlte sich an, als würde er sich bewegen, und er spürte Neils Hand auf seinem Ellbogen, die ihn beruhigte.

„Ich kenne Sie nicht“, sagte Joshua wieder, starr und langsam. Seine Zunge fühlte sich dick an von der Lüge.

Neil schüttelte einfach den Kopf, und Joshua konnte nicht wegsehen. Seine blauen Augen waren intensiv, durchdringend, und sein Ausdruck wütend und doch gleichzeitig sanft. Er rückte näher an Joshua heran, seine Hand wanderte zu Joshuas Ellbogen, und Joshua erschauderte, als Neil seinen Kopf nach hinten neigte, um Joshuas Gesicht besser betrachten zu können, und sich an ihn heranschlich, verführerisch und unglaublich präsent. Joshua fühlte sich jung. So verdammt jung. So hatte er sich schon lange nicht mehr gefühlt. Seit fast zwanzig Jahren.

„Ich würde dir nie wehtun. Ich würde nie – selbst wenn es die Technologie gäbe, und es gibt sie nicht – obwohl, ja, sie könnte existieren. Ich könnte das möglich machen. Aber das spielt keine Rolle, ich würde dich nie mit Naniten verletzen. Und was den Rest angeht …" Neil sprach leise, beruhigend und stark. „Ich kann es dir nicht erklären. Es ergibt auch für mich keinen Sinn. Wie ich hierher gekommen bin, woher ich überhaupt weiß, wer ich vorher war? Es war die Hölle. Aber ich würde dich nie verletzen, Joshua. Ich habe immer gewollt, dass du glücklich bist."

Joshua spürte, wie der Schrei der Verleugnung aus ihm herausbrach. „Das glaube ich dir nicht!"

„Doch, das tust du", sagte Neil und berührte sanft sein Gesicht. Lange Finger zeichneten Joshuas Wangenknochen nach, bevor sie sein Gesicht sanft umschlossen. „Du willst es nur nicht, und das kann ich dir nicht verdenken. Aber du tust es. Du weißt, dass es wahr ist."

Joshua schwankte. Er spürte, wie er nachgab, nach vorne fiel, es war wie Schwerkraft und er konnte es nicht aufhalten. Seine Augen brannten, und seine Wimpern fühlten sich feucht an. Er blinzelte und zitterte. Neils Mund war voller Verlangen, als hätte er sein ganzes Leben darauf gewartet, Joshua zu küssen.

Joshua wurde mit einem Mal klar, dass er das hatte.

Kapitel 19

„WIR SOLLTEN DAS hier nicht tun", sagte Neil, sein Mund feucht von Joshuas Spucke. Seine Hände knöpften Joshuas Hemd auf, suchten nach Haut und Kontakt und allem, was er sein ganzes Leben lang gewollt hatte.

„Ja, stimmt", sagte Joshua und tauchte in einen weiteren atemberaubenden Kuss ein. Seine Hände zogen an Neils Haaren, sein harter Schwanz drückte gegen Neils Hüfte, und sein Atem kam stoßweise gegen Neils Lippen. „Es ist verrückt. So etwas mache ich nicht."

„Ich weiß. Ich erinnere mich."

Joshua schauderte in seinen Armen, vergrub seine Nase an Neils Hals und atmete dort ein und aus. „Du riechst genau so. Das ist unmöglich. Ich bin wahnsinnig."

„Du bist nicht wahnsinnig."

„Selbst wenn das alles nicht der reinste Irrsinn wäre, bin ich immer noch ... dein Geldgeber", murmelte Joshua, und die Bewegungen seines Mundes an Neils Hals fühlten sich so gut an.

„Die Geschichte wiederholt sich", sagte Neil, sein Mund wieder auf Joshuas. „Immer diese Ausreden und Verzögerungstaktiken."

„Gott, ist das intensiv, Neil. Bist du es wirklich?"

„Ich bin's. Ich wollte dich schon immer haben", murmelte Neil. „Ich wollte dich, seit du in Nashville die Tür nur in deinem

Handtuch geöffnet hast. Nein, nein, ich wollte dich schon vorher. Ich wollte dich, seit ich dich das zweite oder dritte Mal gesehen habe. Am Briefkasten. Um deine Post zu holen."

Joshua gab einen abgehackten Laut von sich und suchte wieder Neils Mund.

Als Neil nach Luft schnappte, stellte er fest, dass er Joshua in sein Schlafzimmer gelotst hatte, wo das Bett noch ungemacht war vom Morgen zuvor. Die Türme von Büchern, die er nach seinem Ausraster wieder sorgfältig gestapelt und sortiert hatte, wackelten, als er die Tür hinter ihnen zuschlug.

„Das ist eine ganz schlechte Idee", sagte Neil und half Joshua mit dem Knopf seiner Jeans, wobei er bemerkte, dass Joshuas Hände zitterten. Neil schob sie beiseite und unterdrückte Joshuas Panik mit einem sanften „Lass mich, lass mich."

Joshuas Hände wanderten wieder zu Neils Haaren, dann unter sein T-Shirt, um es über seinen Kopf zu schieben. Er glitt mit festen, begehrenden, zupackenden Berührungen seinen Rücken hinunter, was Neil begierig mit ebenfalls zupackenden Berührungen beantwortete. Er ließ seine Hände über Joshuas Brust gleiten, wobei er an den Haaren dort zog, und zwickte dann Joshuas Brustwarzen.

„Ich will dich nicht verlieren", murmelte Neil. „Aber du bist hier, ich kann dich nicht wegschicken, ich wäre ein Idiot, und wir wissen, dass ich kein Idiot bin …"

„Bis auf die Sache mit dem Lkw", flüsterte Joshua.

„Touché", stimmte Neil zu, küsste Joshuas Schlüsselbein, schmeckte seine Haut, und eine Schleuse der Erinnerung öffnete sich in ihm. „Erinnerst du dich an deine Wohnung? Dieses schäbige alte Sofa, und du hast genau so geschmeckt. Dein Mitbewohner kam rein, und ich wollte ihn umbringen, weil du mit deiner Hand durch die Hose meinen Schwanz berührt hast, und Himmel, ich *wollte* dich. Wie hieß er noch mal?", fragte Neil eindringlich, kickte seine eigene Jeans herunter und weg, während er half, Joshuas herunterzuschieben.

„Paul." Joshua stöhnte. „Ich kann nicht glauben, dass du es wirklich bist." Joshua starrte Neil mit großen, schockierten Augen an. Sein Mund war offen und rot von ihren Küssen. „Wie? Ist das ein Traum? Wirklich, Neil, ganz ehrlich. Sag mir – verliere ich meinen Verstand?"

„Ich weiß es nicht – vielleicht. Die Frage stelle ich mir die ganze Zeit." Neil kniete zu Joshuas Füßen nieder und fuhr mit der Hand über Joshuas Bauch. Das Brusthaar schwand zu einer Linie, die unter seinem Nabel bis zum oberen Rand seiner Unterhose verlief, und Neil leckte sich über die Lippen, weil er zu ihrem Ende gelangen wollte. „Wir können das hier nicht tun", sagte Neil.

„Wir sollten es nicht. Das geht zu schnell", stimmte Joshua zu und schob seine Unterhose runter, wobei sein Schwanz hochschnellte und schmerzhaft hart und rosa aussah.

„Himmel", sagte Neil wieder, zog seine eigene Unterhose aus und sah, wie Joshuas Augen beim Anblick von Neils Schwanz unvorstellbar groß wurden. „Hey, hey." Neil griff nach Joshuas Händen. „Wir können jederzeit aufhören. Wir können das Tempo drosseln."

Joshua nickte. „Ja, genau."

Und dann gerieten die Dinge völlig außer Kontrolle.

Joshua packte Neil an den Haaren, führte ihn nach vorne und presste ihm seinen Schwanz in den Mund. Joshuas Schwanz schmeckte himmlisch, und Neil saugte eifrig, verzweifelt, bevor er wieder hochkam, um Joshua auf das Bett zu drücken und ihn zu küssen, während sie sich in einem Rausch des Umklammerns, Greifens und Reibens gegeneinander bewegten. Ein Schwall von Stöhnen, Flüstern und leisen Rufen erklang im Raum.

Neil umklammerte das Kondom und seine Finger zitterten, als er es herunterrollte. „Wenn wir das hier tun, gibt es kein Zurück mehr. Ich will nicht, dass du es bereust. Sag mir einfach, dass ich aufhören soll."

„Bitte, Neil", sagte Joshua. Seine Stimme klang rau und verletzlich, seine Beine waren gespreizt und sein Schwanz pochte sichtbar gegen seinen Bauch. Lusttropfen perlten an der Eichel, und seine Schenkel zitterten.

Neil begegnete Joshuas lusterfülltem Blick, seine Augenlider waren schwer und der Mund von Küssen gezeichnet. Die Haare auf Joshuas Brust verbargen nicht die Röte, die sich über seine Haut und seinen Hals hinaufzog. Joshua war offen und bettelte darum – um ihn. Das war mehr, als Neil sich sein ganzes Leben lang erträumt hatte, mehr, als er dachte, dass er jemals haben würde. Er konnte jetzt nicht aufhören. Das sollte er aber. Er sollte aufhören, bevor alles zum Teufel ging. Neil knurrte, packte seinen eigenen Schwanz grob mit einer Hand und schaffte es, nicht zu kommen.

Neil schob Joshuas Beine bis zu seinen Schultern hoch, richtete seinen Schwanz aus, hielt inne und starrte auf Joshuas kleines Loch, auf das er schnell Gleitmittel auftrug, und dann auf die dicke Eichel seines Schwanzes. Wieder zögerte er. „So habe ich es nicht gewollt. Damals nicht. Und jetzt auch nicht. Ich wollte, dass es einen Sinn ergibt – dass du es verstehst. So habe ich es nicht gewollt."

„Ich auch nicht. Aber ich nehme, was ich kriegen kann", sagte Joshua, griff nach Neils Hintern und zog ihn hinein.

Gegen seinen Willen rollten Neils Augen hoch – verdammt, er

wollte Joshua sehen! Er wollte alles sehen! Joshuas Loch bebte und öffnete sich, spannte sich eng, so verdammt eng, um seine Eichel.

Joshuas geschocktes Geräusch brachte Neils Fokus zurück auf sein Gesicht, und er sah, wie sich Joshuas Augen und Mund bei der Anstrengung, Neil in sich aufzunehmen, verkniffen. In diesem Moment wusste Neil, dass Joshua dies seit dem Tod seines Mannes nicht mehr getan hatte. Das Wissen war nicht überraschend, aber dennoch intensiv, und er atmete tief durch und versuchte, seinen Drang zu kontrollieren, tiefer in den einzigen Mann einzudringen, den er je geliebt und gewollt hatte wie das Leben selbst.

„Psst", beruhigte Neil ihn und zog sich ganz zurück, aber Joshua griff wieder nach seinem Hintern und zog ihn mit einem tiefen Stöhnen nach vorne. Neil stieß gegen Joshuas Loch und keuchte, als er in seiner samtigen Hitze versank. Er behielt Joshuas Gesicht im Blick und beobachtete erstaunt, wie Joshuas Augen ihm alles verrieten – die Intensität von Joshuas Gefühlen, der Moment, in dem Schmerz in Lust umschlug, und der Schock, als Neils dicker Schwanz Druck auf Joshuas Prostata ausübte.

„Oh mein Gott", hauchte Joshua und nutzte seinen Griff um Neils Hüften, um ihm zu bedeuten, sich nicht zu bewegen, während sein Schwanz halb drinnen war. „Ich habe noch nie ... oh mein Gott."

Neil blieb, wo er war, beugte sich tief hinunter, um Joshuas Schlüsselbein zu küssen, seine Brustwarzen mit der Zunge zu liebkosen und Küsse auf Joshuas bebende Brust zu drücken. Er leckte über sein weiches Brusthaar und atmete den süßesten Duft ein, den er je gekannt hatte – Joshuas Haut. Und dann bewegte er sich – ein seichter Stoß. Joshua packte Neils Gesicht, zog ihn herunter, und die feuchte Reibung des Kusses und der feste Griff von Joshuas Arsch um seinen Schwanz waren *perfekt*. Tränen stachen ihm in die Augen. Freude und ein tiefes Gefühl von Richtigsein durchströmten ihn, gefolgt von fast unerträglicher Angst.

„Das geht nicht", sagte Neil, denn er hätte nie gedacht, dass er Joshua haben würde. „Wir können das nicht tun. Du brauchst Zeit. Ich muss es erklären. Du wirst dir sicher sein wollen."

Und doch tat er es. Er rollte die Hüften und fickte Joshua mit intimen, intensiven, tiefen Stößen, und Joshua starrte ihn mit offenem Mund an, und seine Wimpern flatterten bei jedem Stoß. Völlig unkontrollierte Geräusche kamen aus Joshuas Kehle, schockierende Geräusche der Lust, der körperlichen Ekstase und der Verzweiflung.

„So groß", wimmerte Joshua, als Neil bis zum Anschlag in ihm war und sich dann mit einer langen, süßen Bewegung aus Joshuas klammernder, ziehender Hitze zurückzog.

Neil wollte ihm sagen, er könne aufhören, er würde sich zurückziehen, wenn es Joshua zu viel wäre, aber er brachte Joshua zum Schweigen und murmelte: „Du machst das toll. Du fühlst dich so gut an."

„Besser, als ich je gedacht hätte", sagte Joshua voller Ehrfurcht.

„Ja", stimmte Neil zu. „So gut." Aber das wurde dem hier nicht einmal ansatzweise gerecht. Er fühlte sich, als würde sein Herz aufhören zu schlagen, oder als würde es ihm aus der Brust springen. Er fühlte sich, als hätte sein Gehirn aufgehört, seinen Körper zu beherrschen, denn eigentlich sollte er immer noch angezogen sein – das sollten sie beide sein –, und stattdessen bewegten sie sich gemeinsam, verschwitzt und ineinander verstrickt, und Gefühle strömten in Wellen aus ihnen heraus.

Joshuas Beine glitten an Neils Seiten entlang. Er hob die Hüfte, um Neils Stößen entgegenzukommen, und sein Hintern zuckte um Neils Schwanz. Seine Finger verfingen sich in Neils Haaren, als wolle er nie wieder loslassen.

„Ich halte es nicht aus", stöhnte Joshua, sein Körper spannte sich an und erschauderte dann unter Neil. „Zu viel."

Neil versuchte, langsamer zu werden, seinen Schwanz herauszuziehen, aber Joshua drückte seine kräftigen Schenkel fester um ihn zusammen und löste die Hände aus Neils Haar, um fest nach Neils Arschbacken zu greifen und ihn in sich zu halten, während sich sein Loch um Neils Schwanz verengte, um ihn an seinem Platz zu halten.

„Oh Gott", rief Joshua und warf den Kopf auf dem Kissen hin und her. „Bist du es wirklich? Sag mir, dass du es bist, *Neil*."

„Ich bin es", stimmte Neil zu und starrte auf Joshuas Gesicht hinunter, beobachtete jeden Ausdruck, der über seine Züge flog. Es war ein Durcheinander aus Emotionen und Verwirrung, und unter all dem eine klare, helle Freude, die Joshua von innen heraus anzutreiben schien, während er sich unter Neil anspannte, um ihn herum bebte und sich mit aller Kraft an ihn klammerte.

Neil küsste Joshuas feuchte Lippen, saugte an ihnen, während sie miteinander fickten und pulsierten, sich aneinander krallten und schwitzten, bis Neil bemerkte, dass eine Träne an Joshuas Schläfe herunterlief. Er berührte sie mit den Fingern, brachte das flüssige, salzige Nass zu seinem Mund und leckte es ab.

„Hey, hey, du bist okay", sagte Neil. „Du bist okay, Joshua. Ich bin bei dir. Ich bin da."

Joshuas Gesicht zog sich zusammen, als er einen leisen Schluchzer ausstieß, seine Beine schlossen sich um Neils Hüfte, um ihn in sich zu behalten. Seine Arme legten sich ganz um Neil, stark und verzweifelt zogen sie ihn so fest und nah an sich, dass Neil fast keine Luft mehr bekam. Für einen Moment fühlte er sich klaustrophobisch, und dann spürte er Joshuas Puls entlang der Länge seines Schwanzes, so tief war er in Joshuas engem Körper vergraben, und das Gefühl verschwand. Er war in Joshua, und er hatte nie woanders sein wollen.

„Verlass mich nicht noch einmal", flüsterte Joshua. Er klang schockiert von seinen eigenen Worten, als könne er immer noch nicht sagen, ob irgendetwas hiervon real war. „Es ist mir egal, ob es wahr ist. Ich brauche dich einfach. Ich brauche dich, Neil."

„Es ist wahr. Es ist wahr, Joshua. Ich gehe nirgendwo hin." Neil stieß zu und spürte, wie Joshua unter ihm zusammenzuckte, als er in ihn hineinfickte. „Spürst du mich? Ja, du hast mich. Fühlst du mich in dir?"

„Gott, ja", keuchte Joshua. „Du bist riesig."

Neil küsste Joshuas Augenbrauen, seine von Tränen feuchten Wimpern und seinen Mund, bevor er sagte: „Ich habe dich seit zwanzig Jahren geliebt, verdammt. Du bist ein Idiot, wenn du glaubst, ich würde dich nicht mindestens zwanzig weitere Jahre lang lieben."

Und dann fickte er ihn, ohne sich zurückzuhalten, stieß in seinen Arsch, so hart er konnte, und brachte Joshua dazu, aufzuschreien und sich zu winden und um mehr zu betteln. Als Neil eine Hand zwischen sie schob, um Joshuas Schwanz zu nehmen und im Rhythmus seiner unerbittlichen Stöße zu drücken, verzog sich Joshuas Gesicht, und er klang schockiert und überwältigt, als er eine dicke, schwere Ladung Sperma zwischen sie schoss.

Joshua zuckte und zitterte, schrie auf, als Neil nicht mit den

Stößen aufhörte, nicht bis er den Rausch des Orgasmus in seinen eigenen Eiern spürte und er sich so tief wie möglich vergrub. Bebend und in Joshuas große braune Augen starrend, kam er so heftig, dass es fast eine Qual war, und sein ganzer Körper brannte vor unerträglicher Lust. Er wusste nicht, oder es war ihm egal, was Joshua in diesem Moment hörte oder sah; sich der Intensität seines Orgasmus hinzugeben war alles, was er tun konnte. Als der schließlich bebend zu Ende ging, sackte er auf Joshuas Brust zusammen und zuckte sanft unter Joshuas beruhigenden, streichelnden Händen.

Vorsichtig, nachdem sich seine Atmung beruhigt hatte und er hören konnte, dass sich auch Joshuas Herzschlag verlangsamt hatte, wich Neil aus Joshuas Umarmung zurück, und hielt das Kondom unten fest, als er sich aus Joshuas Arsch zurückzog. Neil blickte nicht in Joshuas Gesicht, aus Angst vor dem, was er dort sehen würde. Reue? Wut? Neil wusste es nicht genau. Auf diese Weise Sex zu haben, war nicht Joshuas Art – zumindest war sie es nie gewesen. Neil hatte plötzlich Angst, dass, obwohl alles, was Joshua glaubte, absolut wahr war – er war Neil Russell, entgegen aller Logik und wissenschaftlicher Erklärungen –, Neil es irgendwie vermasseln würde. Vielleicht würde Joshua ihm jetzt nicht mehr glauben, oder, noch schlimmer, Joshua könnte, nachdem er so lange ohne ihn gelebt hatte, feststellen, dass er ihn doch nicht liebte, geschweige denn *brauchte*, wie er mitten im Fick behauptet hatte.

Als Neils Eichel durch den engen Ring von Joshuas Anus drang, keuchte Joshua auf. Neil blickte auf, um zu sehen, ob es Schmerz war, der dieses Geräusch aus Joshuas Kehle gezwungen hatte. Er begegnete Joshuas Blick, und angesichts der sanften, hoffnungsvollen, leicht verängstigten Anbetung, die er dort sah, kitzelten ihm

Tränen in den Augen.

Schnell untersuchte er Joshuas Loch – er war am Ende grob gewesen – und stellte fest, dass es ein wenig weit geöffnet, aber ansonsten in Ordnung war. Es würde in wenigen Minuten wieder eng und winzig sein, und doch wusste Neil von Derek, dass sich ein solches Loch leer anfühlte, und er wollte dieses Gefühl nicht für Joshua. Also saugte er drei seiner Finger in den Mund und schob sie dann in Joshuas glitschigen, heißen Arsch, wobei er die samtige Weichheit von Joshuas Innerem an den Fingerkuppen spürte. Er würde einen nach dem anderen herausziehen, bis Joshua nicht mehr nach ihnen hungerte.

Joshua seufzte, und Neil rutschte neben ihn, behielt seine Finger in ihm und bewegte sie in langsamen, pumpenden Bewegungen, die Joshua zu beruhigen schienen. Joshua entspannte sich, als Neil seinen Kopf auf Joshuas Schulter legte und zu seinem Gesicht hinaufblickte.

„Okay?", fragte Neil.

„Nein", sagte Joshua. Ein merkwürdiges Glucksen unterstrich das Wort. „Ich hatte gerade zum ersten Mal seit Lees Tod Sex, und das mit jemandem, von dem ich glaube, dass er die Reinkarnation eines Mannes ist, in den ich vor Jahren verliebt war. Und ich hatte gerade den intensivsten Orgasmus, den ich je erlebt habe. Aber du bist mein Neil, ich weiß es, ich kann es fühlen – und ich bin wirklich nicht okay."

„Ich auch nicht", sagte Neil.

„Nein?"

„Nein." Neil küsste Joshuas Schulter. „Wenn du jetzt in Panik gerätst, weiß ich nicht, was ich tun soll. Ich bin ein Wrack. Ich bin ein Wrack, seit ich dich in Scottsville gesehen habe. Es war schwer genug, all die Jahre ohne dich zu leben. Wenn du ausflippst und gehst und ich das ohne dich machen muss – was rede ich hier? Hör mir nicht zu. Ich klinge wie ein Wahnsinniger."

Joshuas Hintern zog sich um Neils Finger zusammen, als er ein leises Lachen ausstieß. „Wenn man bedenkt, dass ich im Grunde die gleichen Gedanken habe, nur würde ich ‚ausflippen und gehen' durch ‚aufwachen und mich in einer geschlossenen Psychiatrie wiederfinden' ersetzen, bin ich ein wenig erleichtert, dass ich damit nicht alleine dastehe."

Neils Herz klopfte, und er sagte: „Du stehst nicht alleine da."

Joshua schmiegte sich enger an ihn, und Neil fand Joshuas Prostata und bewegte seine Finger automatisch darüber.

Joshua stöhnte und krümmte sich. „Oh Gott", sagte er, und Neil rieb fester und beobachtete fasziniert, wie sich Joshuas Gesicht daraufhin zusammenzog. Er vergaß ganz, seine Finger aus Joshuas Arsch zu nehmen, und gab stattdessen mehr Gleitmittel auf Joshuas Loch. Als Joshua wimmerte und mit ehrfürchtiger Stimme seinen Namen sagte, schnappte sich Neil ein weiteres Kondom und bewegte sich über Joshua, um wieder in sein enges, pochendes Loch zu stoßen. Er stöhnte, als Joshuas Arsch seinen Schwanz zu packen schien und ihn einsaugte.

„Neil", hauchte Joshua und winkelte die Hüfte an, um die langsamen, sanften, rollenden Stöße aufzunehmen. „Hör nicht auf."

„Ich könnte nicht aufhören, selbst wenn ich es wollte", sagte Neil. „Du bist alles, was ich wusste, dass du sein würdest. Nein – mehr als das."

Sie fickten langsam, küssten sich und tauschten geflüsterte Geständnisse aus.

„Ich habe nie aufgehört, dich zu lieben", sagte Joshua, seine

Augen voller Verletzlichkeit und dem dringenden Bedürfnis, dass Neil das wissen sollte. „Glaubst du mir? Selbst als ich mit ... als ich verheiratet war, habe ich dich geliebt. Ich habe mich geschämt, aber es war wahr. Ich habe von dir geträumt." Joshua schob sich zu einem Kuss hoch. „Sag mir, dass du mir glaubst", hauchte er gegen Neils Lippen.

„Ich glaube dir", sagte Neil, aber es spielte jetzt keine Rolle. Lee war weg. Neil war hier. Und er hatte seinen Schwanz so tief in Joshua, dass Joshua von dem Gefühl ganz erschüttert zu sein schien. Die Vergangenheit spielte für ihn keine Rolle mehr. Er hatte nie gedacht, dass er das hier haben würde, und jetzt hatte er es. Nichts anderes bedeutete etwas.

„Hör nie auf", sagte Joshua, als Neil in ihn stieß und dann fast ganz wieder herauszog. „Verlass mich nie."

Neil wusste, dass er irgendwann aufhören musste, Joshua zu ficken, und sei es nur, um etwas zu essen und zu trinken, aber er gab Joshuas Forderung bereitwillig nach. Er stützte die Ellbogen rechts und links von Joshuas Gesicht auf, vergrub seine Finger in Joshuas kurzem Haar und beobachtete, wie sich Joshuas Gesicht mit jedem Stoß gegen seine Prostata veränderte – Überraschung, Lust, Sehnsucht. Und so irrational es auch war, Neil fühlte einen Stich von selbstgefälligem Stolz, dass sein Schwanz offenbar größer war als der von Lee oder von jedem anderen, mit dem Joshua zusammen gewesen war. Joshua schien die ganze Zeit von seiner Größe beeindruckt zu sein, atmete manchmal flach und wimmerte dann, wie gut er sich anfühlte, wie intensiv die Dehnung war.

Plötzlich, mitten in einem Stoß, griff Joshua nach oben und nahm Neils Gesicht in beide Hände und starrte ihn an: „Du siehst so jung aus. Wie ein Kind. Aber wenn ich dich ansehe, sehe ich nur

Neil.“

„Ich bin alt“, sagte Neil. „Glaub mir das. Älter als du. Älter als dieser Körper jemals sein wird.“ Neil drehte den Kopf, küsste Joshuas Finger und saugte einen in diesen Mund, wobei er beobachtete, wie Joshuas Augen ein wenig nach oben rollten. Dann führte er Joshuas Hand seinen Rücken hinunter und spreizte die Beine weit genug, um für Joshua Platz zu machen. Er ließ seinen Kopf mit einem Stöhnen zurückfallen, als die Spitze von Joshuas Finger in sein enges Loch eindrang. So gut – so richtig – als schließe sich ein elektrischer Kreislauf zwischen ihnen. Joshua bewegte seinen Finger rein und raus, und wieder rein, während Neil seinen Schwanz in Joshua stieß.

Neil saugte an Joshuas verschwitztem Hals und lauschte auf die Geräusche, die Joshua machte – laut und verzweifelt, Keuchen, Wimmern, Worte der Liebe und des Erstaunens. Jedes davon durchdrang ihn und weckte mehr Lust in ihm. Er hatte gewusst, dass Joshua laut im Bett sein würde. Er hatte recht gehabt.

„Kann ich dich ficken?“, fragte Joshua und sah von seiner eigenen Frage geschockt aus.

Neil schluckte. Er konnte sich kaum daran erinnern, jemals gefickt worden zu sein – ein paar Mal in seinem früheren Leben, aber nie in diesem – und ihm wurde klar, dass er wollte, dass Joshua es tat. Er wollte, dass Joshua der Erste war. „Wenn du das willst“, sagte Neil, der die Stärke von Joshuas Körper spürte und sich fragte, ob er den Drang haben würde, sich gegen Joshua zu wehren, wenn er penetriert wurde. Er erinnerte sich daran, wie er den Drang gehabt hatte, als er es mit dem einen Mann getan hatte, den er das hatte machen lassen. Es gab nur eine Möglichkeit, das herauszufinden.

„Jetzt?", fragte Joshua.

Neil stöhnte, zwang sich, sich von Joshuas Körper zu lösen, und reichte Joshua dann ein Kondom und sah zu, wie er es überzog. Neil bereitete seinen eigenen Arsch mit ein paar Fingern, etwas Gleitmittel und ein paar guten Drehungen vor. Joshuas Schwanz war hart, und Neil wollte spüren, wie sich diese harte Länge in ihn hineindrückte, ihn auf eine Weise nahm, wie er in diesem Leben noch nicht genommen worden war. Es würde die physische Manifestation dessen sein, wie sehr er von Joshua besessen war, und das schon sein ganzes Leben lang.

Joshuas Brust weitete sich, als er seinen Schwanz festhielt, und Neil wurde klar, dass er so sehr darauf konzentriert gewesen war, Joshua zu ficken, ihn *zu spüren*, dass er Joshuas Körper gar nicht richtig wahrgenommen hatte – seine straffen Bauchmuskeln, seine festen Brustwarzen und seinen immer noch jugendlichen Körperbau. Die Naniten hatten Joshua jung gehalten. Neil war ziemlich sicher, dass er diese intensive Anziehung und die Sehnsucht nach Joshua gespürt hätte, egal wie alt er in der Zeit geworden wäre, die Neil brauchte, um wieder erwachsen zu werden. Aber angesichts dieser zusätzlich gewonnenen Lebensspanne überwältigte ihn ein Gefühl der Dankbarkeit und fast schmerzlichen Freude an seiner Arbeit. Die Naniten würden dafür sorgen, dass Joshua bei ihm blieb, bis Neil in der Lage war, ihn loszulassen.

Neil setzte sich rittlings auf Joshua Unterleib, ergriff Joshuas Schultern und starrte ihm in die Augen, während er gegen Joshuas Schwanz drückte. Sein Loch dehnte sich und brannte, und dann verkrampfte es sich. Er schrie auf, erstarrte auf der Stelle, während sein Körper gegen den Eindringling rebellierte. Joshuas Hände strichen beruhigend unten über seinen Rücken.

Mit zitternden Schenkeln versuchte Neil es noch einmal. Sein Schwanz zuckte und spritzte einen Schuss Vorsperma heraus, als das köstliche Gefühl von Joshuas Schwanz, der seinen Arsch füllte, ihn durchschüttelte.

JOSHUA WAR WIE hin- und hergerissen. Sein Hintern schmerzte mit einer leeren, pochenden Sehnsucht nach Neils Schwanz, und sein eigener Schwanz wurde von der engsten, heißesten, glitschigsten Umklammerung umschlossen, die er je erlebt hatte. Sein Herz fühlte sich an, als würde es vor Freude, Lust und ekstatischem Unglauben, die an Manie grenzten, fast explodieren. Er konnte nicht aufhören, den jungen, dürren, souveränen Jungen zu bewundern, der ihn ritt. Neil war so selbstsicher, dass er völlig die Kontrolle übernommen hatte, seine Hüften bewegte und Joshua mit überraschend starken Händen festhielt, während er sie beide wieder zum Orgasmus trieb.

Und doch gab es trotz Neils vom Alter unberührtem Gesicht und seinem noch nicht völlig erwachsenen Körper keinen Zweifel, dass der Junge Neil war. *Sein* Neil, der durch die schiere Kraft von Neils Willen zu ihm zurückgekehrt war. Das war die einzige Erklärung, die Joshua begreifen konnte.

Ob es Lust oder der Schock war, wusste Joshua nicht – aber es dauerte einige lange, heftig gute Minuten, in denen er wie ein mechanischer Stier geritten wurde, bevor Joshua auffiel, dass etwas an Neils entschlossenem Mund und der Art, wie sich sein Körper fast verzweifelt bewegte, darauf hindeutete, dass Neil das wahrscheinlich noch nie gemacht hatte. Zumindest nicht in diesem

Leben. Joshua legte seine Hände auf Neils schlanke Hüften und zwang ihn, langsamer zu werden, indem er die Knie hochzog, um Neil von hinten zu stützen und ihn fester zu halten.

„Hey, hey, mach langsam", sagte Joshua.

Neils Augen funkelten vor Stolz und etwas entschlossener Wut. „Behandle mich nicht wie eine Jungfrau, Joshua. Ich habs im Griff. Ich kann damit umgehen."

„Tu dir nicht weh."

Neil schnaubte. „Tut mir leid, dir das sagen zu müssen – du fühlst dich toll an – aber du bist nicht *so* groß, dass meine flexible Öffnung dich nicht aufnehmen kann."

Joshua fuhr mit einer Hand langsam Neils Brust hinauf, zwickte seine kleinen Brustwarzen, bevor er ihn im Nacken packte und zu einem Kuss herunterzog. „Das hast du schon bewiesen", sagte er gegen Neils Lippen und verstand plötzlich Neils Verletzlichkeit, sein Bedürfnis, Joshua zu zeigen, dass er das zwanzigjährige Warten wert war. Fast hätte er gelacht, aber stattdessen küsste er ihn langsam und genüsslich. „Langsam. Ich habe darauf gewartet – auf dich – und ich will dich noch lange von innen spüren. Wenn du mich weiter so reitest, komme ich in Sekunden."

Neils Augen blitzten auf, und er flüsterte: „*Du* hast gewartet? Ich musste wieder erwachsen werden. Das war eine Qual."

Aber danach wurde es wahnsinnig gut, als sich Joshua in Neils Körper drängte, während sie sich küssten. Schockiert und erstaunt flüsterte er, dass dies real war, dass dies wirklich geschah. Neil gab bei jedem Stoß kleine, drängende Geräusche von sich, und Joshua schlang seine Arme fester um ihn und nutzte seine größere Statur, um sie so zu drehen, dass er auf Neil zu Liegen kam.

Neils Augen waren weit aufgerissen, und seine Lippen waren

feucht und bebten, als Joshua auf ihn herabblickte und beobachtete, wie sich sein Gesicht mit jedem Stoß von Joshuas Hüften veränderte.

„Mein Gott, Joshua", wimmerte Neil.

Joshua packte seine Hände, hielt sie über Neils Kopf fest und stieß härter und schneller in seinen köstlichen, heißen, engen Arsch. Das süße Ziehen machte ihn wild. Joshua küsste Neil und zitterte, als sich ihre Zungen trafen und sie sich ineinander verschränkten – Neils dünne Arme und Beine legten sich drängend um Joshuas Körper, seine Fersen schlugen gegen Joshuas Pobacken. Seine Zunge und Lippen suchten immer wieder Joshuas, während Joshuas Schwanz in seinen Hintern stieß und Joshuas Bauch an Neils hartem Schwanz rieb.

Plötzlich bäumte sich Neil auf, und mit überraschender Kraft schob er Joshua zur Seite und ritt ihn dann wieder für einige lange Momente, bevor er sich von Joshuas Schwanz zurückzog. Joshua stöhnte, aber Neil küsste ihn sanft, während er ein weiteres Kondom überrollte und dann Joshuas Beine hochschob.

„Ich muss noch mal in dich rein", sagte er, während er in Joshuas Hintern stieß, seinen Kopf zurücklegte und sich sein dürrer, langgliedriger Körper komplett anspannte, während er mit Hingabe in Joshua stieß und ihn fickte.

Auf Joshuas Schwanz saß immer noch das Kondom, und Neil schockte ihn, indem er gelegentlich herauszog und dann auf Joshuas Schwanz kletterte und daran hinunterglitt, um ihn ein paar Minuten lang zu reiten. Dann kletterte er zwischen Joshuas Beine, um ihn erneut unkontrolliert zu ficken. Sie beide krallten sich an den Laken fest, hielten sich aneinander fest, und als Neil schließlich aufschrie und hart kam, biss er in Joshuas Schulter und hinterließ einen Abdruck, den er mit seiner Zunge liebkoste, während er Joshua einige zittrige Minuten später mit der Hand zum Kommen brachte.

„Wir sollten reden", sagte Neil atemlos. „Du willst bestimmt reden."

Joshua nickte stumm, aber keiner von ihnen sagte etwas, sie starrten sich an, berührten und küssten sich. Joshua zitterte, als Neil seine Brustwarzen leckte, und nur ein paar Minuten später zog Neil ein frisches Kondom über. Joshua stöhnte ungläubig, als Neil *wieder* in ihn eindrang. Neils harter Schwanz pochte wie ein Puls in Joshuas empfindlichem Hintern.

Aber Neil bewegte sich kaum, senkte sich auf Joshua herab, küsste seinen Mund, flüsterte ihm Worte ins Ohr, die Joshua trotz ihrer Absurdität glaubte, und als Neil das sagte, worauf Joshua zwanzig Jahre lang gewartet hatte – *ich liebe dich, ich werde nie wieder weggehen* –, hätte Joshua fast angefangen zu weinen. Aber Neil bemerkte das und verscheuchte diesen Drang mit seinen Stößen.

Kapitel 20

HÄTTE MAN NEIL gefragt, wie es laufen würde, wenn er und Joshua es jemals schaffen würden, in diesem Leben zusammenzukommen, hätte er zuerst gesagt, das sei ein unmöglicher Traum. Aber wäre es aus irgendeinem Grund nicht unmöglich, dann wäre es ein langer, mühsamer Prozess, in dem er alles erklären müsste, was er über Reinkarnation wusste, Joshua alles erzählen müsste, woran er sich aus seinem früheren Leben erinnerte, und schließlich würde er Joshuas Vertrauen gewinnen und er würde ihm glauben.

Er war noch nie so froh gewesen, sich zu irren. Auch wenn alles unsicher und heikel schien, konnte er in Joshuas Augen sehen, dass er es nicht bedauerte – zumindest noch nicht. Außerdem schafften sie es anscheinend nicht, angezogen zu bleiben. Eine Stunde zuvor hatte sich Neil endlich aus dem Bett gerollt und darauf bestanden, dass er einige Anrufe tätigen musste, um die Arbeit an dem Projekt zumindest für den Rest des Tages abzubrechen, einen Ersatz für die Abendkurse seines Professors zu organisieren, und seine E-Mails wollte er auch kurz checken. Stattdessen hatte er es kaum geschafft, auf die Füße zu kommen, bevor Joshua seinen Schwanz lutschte, und dann hatte Neil Joshua zurück auf das Bett geschoben, überwältigt von dem Bedürfnis, sich wieder auf jede erdenkliche Weise in Joshuas Körper zu pressen.

„Ich liebe dich", sagte Joshua jetzt, immer noch keuchend, und küsste Neils Hals und Ohr. „Wirklich. Ich liebe dich."

Neil lächelte, sein Schwanz zog sich aus Joshuas Arsch zurück, als Joshua sich auf den Rücken rollte. Neil stützte seine Ellbogen auf beiden Seiten von Joshuas Kopf ab und fuhr mit den Händen über Joshuas Haar, grub seine Finger hinein und zog sanft daran. Joshua grinste zu ihm hoch.

„Das ist ein bisschen plötzlich, finden Sie nicht, Mr Stouder? Wenn ich mich recht erinnere, brauchten Sie *Zeit* beim letzten Mal. Viel, viel Zeit. Überstürzen Sie meinetwegen nichts. Obwohl, in Anbetracht *dessen*" – Neil gestikulierte auf ihre nackten, mit Sperma bedeckten Körper – „ist es wohl ein bisschen spät, zu sagen, wir sollten es langsam angehen."

Joshuas Augen verfinsterten sich. „Als ich dich verloren habe, habe ich herausgefunden, dass es ziemlich dumm ist, die Dinge langsam anzugehen."

Neil fuhr mit dem Daumen über Joshuas Lippen.

Joshua ergriff seine Hand, schob sie weg und drückte sie. „Danach habe ich es lange Zeit nicht mehr langsam angehen lassen. Ich habe es so hart und so schnell angehen lassen, wie ich konnte, und als ich Lee traf ..."

Das brachte alle möglichen seltsamen Gefühle an die Oberfläche. Neil wollte nicht eifersüchtig wirken. Er wollte großzügig und akzeptierend sein, aber ein Teil von ihm wollte immer noch, dass Joshua immer nur ihm gehört hatte, auch wenn das nicht richtig und nicht fair war. So einer wollte er allerdings auch nicht sein, also fragte er: „Als du Lee getroffen hast ...?"

„Nun, am Anfang unserer Beziehung ... habe ich nicht sehr lange gewartet. Ein paar Tage." Joshua klang schuldbewusst.

„Gut", sagte Neil, und es fiel ihm leicht, denn als er sah, dass Joshua beschämt aussah, als hätte er etwas falsch gemacht oder als hätte er Angst, Neil würde wütend sein über seine Entscheidung, glücklich zu sein, wollte er Joshuas Sorgen wegwischen. „Einem Mann den Samenstau zu ersparen, den ich erleiden musste, kann nur nett sein."

Offenbar war das aber das Falsche, denn Joshua sah am Boden zerstört aus.

„Hey, was? Das war ein Scherz. Warum siehst du …?" Neil deutete auf Joshuas Gesicht, und er spürte, wie sein eigenes den neuerdings vertrauten Ausdruck von Panik annahm. „Tu das nicht. Was auch immer du da tust – hör auf."

Joshua schüttelte den Kopf, und seine Augenlider flatterten ein wenig, und Neil war entsetzt, als eine Träne an der Seite von Joshuas Gesicht herunterglitt.

„Nein", flüsterte Neil. „Das ist nicht …"

Joshua legte einen Finger an Neils Lippen. „Ich bin nicht mehr derselbe Joshua, weißt du?"

Neil schüttelte den Kopf und eine plötzliche Angst durchzuckte ihn. Was, wenn er es schon vermasselt hatte? „Das ist mir egal", sagte er. „Ich will nur *dich*." In jeder anderen Situation hätte es in seinen Ohren lächerlich geklungen, aber mildernde Umstände verliehen seiner nächsten Aussage eine unleugbare Wahrheit. „Ich habe immer nur *dich* gewollt."

Joshua sah furchtbar traurig aus, und Neil hatte das Gefühl, dass alles, was noch vor wenigen Augenblicken so einfach und richtig gewesen war, zusammenbrechen könnte. Er wusste nicht, ob er sich anstrengen sollte, es zu retten, oder ob er erstarren und hoffen sollte, dass nichts weiter passierte, das alles zum Einsturz brachte.

„Es ist zu viel Zeit zwischen damals und heute vergangen“, sagte Joshua. „Es ist zu viel mit uns beiden passiert, um es nicht ernst zu nehmen, Neil.“

„Ich weiß. Das ist … das ist, was ich tue, wenn … Ich nicht weiß, was ich sonst tun soll.“

Joshua nickte. „Ich weiß.“

„Ich liebe dich“, sagte Neil. „Ich habe dich immer geliebt. Und ich werde …“ Er brach ab und schluckte schwer. Joshuas Hand kam hoch und strich die Seite seines Gesichts entlang, bevor sie in sein Haar wanderte. „Ich kann niemals aufhören, dich zu lieben. Ich habe es versucht. Es hat nicht geklappt.“

Joshuas Gesichtsausdruck wurde unmöglich weicher, und er zog Neil für einen weiteren Kuss herunter.

Trotz seiner Erleichterung hatte Neil das Gefühl, dass es einen Moment gegeben hatte, in dem Joshua gedacht hatte, dass das, was sie jetzt hatten, vielleicht nicht funktionieren würde. Dass vielleicht zu viel passiert war, sich zu viel verändert hatte. Und das waren Befürchtungen, die Neil *Joshua nie wieder durch den Kopf gehen lassen durfte*, nicht einmal für eine Minute, denn die Vorstellung, in ein Leben ohne Joshuas physische Gegenwart zurückzukehren, war jetzt völlig unvorstellbar.

Als er sich ein weiteres Kondom vom Streifen auf dem Nachttisch schnappte, stöhnte Joshua ein wenig und sagte: „Neil, ich bin zu wund. Ich glaube, ich kann nicht mehr.“

Neil küsste seinen Mund, während er das Kondom in Joshuas Hand drückte. Er spürte Joshuas Reaktion unter ihm. Joshua bebte vor Vorfreude, als er begriff, was das bedeutete. Neil bereute nicht viel daran, dass er zwei Jahre lang mit Derek gevögelt hatte – es hatte seine Erinnerungen an Sex aufgefrischt und auch daran, wie man ihn gut macht. Aber im Moment bereute er, dass er Joshua nicht guten Gewissens erlauben konnte, ihn ohne Kondom zu ficken. Er war sich fast sicher, dass er frei von Geschlechts-krankheiten war, aber er konnte es nicht riskieren.

Joshua flüsterte: „Lass mich dich vorbereiten.“

Neil nickte und ließ Joshua los, damit dieser ihn umdrehen konnte. Er gab sich Joshua hin, gab die Kontrolle ab, und er hoffte, dass Joshua es verstehen würde. Er liebte ihn. Er wusste nicht, was er sonst tun sollte.

Eine weitere Stunde später reichte Neil Joshua einen Teller über den Küchentisch, auf dem ein Brot mit Erdnussbutter und Marmelade lag. Er glaubte, dass Joshua seine Botschaft laut und deutlich verstanden hatte, denn seit dieser langsamen, leiden-schaftlichen Vereinigung war nicht die kleinste Spur von Zweifel auf Joshuas Gesicht zu sehen gewesen. Neil schloss die Augen und erinnerte sich lebhaft daran, wie der Druck von Joshuas Schwanz gegen seine Prostata ihm das Gefühl gegeben hatte, dass er eine Hand auf seinem Schwanz haben musste, um nicht zu sterben, und wie er sich hektisch einen runtergeholt hatte, während Joshua in ihn hineingestoßen hatte und sich alle Zeit der Welt ließ. Joshua war nicht in der Lage gewesen, noch einmal zu kommen, aber er hatte Neil mit so viel Zärtlichkeit und Liebe geküsst, dass Neil fast durchgedreht wäre, weil er sich immer noch verletzlich und offen fühlte, weil er gefickt worden war und weil das sein vierter Orgasmus heute gewesen war.

Sie hatten immer noch nicht darüber gesprochen, was sie taten, was als Nächstes geschehen würde, oder irgendetwas in der Art. Neil war sich nicht sicher, wann sie es tun würden, aber er wusste, dass das Thema angesprochen werden musste. Je früher, desto besser. Sie waren beide viel beschäftigte Männer und Leute verließen sich auf sie. Sie konnten nicht lange in dieser Zwischenwelt des gegenseitigen Entdeckens leben.

Neil setzte sich zögernd auf die gegenüberliegende Seite des kleinen Tisches und nahm einen hungrigen Bissen von seinem Brot.

Joshua lächelte ihn an. „Hast immer noch schreckliche Tischmanieren, was?"

„Wovon redest du da? Ich bin der Inbegriff der Höflichkeit."

„Aber natürlich." Joshua räusperte sich und nahm einen Schluck Wasser. „Also … ich denke, wir sollten reden."

Neil nickte und nahm einen weiteren Bissen. Er sprach um den Batzen Erdnussbutter und Brot herum: „Sicher. Aber eine Warnung – ich habe auch keine Ahnung. Ich meine, ich wurde so geboren. Das ist alles, was ich weiß." Neil schüttelte den Kopf und fühlte sich frustriert, dass er Joshua nicht mehr sagen konnte.

„Wer weiß davon? Abgesehen von mir – und Derek", Joshuas Stimme klang seltsam, und Neil blickte neugierig auf.

„Meine Mutter. Das wars."

„Deine Mutter. Ja, natürlich." Joshua nickte, aber seine Augen waren zur Seite gerichtet. „Du musst sehr viel Vertrauen zu ihm haben – ich meine Derek –, um ihm so etwas Seltsames zu erzählen." Joshuas Tonfall gezwungen lässig, und Neil blinzelte.

„Er ist mein Freund. Wahrscheinlich der einzige Freund, den ich je hatte. Jedenfalls dieses Mal", sagte Neil. „Aber das ist alles."

„Ein Freund", sagte Joshua, nahm einen Bissen von seinem Butterbrot und sah sich in der Wohnung um. „Und das wars?"

Neil spürte ein Flattern der Beklemmung in seiner Brust. Er runzelte die Stirn und sagte: „Du bist erst heute hier aufgetaucht.

Ich habe dich heute nicht hier erwartet, schon gar nicht nackt in meinem Bett, also ... ja. Ich habe mit meinem Mitbewohner rumgemacht." Seine Stimme hob sich nervös an und verriet ihn. „Wird das ein großes Problem sein?"

„Neil, ich muss nur ... ich muss wissen ..."

„Du bist der Einzige, den ich will", sagte Neil überstürzt. Er hatte nicht vor, sich jetzt in der Hinsicht zu zieren. Das wäre ja lächerlich. „Er ist mein Freund, aber wenn ich mich zwischen dir und ihm entscheiden müsste, oder zwischen dir und irgendetwas anderem auf der Welt, dann nehme ich dich. Immer. Ich habe mein ganzes Leben darauf gewartet, mit dir zusammen zu sein. Ich wollte dich schon immer. Klarer kann ich mich nicht ausdrücken, Joshua."

Joshua sah wieder schockiert aus, und dann beugte er sich vor und sagte: „Ich muss alles wissen. Fang ganz am Anfang an."

„Nun, alles begann mit dem Urknall, und nach ein paar Hunderttausend Jahren begannen sich Galaxien zu bilden ..."

„Neil."

„Ehrlich gesagt, das fasst in etwa zusammen, was ich weiß. Das ist alles so ein Hokuspokus." Neil lächelte und spürte ein Lachen in der Kehle. Er war erleichtert, zu sehen, dass es in Joshuas Gesichtsausdruck widerhallte. „Aber, okay, gib mir einen Ansatzpunkt. Was willst du wissen?"

„Hast du es schon immer gewusst?"

„Ja."

Joshuas Augenbrauen fuhren hoch. „Wirklich? Immer?"

„Immer. Meine erste Erinnerung aus diesem Leben ist von bevor ich laufen konnte. Ich war wütend – so zornig – ich wollte dich, ich wusste, wie verängstigt du sein musst, und ich wollte zu dir zurück."

„Oh mein Gott." Joshuas Stimme war ein Flüstern.

„Ja. Das kannst du laut sagen. Alice … meine Mutter … sie hatte es ziemlich schwer mit mir, als ich aufwuchs. Ich war nicht normal. Sie musste eine Menge ertragen."

„Ich bin sicher, sie liebt dich."

Neil zuckte mit den Schultern und war überrascht, als Joshua seine Hand ergriff, die auf dem Tisch ruhte. Neil entspannte sich ein wenig und erlaubte es seinen Mundwinkeln, sich nach oben zu ziehen. „Das tut sie. Überraschenderweise. Manchmal glaube ich sogar, dass sie mich mag."

„Natürlich mag sie dich, Neil. Sie ist deine Mutter."

„Aber ich bin nicht ihr Sohn", sagte Neil ernst und sprach damit einen Gedanken aus, den er noch nie geäußert hatte. „Ich bin immer ich gewesen, Joshua. Und sie hatte keinen Anteil daran, wer ich bin. Ich sehe nicht aus wie sie. Ich denke nicht wie sie. Es gibt nichts in mir, was sie beeinflusst hat."

„Das ist nicht wahr. Man lebt nicht zwanzig Jahre mit jemandem zusammen, ohne etwas von dem anderen zu verinnerlichen", sagte Joshua. „Ich bin durch Lee anders geworden. Ich bin stärker und friedlicher. Ich weiß, dass ich es wert bin, geliebt zu werden – und zwar richtig geliebt zu werden."

Neils Magen drehte sich um. Er hatte sich das für Joshua gewünscht, und er konnte sehen, dass es wahr war. Dabei hatte er der Mann sein wollen, der ihm das beibrachte. Stattdessen war die Aufgabe an jemand anderen gefallen.

„Gut", sagte Neil einfach. Alice würde sicher stolz sein, wie gut er seinen Mund unter Kontrolle hatte.

„Also hat sie dir etwas beigebracht."

„Hautsächlich, wie man das Beste aus einer misslichen Lage

macht", sagte Neil.

Joshua stieß genervt den Atem aus.

„Wenn du nichts als heiter Sonnenschein von mir erwartest, wirst du enttäuscht sein", sagte Neil. „Meine Mutter hat Tütensuppen gegessen, um mich auf eine Privatschule für ungezogene Genies zu schicken, und hat nie den Dank erhalten, den sie verdient hat. Meine Mutter zu sein, hat sich für sie nie ausgezahlt. Es hat sie nicht glücklich gemacht und meine Zuneigung ließ auch zu wünschen übrig. Ich tue mein Bestes, aber das ist nicht etwas, worin ich gut bin."

Joshua verengte die Augen. „Du scheinst mir sehr gut darin zu sein."

„Das ist Sex, Joshua. Das ist was anderes."

Joshua rollte mit den Augen und seufzte.

„Ich umarme und küsse sie nicht. Sie ist körperlich anhänglich, und sie hat nie das von mir bekommen, was sie brauchte. Ich hoffe, sie lernt einen Mann kennen. Sie hat diese Art von Glück verdient."

„Ich erinnere mich an körperliche Zuneigung von dir", sagte Joshua und sah unbehaglich aus. „Von dem Du vorher."

Neil zuckte mit den Schultern. „Ich kann nicht anders, als dich zu berühren. Du bist eine Art Magnet für alle meine Schwächen."

Joshua bedeckte das Gesicht und atmete tief durch. „Oh mein Gott, oh mein Gott, oh mein Gott."

„Wenn du ausflippst, flippe ich auch aus", sagte Neil. Seine Stimme wurde hoch und abgehackt.

„Ich denke, wir können beide ausflippen. Ich denke, das ist in Ordnung. Ich denke, wir dürfen das."

„Okay. Du zuerst."

Daraufhin blickte Joshua auf und begann zu lachen. Es klang

wahnhaft und verrückt.

„Was?"

„So funktioniert das also? Wir wechseln uns ab?"

„Ich denke schon. Ich meine, du weißt das besser als ich. Du hast diese Beziehungssache lange Zeit gemacht. Ich habe zwei Jahre lang meinen Mitbewohner gevögelt und hatte in meinem früheren Leben einige regelmäßige Fickpartner, die ich vielleicht als Beziehungen bezeichnet habe, die aber in Wirklichkeit keine waren, also bist du mir hier wahrscheinlich einen Schritt voraus. Aber ich lerne schnell, und ich glaube nicht, dass es für dich ein Problem sein wird. Wir haben die Wahl, zu schwimmen oder unterzugehen, und ich werde schwimmen. Ich werde den Atlantik durchschwimmen, wenn es sein muss. Den Pazifik! Und darauf kannst du dich verlassen."

„Du flippst ja total aus", sagte Joshua, dessen Lachen immer noch panisch in seiner Kehle hickste.

„Das tue ich. Ja."

„Ich denke, ich bin zuerst dran. Du hattest zwanzig Jahre Zeit, dich an den Gedanken zu gewöhnen, dass du reinkarniert bist. Ich hatte ein paar Wochen, wenn wir die Zeit mitzählen, in der ich einfach dachte, du *könntest* mein Neil sein."

„Okay, dann leg los."

Sie starrten sich über den Tisch hinweg an, und Neils Herz pochte in seiner Brust und wartete auf etwas *Großes*. Und dann hob Joshua sein Brot auf und begann zu essen.

„Wie jetzt?", fragte Neil.

„Du zuerst. Es ist irgendwie unterhaltsam."

Neil blinzelte, schüttelte seine Hände aus, drehte die Schultern und wandte sich wieder seinem eigenen Brot zu. „Ich bin jetzt zu hungrig. Vielleicht später."

Joshua nickte und grinste so sehr, dass sich seine Nase kringelte. „Ja, vielleicht später."

Neil fühlte eine Wärme in seiner Brust, einen Schwall aufkeimender Liebe, der ihn tief erschütterte, und er streckte die Hand aus, um Joshuas Hand zu ergreifen. Und so hockten sie am Tisch und aßen, ihre Finger miteinander verschränkt.

DAS MORGENLICHT LUGTE durch die Jalousien. Joshua strich mit seiner Hand über Neils verschwitzten Rücken, fühlte die Knubbel seiner Wirbelsäule und die süße Vertiefung, wo sein Steißbein in die Poritze hinabführte. Er befingerte Neils Loch sanft, drückte hinein und zog den Finger dann heraus, um mit der Fingerkuppe über den faltigen Rand zu reiben, und schob ihn dann wieder hinein.

„Mmpf", machte Neil in sein Kissen.

Joshua murmelte irgendeinen Unsinn als Antwort, ganz benommen von den vielen Runden Sex. Er wusste nicht, wann er das letzte Mal so durchgefickt gewesen war. Wahrscheinlich in den frühen Jahren seiner Beziehung mit Lee. Nein, nicht einmal dann. So ein Durchhaltevermögen hatten sie gehabt.

Joshua küsste Neils sommersprossige Schulter und starrte auf das kastanienbraune Haar, das sich im Nacken vor Schweiß kräuselte. Er wollte an Neils langem Hals entlang knabbern, Neils Ohr lecken und seinen Schwanz wieder in ihn hineinschieben, aber er konnte seinen Körper einfach nicht dazu bringen, da mitzuspielen. Sein Schwanz war schlaff und zuckte immer noch gegen seinen Oberschenkel.

Joshua schrak auf, als die Tür zum Schlafzimmer ruckartig geöffnet wurde. Derek stürmte herein, eine Tüte mit Essen zum Mitnehmen aus dem OK Café in der Hand. Schock überzog sein Gesicht, als er die Szene aufnahm, die sich ihm bot.

Neil gab einen Laut von sich und rollte schnell auf den Rücken, wobei Joshua neben ihm landete. Dafür, dass er so drahtig war, war er erstaunlich stark. Völlig nackt stand er auf und bellte: „Was zum Teufel?"

Dereks Augen flogen zwischen Neils Nacktheit und Joshua unter der Decke hin und her, dann ließ er die Tüte auf den Teppich fallen und schloss die Tür hinter sich.

Neil rieb sich mit einer Hand über das Gesicht und fluchte leise vor sich hin.

„Ist er verletzt?", fragte Joshua, stieg aus dem Bett und suchte seine Unterhose. Es war eine rhetorische Frage – Derek war offensichtlich verletzt.

„Als ob ich das wüsste", sagte Neil, obwohl ihm das offensichtlich auch klar war.

Während Joshua sich anzog, beobachtete er Neil, wie er die Situation verarbeitete. Ausnahmsweise fühlte Joshua sich merkwürdig außen vor. Wann immer Joshua Neil ansah, schien all sein Wissen und seine Erfahrung aus den letzten zwei Leben über seinen Gesichtszügen zu liegen, sodass Joshua ihn als viel älter sah, als sein Körper es eigentlich war. Aber in diesem Moment und so nackt und besorgt, sah er aus wie zwanzig.

Joshua drückte Neil eine Unterhose und eine schwarze Jeans in die Hand. „Ich weiß, dass er nicht dein Freund ist, aber du hattest etwas mit ihm am Laufen. Ich bin sicher, er ist verletzt."

Neil fluchte wieder leise und schüttelte den Kopf, als wollte er allein mit dieser Bewegung die Situation ändern oder leugnen.

„Du solltest mit ihm reden", sagte Joshua. „Und ich sollte wahrscheinlich zurück in mein Hotel gehen."

Er hatte am Tag zuvor eingecheckt, nachdem sein Flugzeug gelandet war, und sein Gepäck im Zimmer gelassen, aber er hatte es nicht zurückgeschafft. Wahrscheinlich warteten Nachrichten auf seinem Telefon auf ihn, und er musste sich auch noch um seine Arbeit kümmern. Er brauchte definitiv saubere Kleidung.

Neil ließ die Klamotten auf das Bett fallen und zog Joshua dicht an sich heran. Er zuckte zusammen, als er die pure Angst in Neils Augen sah. „Geh nicht. Verlass mich nicht."

„Hey, ist schon okay", beruhigte Joshua. „Ich versuche nur …"

Versuche nur was? Er hatte keine Ahnung. Er war mit Sperma bedeckt und war unglaublich erschöpft und körperlich gesättigt, aber er war immer noch hungrig auf mehr von Neil. Er hatte auch Angst, dass dies eine Art Traum war, oder etwas noch Schlimmeres. Doch er wusste auch, dass, wenn dies das wirkliche Leben war, es Dinge gab, die erledigt werden mussten. Er und Neil mussten Telefonanrufe tätigen, Menschen verließen sich darauf, dass sie Entscheidungen trafen, Unterlagen unterschrieben und ihnen bei ihrer Arbeit halfen. Sie musste irgendeine Art von Vernunft aus diesem Wahnsinn zusammenflicken. Und die Außenwelt drängte schon jetzt auf sie ein. Sie konnte nicht warten.

„Du gehst." Neils Haut wurde so blass, dass jene Sommersprossen, die Joshua zuvor nicht wahrgenommen hatte, jetzt auch hervorstachen.

Joshua bedeckte das Gesicht mit den Händen. Er musste das alles erst einmal begreifen.

Neil zog Joshuas Hände weg und duckte sich, um einen Blick

auf sein Gesicht zu erhaschen.

Joshua lächelte sanft und beschloss, sich wie ein Erwachsener zu verhalten und das Richtige zu tun. „Ich gehe nur in mein Hotel." Er legte die Hände auf Neils Schultern, blickte ihm in die Augen und fuhr fort: „Du wirst mit Derek reden. Und dann wirst du die Anrufe machen, die du machen musst."

Neil schluckte und nickte.

Joshua küsste seinen Mund und zog sich zurück. Er fuhr wieder mit der Hand durch Neils weiches, lockiges Haar. Er hatte auch Angst, zu gehen. Aber er nahm an, dass er es versuchen musste. Er musste das Pflaster abreißen. Sie hatten Verpflichtungen, und sie konnten nicht ewig in Neils Bett bleiben.

„Alles okay?"

Neil nickte erneut, bevor er einen Blick zur Tür warf. Sie konnten laute, aggressive Musik hören, die aus Dereks Zimmer kam.

„Ich habe ihm nie etwas vorgemacht", sagte Neil.

„Da bin ich mir sicher", sagte Joshua. „Du warst immer ehrenhaft. Auch früher schon."

Neils Augen gingen zur Decke, als würde er sich anstrengen, nicht auszuflippen, und dann nickte er und trat von Joshua zurück. „In Ordnung. Wir machen es so, wie du meinst."

„Wie ich meine?"

Neil nickte wieder. „Du hast mehr Erfahrung darin als ich, also okay. Du kannst bestimmen, wie dieser Teil von … dem hier läuft."

Joshua beobachtete, wie Neil seine schwarze Jeans anzog und ein sauberes, schwarzes T-Shirt aus einer Schublade holte. Sie sollten duschen. Das wusste er. Aber wenn sie das taten, dann zweifelte Joshua nicht daran, dass sie es nicht schaffen würden, voneinander loszukommen. Wenn er gehen wollte, musste er das jetzt tun. Neil schien das zu verstehen.

Musik dröhnte aus Dereks Zimmer, als Neil Joshua zur Tür begleitete. Dort verweilten sie eine Minute lang, und Joshua strich mit den Fingern über Neils entschlossenes Gesicht. Es kam ihm lächerlich niedlich vor, dass Neil sich dafür fast so sehr stählen musste wie Joshua, und doch ließ ihn dieser Anblick tief und plötzlich ebenfalls ruhig werden.

Neil legte seine Hand auch auf Joshuas Wange. „Wenn ich dich nicht wiedersehe, verstehe ich das. Du solltest dir keine Sorgen um mich machen. Ich liebe dich."

Joshua wusste nicht, warum seine Reaktion auf diese klägliche Aussage ein leises Lachen war. Er drückte seine Wange in Neils Hand und umfasste Neils Hals. „Neil, jetzt bist du lächerlich."

Neils Lippen verzogen sich ein wenig.

Joshua küsste ihn, und Neil hielt sich an Joshuas Gesicht fest, ein Hauch von Verzweiflung in seinem Griff. Joshua verstand. Er konnte nicht glauben, dass er zur Tür hinausgehen wollte. Er warf noch einen Blick auf Neil. „Tu, was du tun musst, denn wenn das hier funktionieren soll, müssen wir uns der Realität stellen. Und ich will, dass es funktioniert, Neil."

Neil berührte noch einmal seine Wange, und dann trat Joshua hinaus in den für die Jahreszeit warmen Vormittag. Er blickte zweimal zurück. Neil verweilte barfuß in der offenen Tür und wirkte unglaublich jung, als er ihm beim Gehen zusah.

Kapitel 21

UNTER DER DUSCHE lehnte sich Neil in den heißen Strahl. Er wusste nicht, wie er verarbeiten sollte, was emotional in ihm vorging, also konzentrierte er sich auf seinen Körper. Sein Arsch war wund, seine Arme schmerzten von den Positionen, in denen er Joshua gefickt hatte, und seine Beine zitterten vor Erschöpfung. Sie hatten in der Nacht zuvor wahrscheinlich weniger als zwei Stunden geschlafen, so sehr hatten sie sich im Körper des anderen verloren und in der Gewissheit, dass es wirklich echt war.

Neil hatte noch nie so etwas gefühlt wie den Sex, den sie gehabt hatten, die Liebe, die sie gemacht hatten. Er wusste, dass Joshua es so nennen würde. Verdammt, er wusste, dass es das war. Es war eine intensive, völlig emotionale Erfahrung, die ihn umgehauen hatte. Er hatte es genossen, Derek zu ficken. Sie hatten richtig guten Sex gehabt. Aber mit Joshua war es, als würden alle Hemmungen fallen, und er wollte zugleich in ihm, über ihm und um ihn herum sein. So ein Verlangen hatte er noch nie erlebt.

Das dumpfe Pochen von Dereks Musik schlug gegen die Badezimmerwand, und Neil spülte sich das Shampoos aus den Haaren und rieb mit einer seifigen Hand über das eingetrocknete Sperma auf seinem Bauch und in seinem Schamhaar. Er zögerte, bevor er es wegwusch, und ein Gefühl des Verlustes überkam ihn. Abgesehen von dem unordentlichen Bett, den Tellern in der

Küchenspüle und den möglicherweise verletzten Gefühlen seines Mitbewohners war der Beweis für das Wichtigste in seinem Leben vor seinen Augen den Abfluss hinunter gelaufen.

„Reiß dich zusammen", murmelte er zu sich selbst. Aber als er die Augen schloss, sah er Joshuas Lächeln. Als er die Dusche abstellte und sich abtrocknete, musste er sich ausreden, ein Auto zu bestellen, das ihn zu Joshuas Hotel brachte.

Und in dem Moment fiel ihm ein, dass er nicht wusste, wo Joshua war. Sein Herz hämmerte wie wild. Was, wenn Joshua nicht zurückkam? Was würde er dann tun?

Er würde ihm einfach zurück nach Scottsville folgen.

Das Lied aus Dereks Zimmer änderte Tempo und Geschwindigkeit. Die neue Musik war ein melancholisches, langsames Stück, gesungen von einem Mann, der wie unter Drogeneinfluss stand. Neil zog sich frische Kleidung an, fuhr mit einem Kamm durch sein nasses Haar und bemerkte im Spiegel zum ersten Mal den dunkelroten Knutschfleck, den Joshua an seinem Hals hinterlassen hatte, und er berührte ihn. Ein dümmliches Lächeln umspielte seine Lippen. Joshua würde zurückkommen. Das hatte er versprochen. Neil glaubte ihm.

Neil setzte sich an seinen Schreibtisch und traf die notwendigen Vorbereitungen für das Projekt. Er benachrichtigte Peters und die Doktoranden, dass er aus persönlichen Gründen ein paar Tage ausfallen würde, und skizzierte ihnen, wie es in seiner Abwesenheit weitergehen sollte. Und dann forderte er einen Gefallen bei einem Kommilitonen namens Eric Johns ein, damit er ihn für die nächste Unterrichtswoche vertrat.

Er musste sich eingestehen, dass Alice recht gehabt hatte. Er war ihr Vorschlag gewesen, er solle Eric im letzten Frühjahr bei seinen

Kursen helfen, als der mit Pfeifferschem Drüsenfieber flach lag. Das zusätzliche Geld, das Neil verdient hatte – und mit dem er Alices letzte Schulden bei der privaten Highschool, die Neil besucht hatte, abbezahlen konnte – war der entscheidende Faktor gewesen. Aber jetzt bemerkte Neil, wie praktisch es war, dass Eric ihm etwas schuldete. Mit einem schnell geschriebenen Text konnte Neil die Leitung der Kurse seines Professors ohne Sorge abgeben.

Als ein weiteres trauriges Lied aus dem Schlafzimmer nebenan ertönte, seufzte Neil. Er konnte sich dem nicht länger entziehen. Joshua hatte ihn ausdrücklich angewiesen, mit Derek zu reden, und später würde Joshua wissen wollen, wie es gelaufen war. Vorausgesetzt, Neil lag damit richtig, ihm zu glauben, und er flippte nicht aus und stieg in das nächste Flugzeug nach Nashville. Neil schüttelte diesen Gedanken ab. Das war etwas, worüber er nicht nachdenken konnte, sonst würde *er* ausflippen und anfangen, jedes Hotel in Atlanta zu durchkämmen.

Neil klopfte an Dereks Tür. Er wartete jedoch nicht darauf, dass Derek öffnete, sondern drehte den Knauf und ging hinein.

Derek lag ausgestreckt auf dem Bett. Seine Augen sahen ein wenig gerötet aus, aber er las etwas auf seinem Tablet und sah ansonsten okay aus. Überrascht blickte er zu Neil auf.

Neil winkte in Richtung der Tür. „Hast du gesehen, wie ich das gemacht habe? Das nennt man Anklopfen." Neil setzte sich auf den Stuhl gegenüber dem Bett. Normalerweise hätte er sich neben Derek fallen lassen, und der Sex hätte sofort begonnen. Aber das würde nie wieder passieren.

„Ja, tut mir leid." Derek strich sich die langen Haare aus dem Gesicht. „Ich dachte nicht, dass er noch hier sein würde, wenn ich zurückkomme. Ich dachte, er wäre weg, und du würdest da drin

Trübsal blasen. Ich dachte, ich müsste dich aufmuntern." Sein Mund verzog sich und seine Lippen zitterten. „Komisch, oder?"

„Nein. Das war klug. Die beste, logischste Schlussfolgerung. Was tatsächlich passiert ist, war unerwartet."

„Ist er weg?"

Neil nickte.

„Oh. Wow." Derek setzte sich auf, legte sein Tablet beiseite und schlang die Arme um die Knie. „Also. War es …" Derek zuckte mit den Schultern. „Ich meine, ist er weg – weg? Oder einfach nur weg? Bist du okay?"

Neil blickte an die Decke. Für seine Begriffe erfasste ‚okay' nicht wirklich, wie er sich fühlte. Er kannte kein Wort, das das tat. „Er ist in sein Hotel gegangen. Er sagte, er käme zurück."

Obwohl Neil sich nicht sicher war, ob Joshua das überhaupt gesagt hatte. Er hatte gesagt, er wolle, dass es funktioniert. Was auch immer das bedeutete.

„Du hast es ihm also gesagt?" Derek sah ihn aufmerksam an. „Und dann? Er hat einfach ‚okay' gesagt und sich ausgezogen?"

„Nein." Neil wollte nicht darüber reden. Es war frisch, persönlich, wichtig – das Wichtigste, das ihm je passiert war.

„Aber er weiß es?"

Neil nickte.

„Und er bleibt jetzt, oder?", fragte Derek. „Ich meine, hat er wirklich akzeptiert, dass du … er bist? Und er will mit dir zusammen sein? Ein Teil deines Lebens sein?"

„Ich hoffe es", sagte Neil. Das war eine massive Untertreibung.

„Klar. Wow. Dann ist wohl kein letzter Fick für mich drin?"

Neil schürzte die Lippen und schüttelte den Kopf.

Derek lächelte und zuckte mit den Schultern. „Tja. Irgendwann musste es ja mal enden."

Erleichterung machte sich in Neil breit. Vielleicht konnten er und Derek weiterhin Freunde bleibe.

Derek blickte schüchtern durch seine Wimpern nach oben. „Ich habe aber eine Frage?"

Neil wartete, sein Knie zuckte auf und ab, und er spürte, wie Joshuas Abwesenheit durch seine Adern jagte und das Blut dort ersetzte.

Derek fuhr fort: „Kann ich deine Mutter behalten? Ich meine, als meine Freundin."

„Das hier ist keine Trennung. Wir teilen unsere Sachen nicht auf. Wir vögeln nur nicht mehr miteinander. Wir sind immer noch Freunde. Ich meine – oder nicht?"

„Natürlich." Derek zuckte mit den Schultern. „Klar. Cool. Ich freue mich für dich." Derek stand auf und breitete die Arme aus. Neil lehnte sich weg, als Derek ihn umarmte, und dann, mit Erleichterung, gab Neil nach.

Derek lachte. „Verdammt, Mann. Wer hätte das gedacht? So hast du's uns allen gezeigt, Neil. Und, hey, ich freue mich wirklich für dich. Ganz ehrlich. Total." Derek zog sich zurück, küsste Neil klebrig auf die Stirn und sagte dann: „Das erzählst du besser deiner Mutter. Sie wird stinksauer sein, wenn sie es von mir erfährt."

„Dann halt den Mund."

Derek ließ sich auf das Bett fallen, nahm sein Tablet wieder in die Hand und sagte: „Ja, du kennst mich. Das wird nicht passieren."

Neil starrte Derek an, bis er sicher war, dass das Gespräch beendet war, und dann ging er zurück in sein eigenes Zimmer, und seine zerknitterten, sexbesudelte Bettwäsche zog ihn wie magisch an. Er ließ sich darauf fallen und es roch überall nach Joshua.

Schließlich nahm er sein Telefon und klammerte sich an das Kissen, das nach Joshuas Shampoo und Haut roch. „Hey, Mama", sagte er, als sie abnahm. „Er ist hier. Oder er war es. Ich glaube … ich glaube, ich werde jetzt ausflippen."

IM HOTEL ANGEKOMMEN, zog sich Joshua aus. Er setzte sich auf das Bett. Er blickte an sich herunter und auf die Klumpen getrockneten Spermas in seinem Brusthaar, und er begann zu zittern.

Er schloss die Augen, während ihm Bilder durch den Kopf schossen.

Neils Augen rollten nach oben, als er auf Joshuas Schwanz ritt. Lee wischte sich das Öl von den Händen und lächelte, als Joshua in den hinteren Teil des Ladens kam. Neil hing an den lebenserhaltenden Maschinen, das Haar blutverschmiert, und das Licht war aus seinen Augen gewichen. Neil stand barfuß in der Tür seiner Wohnung und sah zu, wie Joshua ging. Lee lächelte und bespritzte ihn im Stouder-Bach mit Wasser, und seine Narben schlängelten sich über seinen Arm und Körper. Neils Augen, die ihn mit verblüffter Bewunderung anstarren.

Joshua rollte sich auf dem Bett zusammen. Er verkroch sich unter die Decke und umklammerte eines der Kissen und wartete darauf, dass sich das Gefühlschaos beruhigte. Es gab niemanden, mit dem er reden konnte. Niemanden, den er anrufen konnte. Wie sollte er das jemals erklären? Er brauchte Lee jetzt. Lee würde es verstehen.

Joshua begann zu weinen. Er gab sich selbst etwas Zeit, um zu trauern und zu staunen, und hatte sich gerade erst wieder zusammengerissen und beschlossen, dass er jetzt wirklich eine Dusche brauchte, als sein Telefon ihm mitteilte, dass Neil anrief. Sein Magen drehte sich um und er zögerte. Eine plötzliche Woge der Sorge durchströmte ihn, der sofort eine Flutwelle der Aufregung und Freude folgte.

„Hey", antwortete Joshua.

„Wo bist du?", fragte Neil.

„In meinem Hotel."

„Bist du … sind wir …? Ja, also, ich muss zu dir kommen."

„Vermisst du mich jetzt schon?"

„Ja."

Joshua lächelte über Neils schroffe, offene Antwort. „Ich bleibe hier."

„Was redest du da? Du bist doch schon woanders hin. Ich habe meine Hausaufgaben erledigt. Welches Hotel? Ich kann einen Wagen bestellen und in weniger als einer Stunde dort sein."

Joshua streckte sich und nannte Neil den Namen des Hotels. Er schnupperte an seinen Achseln und sagte: „Ich muss duschen."

„Okay. Ich bin in zwanzig Minuten da. Welches Zimmer?"

„312."

„Alles klar. Geh nicht weg."

„Nur in die Dusche", sagte Joshua, ein Adrenalinstoß pulsierte durch ihn.

„Wie auch immer. Ich mag dich schmutzig. Oder sauber. Sei einfach … da."

„Neil, ich gehe nirgendwo hin. Ich verspreche es." Joshua grinste, erstaunt über die Gewissheit, die ihn von innen heraus erfüllte. „Ich will mit dir zusammen sein." Plötzlich kam Joshua in den Sinn, dass das auf jeden Fall stimmte – selbst wenn sich herausstellte, dass sie beide Wahnvorstellungen hatten.

„Das werde ich glauben, wenn ich's sehe."

Joshua konnte an den Umgebungsgeräuschen erkennen, dass er draußen war und sich schnell bewegte.

„Dann komm und sieh's dir an", sagte Joshua. „Hast du einen Wagen gerufen?"

„Ja, bevor ich dich angerufen habe. Er wird jeden Moment hier sein."

„Dann muss ich wirklich duschen." Joshua rang nach den Worten, um das Gespräch zu beenden.

„Okay", sagte Neil. „Ich bin gleich da."

Der Anruf wurde unterbrochen, und Joshua spürte es wie körperlich in seinem Bauch. Er stöhnte, als er vom Bett aufstand, jeder Muskel in seinem Körper schmerzte von den Anstrengungen der letzten vierundzwanzig Stunden. Er berührte mit der Hand das Wasser, bevor er unter den Strahl trat.

Er schrubbte sich schnell ab. Jedes Nervenende in seinem Körper war lebendig und sehnte sich nach Neil. Es war fast so, als könne Joshua spüren, wie Neil immer näher kam, und mit jeder Sekunde fühlte er sich mehr und mehr von innen heraus erleuchtet. Er begann zu summen, während er sich wusch. Als er das Wasser abstellte, um sich ein Handtuch zu holen, beschloss er, dass er nicht geistig gesund sein wollte, wenn dies Wahnsinn war.

Kapitel 22

NEIL LAG AUF Joshuas Brust und spürte das Donnern von Joshuas Herzschlag unter seinen Händen. Gierig beobachtete er, wie Joshua seine Fassung wiederfand. Sie waren beide verschwitzt und wieder mit Sperma verschmiert. Joshuas Lider waren schwer; er war völlig fertig. Das stand ihm gut, und Neil grinste amüsiert.

„Ich hoffe, du wirst schnell alt", keuchte Joshua. „Oder du bringst mich um."

„Du hältst ziemlich gut mit. Für einen alten Mann."

Joshua schnaubte, aber grinste, und Neil fühlte sich, als hätte er etwas Besseres als den Nobelpreis gewonnen, nur weil er dieses Lächeln wieder sehen durfte, und es galt ihm.

Eine Woche war vergangen, seit der Wahnsinn begonnen hatte, und sie waren nicht länger als zehn Minuten am Stück voneinander getrennt gewesen. Neil war überrascht, dass er genauso anhänglich war wie Joshua – wenn nicht sogar noch mehr, denn obwohl alles so seltsam war, schien Joshua entschlossen, es zu akzeptieren und mit Neil in eine neue Realität vorzustoßen.

„Ich habe mir Häuser angesehen", sagte Joshua. „Da ist eins ganz in der Nähe der Universität. Vier Schlafzimmer. Zwei Bäder. Eine geräumige Küche. Viel Licht."

„Wozu brauchen wir vier Schlafzimmer? Zur Abwechslung?"

Joshua sagte: „Eins für dein Büro, eines für meins, denn deine Unordnung ist zu viel für mich. Wie du überall sonst so ein Ordnungsfreak sein kannst, nur nicht in deinem Büro, weiß ich nicht, aber ich brauche mein eigenes."

Neil hatte angeboten, nach Scottsville zu ziehen, aber Joshua hatte die Idee sofort verworfen. „Nein", hatte er gesagt. „Du hast hier deine Arbeit, und ich habe gute Angestellte in der Holzfirma. Die kann praktisch allein laufen. Scottsville ist mein Zuhause, aber es sind viele Erinnerungen daran geknüpft – gute wie schlechte. Ich will neu anfangen. Nur du und ich."

Neil hatte nicht widersprochen. Er hatte es in Erwägung gezogen, aber die Vorstellung, nicht nur für Besuche oder Familienhochzeiten nach Scottsville zu gehen, sondern dort im Schatten jener Jahre zu leben, in denen Joshua zu Lee gehört hatte, gefiel ihm nicht. Neil war dankbar und froh, dass Joshua in der Lage zu sein schien, all das loszulassen.

„Und das letzte Zimmer?" Neil bereitete sich geistig darauf vor, und Visionen von Kinderzimmern tanzten in seinem Kopf. Es war ein bisschen früh, um das zu planen, fand er. Sie hatten gerade erst wieder zueinandergefunden.

„Als Gästezimmer", sagte Joshua. „Wenn meine Familie zu Besuch kommt."

„Oh", sagte Neil. Er wusste nicht, ob er erleichtert oder noch entsetzter war. Ein Baby wäre zu viel gewesen, um es jetzt auch nur in Erwägung zu ziehen, aber Joshuas Familie war sehr real, und nach dem, woran er sich erinnerte, sehr konservativ.

„Was?" Joshua sah besorgt aus. „Warum klingst du so? Ich dachte, du wolltest mit mir zusammenleben? Überstürzen wir das alles? Wir können es langsamer angehen." Joshua klang, als wäre das das Letzte, was er wollte. „Ich meine, das Haus, das ich mir angesehen habe, ist toll – geradezu perfekt – aber es wird sicher noch andere Häuser geben."

Neil rollte mit den Augen. „Kauf das Haus. Und es langsamer anzugehen ist keine Option. Ich habe zwanzig Jahre auf dich gewartet. Kauf dir ein Haus, besorg dir einen Hund – den auf jeden Fall – aber geh nicht weg."

„Unter anderen Umständen würden solche Anweisungen ziemlich kontrollierend wirken", sagte Joshua.

„Ja, nun, wir sind halt einzigartig."

„Das kannst du laut sagen."

Neil legte seine Stirn auf Joshuas Brust, rieb seine Nase an Joshuas Brusthaar, roch an ihm und küsste sanft seine Brustwarzen.

„Also", sagte Joshua und schubste ihn weg. „Willst du dir das Haus nicht erst einmal ansehen?"

Neil zuckte mit den Schultern. „Sicher. Das Gästezimmer wird auch meine Mama gut finden. Falls sie an Weihnachten übernachten will oder so. Das würde ihr sicher gefallen."

Joshuas Augen funkelten, und Neil räusperte sich, plötzlich nervös. Er hatte jeden Tag mit seiner Mutter gesprochen, seit sie ihm geraten hatte, Joshua anzurufen und sofort zu ihm ins Hotel zu gehen. „Lass dir diese Chance nicht entgehen, Neil", hatte sie ihn beschworen. Aber er hatte sie immer noch nicht Joshua selbst vorgestellt. Es fühlte sich zu sehr an, als würden da zwei verschiedene Welten zusammenprallen. Es war gleichzeitig zu real und zu unwirklich.

„Ich will sie kennenlernen, Neil", sagte Joshua. „Heute."

Neil rieb sich mit einer Hand über das Gesicht. „Warst du

schon immer so herrisch?“

„Nein.“

„Hm. Ich schätze, du bist reifer geworden.“

„Und du bist unreif geworden“, sagte Joshua und zwickte Neil in die Seite.

Neil lachte.

„Was ist los? Hast du Angst, dass sie mich nicht mag oder so?“

„Sie wird dich lieben“, sagte Neil vehement. „Und das wird das Problem sein. Sie wird dich anrufen und mit dir telefonieren und dich fragen, ob ich mein Gemüse gegessen habe, und ob ich meine Vitamine einnehme und ob ich in letzter Zeit genug gelächelt habe.“

Joshuas Augenbrauen fuhren hoch.

„Vertrau mir“, sagte Neil. „Das wird sie.“

„Sie hat mit Derek telefoniert“, sagte Joshua wissend.

„Das tut sie immer noch.“ Neil seufzte. „Sie sagt, er hat schon einen Jungen, mit dem er sich trifft, was toll ist. Er hat einen richtigen Freund gebraucht. Er ist im Grunde sexbesessen und ohne mich, na ja … In den letzten paar Tagen ging ihm das sicher ab, und ich hoffe nur, dass er sich nicht auf einen Idioten eingelassen hat.“

Joshuas Mund blieb ein wenig offen stehen. „*Er* ist sexbesessen?“

Neil warf Joshua einen Blick zu und sagte: „Ja.“

„Ich lasse mich von dir nicht ablenken“, sagte Joshua nach einem kurzen Zögern. „Ich will deine Mutter kennenlernen. Und zwar heute.“

Neil seufzte. Er saß in der Falle. Es gab keinen Weg, wie er sich daraus befreien konnte. Wenn Joshua sich nicht durch seine anhaltende Eifersucht auf Derek ablenken ließ, dann würde er sich überhaupt nicht ablenken lassen.

Es sei denn …

Neil begann, sich seinen Weg an Joshuas Körper hinunter zu seinem Schwanz zu küssen, als Joshua ihn wegschob. „Nein. Genug Sex.“

Joshua kletterte aus dem Bett und rief über seine Schulter: „Ich gehe duschen. Du klärst das mit deiner Mutter.“

ALICE SAß AM Fenster des Diners und hielt die Speisekarte fest in der Hand. Sie war überhaupt nicht hungrig. Sie war viel zu aufgeregt und nervös, um an Essen zu denken.

Sie blickte auf das Bild von Neils üblicher Bestellung hinunter – einen Veggie-Burger, Pommes, Zwiebelringe und ein Erdbeermilchshake. Seit er fünf Jahre alt war, bestellte er jedes Mal dasselbe, und seit er zwölf war, konnte er die ganze Mahlzeit komplett in sich hineinstopfen. Sie legte die Speisekarte weg und presste ihre Finger an die Lippen.

Sie fühlte sich seltsam, als käme alles zu einem Ende. Als wäre dies ein Abschied. Neil hatte sein Leben zurück – das, nach dem er auf der Suche gewesen war, und Alice wurde plötzlich klar, dass sie nicht wusste, wie sie jetzt hineinpassen würde.

Alice öffnete ihre Handtasche und holte einen Spiegel heraus, um ihr Gesicht noch einmal zu überprüfen. Sie wollte so gut wie möglich aussehen, und sie wollte Neil auf keinen Fall in Verlegenheit bringen. Sie analysierte die kleinen Fältchen um ihre Augen und die tieferen um ihren Mund.

Sie sah in letzter Zeit so viel älter aus. Neil hatte darauf bestanden, dass sie nicht mehr so viel arbeitete, aber sie hasste es, sein Geld anzunehmen. Natürlich akzeptierte er kein Nein und hatte begonnen, es direkt auf ihr Bankkonto zu überweisen.

Sie trug etwas mehr Lipgloss auf und seufzte. Neil hatte jahrelang versucht, sie davon zu überzeugen, Nanitencremes zu benutzen, um die Auswirkungen des Alterns zu reduzieren, und ihr gesagt, sie müsse attraktiv bleiben für den Zeitpunkt, an dem er schließlich aus ihrem Leben verschwand und sie sich dann endlich auf die Suche nach einem Mann machen konnte, um mit ihm ein ‚richtiges Kind' zu haben. Seine Argumente erreichten aber nichts weiter, als sie wütend auf Neil zu machen, weil er sich ständig als eine Last für sie darstellte, obwohl er das Wichtigste in ihrem Leben war.

Aber als ihre Eitelkeit gesiegt hatte und sie schließlich nachgegeben hatte, hatte man die erforderlichen Tests durchgeführt, um sicherzugehen, dass ihr Gefäßsystem damit umgehen konnte – nur um festzustellen, dass sie sowieso keine geeignete Kandidatin gewesen war. Sie hatte Neil gesagt, es sei gut, dass sie sich all die Jahre dagegen gewehrt hatte, denn das Letzte, was er brauchte, war, sich die Schuld an ihrem Tod zu geben, und sie wusste, dass er genau das getan hätte.

Alice schloss die Augen und flüsterte ein kurzes Gebet.

Als sie sie wieder öffnete, blickte sie aus dem Fenster und sah etwas Erstaunliches: Neil ging neben Joshua Stouder. Nachdem sie jahrelang Fotos und Videos von ihm gesehen hatte, würde sie den Mann überall erkennen. Neils Hand lag auf Joshuas Lendenwirbelsäule, als er ihn zum Restaurant führte. Joshua hatte die Hände in die Jeanstaschen gesteckt und den Kopf gesenkt.

Obwohl seine Augen auf den Gehweg gerichtet waren, zeichnete sich ein schüchternes Lächeln auf seinem Gesicht ab.

Alice biss sich auf die Unterlippe, als ein Anflug bittersüßer Freude sich in ihrer Brust zusammenzog.

Joshua sagte etwas, und auf Neils Gesicht erschien ein schnelles, blitzhelles Lächeln, das nicht sofort wieder verschwand. Stattdessen verweilte es als ein weicher Schwung um seine Lippen. Neil drehte den Kopf in Joshuas Richtung, der ihn schüchtern zurück anblickte. Dann gab Joshua Neils Schulter einen leichten Knuff.

Sie blieben stehen. Neils Hand fuhr zu Joshuas Wange, und Joshua, obwohl er größer und älter war, wirkte irgendwie jünger als Neil, der ihn durch seine Wimpern mit einem unsicheren Ausdruck ansah. Neil beugte sich vor und küsste ihn fest auf den Mund, und Joshua küsste ihn zurück und zog sich mit einem so strahlenden Grinsen zurück, dass Alice spürte, wie sich der Ausdruck auf ihrem eigenen Gesicht spiegelte.

Neil gestikulierte in Richtung der Restauranttür, und in Joshuas Gesicht blitzte es einen Moment lang ängstlich auf, aber er nickte, und sie machten sich daran, einzutreten.

Alice räusperte sich, drehte ihre Serviette in ihrem Schoß, stand dann auf und warf die Serviette auf den Tisch. Sie wusste nicht, was sie mit ihrem Körper machen sollte, als Neil und Joshua auf sie zukamen.

Neils Augen waren intensiv, als er sie ansah, voll mit so vielem, dass Alice sofort verstand: *Das ist er. Er ist all das.*

„Mom, das ist Joshua." Neil stand schützend und stolz da, als würde er ihr das Größte und Beste präsentieren, was er je vollbracht hatte.

Alice hatte noch nie gesehen, dass sich Neil so wohl in seiner

Haut fühlte und so mit sich im Reinen war. Plötzlich sah sie den Mann, der er werden würde, und konnte sich leicht vorstellen, wie er aussehen würde, wenn er über die nächsten Jahre ganz in seinen Köper hineinwuchs.

„Mrs Green", sagte Joshua und streckte die Hand aus.

Alice nahm sie sofort und drückte sie. Er war wunderschön. Und sah um Jahre jünger aus als sie, obwohl er dreiundvierzig war und sie einundvierzig. Seine Augen waren ein sanftes Braun, die sie mit Respekt und Hoffnung ansahen, und sie lächelte ihn an und sagte: „Alice, bitte, Mr Stouder."

„Dann musst du mich Joshua nennen", sagte er.

„Natürlich, Joshua." Sie schüttelte erstaunt den Kopf. „Ich kann es nicht glauben. Er hat schon von dir gesprochen, als er noch ein Baby war."

Neil schnitt eine Grimasse. „Und damit beginnen die peinlichen Kindheitsgeschichten. Können wir uns nicht wenigstens hinsetzen und Essen bestellen, bevor wir mit Geschichten aus meiner Windelzeit anfangen?"

Joshua lächelte, legte die Hand auf Neils Schulter und schüttelte ihn leicht, was nicht viel Mühe kostete, da Neil nach Alices Einschätzung immer noch zu dünn war.

„Ach, komm schon, Neil, nur weil du wie ein mürrischer alter Mann bist, heißt das nicht, dass du nicht auch mal niedlich warst."

„Was redest du denn da? Ich bin jetzt niedlich." Neil schnaufte und zog sich einen Stuhl heran. „Setzt euch. Ich bin am Verhungern."

Joshua grinste und sah aus, als würde er Neil sofort küssen, setzte sich aber stattdessen auf den Stuhl, den Neil für ihn herausgezogen hatte. Alice nahm ihren Platz wieder ein und ergriff

Neils Hand, als er anfing, frustriert mit den Fingern nach einem Kellner zu schnippen.

„Benimm dich", sagte sie.

Joshuas Augen funkelten, als müsse er sich ein Lachen verkneifen, als er sich der Speisekarte zuwandte.

Neil nahm sie ihm aus der Hand und sagte: „Der Veggie-Burger ist die einzige sichere Option. Oder der gegrillte Käse. Ich sage dir das, weil ich tot umkippe, wenn du nur halb so lange brauchst, um dein Essen auszusuchen, wie gestern Abend. Dann sind wir in einem echten Schlamassel, da ich wahrscheinlich irgendwo in Japan wiedergeboren werde und das Kindsein noch einmal durchmachen muss, und du wirst bis dahin wirklich alt sein. Ganz zu schweigen davon, dass ich dort mit dieser Frisur und diesem Teint wirklich unangenehm auffallen würde."

Joshuas Augenbrauen fuhren bis in die Nähe seines Haaransatzes hoch. Er rollte die Lippen ein und versuchte offensichtlich, nicht zu lachen.

„Er motzt herum, wenn er hungrig ist", sagte Alice.

Joshua grinste. „Oder wenn er nervös ist, oder wütend."

„Ach, komm schon, um Himmels willen …", sagte Neil, als der Kellner zwei Tische weiter anhielt und einen digitalen Bestellblock hervorzog. „Die sind nach uns angekommen."

Alice seufzte schwer und sagte: „Neil, hör auf. Joshua wird denken, ich hätte dich so schlecht erzogen."

Joshua rümpfte die Nase und sagte: „Nee, der war schon immer so."

Alice legte die Hand auf ihre Brust. Joshua verstand, akzeptierte, und glaubte es. Was Neil ihr ja schon am Telefon gesagt hatte, aber es war etwas ganz anderes, es in seinen Augen zu sehen und zu wissen, dass es wahr war. Was aber noch schockierender war, war, wie sie sich plötzlich fühlte, als wäre sie nicht so allein. Die Welt öffnete sich ein wenig mehr und wurde größer mit Joshua darin.

„Ich kann mir nur vorstellen, wie viel Kellnerspucke er in den letzten zwei Leben zu sich genommen hat", sagte Joshua und zog eine Grimasse in Richtung Neil, der mit den Augen rollte.

Ein anderer Kellner – nicht der, mit dem sich Neil angelegt hatte – erschien und bat um ihre Bestellung. Neil bestellte sein Übliches, und Joshua den gegrillten Käse. Alice wählte einen Salat und das Dressing gesondert, während Neil sie stirnrunzelnd ansah.

„Mama, da habe ich zwei Worte für dich."

Joshua blickte Neil an, und in seinem Gesicht erschien noch ein Grinsen.

Auf seltsame Art und Weise war Alice wieder zum Weinen zumute. Es war klar, dass Joshua ihren Sohn für bezaubernd hielt. Fast konnte sie es nicht glauben.

Neil fuhr fort: „Salmonellen. Lebensmittelvergiftung. Aber wenn du dir heute noch stundenlang die Eingeweide rauskotzen willst, nur zu. Niemand hält dich davon ab."

„Danke für deine Erlaubnis, Schatz", sagte Alice.

Joshua schnaubte, und Neils Arm hob sich und legte sich auf Joshuas Stuhllehne. Jetzt, da das Essen bestellt war, entspannte er sich wieder. Alice lächelte sanft, als Joshua sich zu Neil lehnte, als würde ihn eine unsichtbare Kraft ziehen. Sie lehnten nicht wirklich aneinander, sondern saßen nur so da, als seien sie eine Einheit und eine ausgemachte Sache. Zwischen ihnen herrschte ein spürbares, fast sichtbares Band der Richtigkeit. Alice dachte, wenn sie ihre Hand in den kleinen Raum zwischen ihnen streckte, würde sie es spüren können – Liebe, Anziehung, Wärme, Sehnsucht, gegenseitiger Schutz und alles davon auf einmal.

„Nun", sagte sie und schob ihre Serviette ein wenig in ihrem Schoß hin und her. „Also ... wo soll ich anfangen?"

„Wie wärs damit", sagte Joshua und beugte sich verschwörerisch vor. „Im Austausch dafür, dass du mir gutes Erpressungsmaterial für Neil hier lieferst, erzähle ich dir von dem Neil, den ich kannte, und auch ein paar Sachen über mich."

Neil lehnte sich zurück und sah sich im Raum um. Gelegentlich wanderte sein Blick zu Joshua zurück, aber Joshuas vorgeschlagene Gesprächsthemen schienen ihn nicht zu beunruhigen.

Alice nickte. „Du zuerst."

Neil blitzte sie grinsend an. „Genau so, Mama. Bring ihn in Zugzwang."

Joshua zuckte mit den Schultern. „Was willst du zuerst hören?"

Alice nahm einen Schluck von ihrem Wasser. „Wie wäre es mit deiner Familie? Und ... deinem Mann? Es tat mir übrigens leid, das zu hören. Ich bin sicher, das war schwierig."

Bei Lees Erwähnung warf Joshua einen Blick in Richtung Neil, und Alice bedauerte fast, das angesprochen zu haben. Im Laufe der Jahre hatte Neil oft eifersüchtig auf den Mann gewirkt, aber er war ein großer Teil von Joshuas Leben gewesen. Es war ihr wichtig, dass ihr Sohn den Mann, in den er jetzt verliebt war, realistisch betrachtete. Das hier war kein Neuanfang. Es ging nicht darum, das Leben zu leben, das er hätte haben können. Das hier war Neuland.

Joshua sagte: „Danke. Es war sehr schwer. Ich habe ihn sehr geliebt."

Neil bewegte seine Hand von der Rückenlehne von Joshuas Stuhl zu dessen Schulter. Er drückte sanft sie. „Na los. Raus mit der Sprache. Es ist ja nicht so, dass er es nicht verdient hätte, dass man über ihn spricht.“

Joshua sah ein wenig unbehaglich aus. „Das ist nur alles so …“ Er machte eine Bewegung zwischen ihnen. „Es ist so neu, und ich will das alles nicht mit hineinziehen.“

Neil zog ein Gesicht. „Ich werde nicht lügen und sagen, dass ich nicht Jahre in brodelnder Eifersucht verbracht habe, aber ich bin auch kein absoluter Idiot. Er war gut zu dir. Du hast ihn geliebt. Ich wäre ein Arsch, wenn ich euch das übel nehmen würde.“

„Er hat dich immer respektiert“, sagte Joshua leise. „Und deinen Platz in meinem Leben.“

Neil schien einen Moment lang mit etwas zu kämpfen, und Alice musste dem Drang widerstehen, die Hand auszustrecken und die seine zu nehmen. Sie wusste, dass er seine Besitzgier unterdrückte, seinen Drang zu gewinnen und der Einzige zu sein, den Joshua jemals gewollt oder gebraucht hatte, und sie wusste, dass es lebenswichtig war, dass ihm das gelang. Sie sah auch den genauen Moment, in dem er sich selbst besiegte.

„Und jetzt bin ich dran, ihn zu respektieren. Erzähl meiner Mama, wie du Lee kennengelernt hast. Sie würde gern von ihm hören.“ Neil blickte Joshua warm an und fügte hinzu: „Und ich auch.“

Joshuas Augen füllten sich mit Tränen, und er beugte sich vor, um Neil einen Kuss auf die Lippen zu drücken. Dann blinzelte er die Tränen weg. Neil schenkte ihm ein kleines Lächeln, und Joshuas Augen leuchteten als Antwort.

Alice lehnte sich in ihrem Stuhl zurück. Ihre Kehle war eng, und sie war so verdammt *stolz*.

Sie wusste nicht, wie, aber Neil hatte es geschafft. Er hatte Joshua wiedergefunden, sein Herz gewonnen, und er würde das hier so *gut* machen. Das wusste sie einfach. Er war in allem gut, in dem er wirklich gut sein wollte, und er liebte stärker als jeder andere Mensch, den sie je gekannt hatte.

Es würde alles gut werden. Es war wild, unglaublich, und niemand würde ihr jemals glauben, wenn sie ihnen die Geschichte erzählte, aber als sie Joshua und Neil zusammen sah, wusste sie ohne Zweifel, dass Liebe niemals starb.

Kapitel 23

Verschwitzt und klebrig, mit Joshuas Sperma auf seiner Brust verteilt, fuhr Neil mit den Händen über Joshuas Oberschenkel und hinauf zu seinen Brustwarzen und kniff sanft hinein. Joshua zitterte und zog sich eng um Neils Schwanz zusammen. Neil lächelte, er liebte den Anblick von Joshua, der ihn ritt, nach seinem Orgasmus ganz rot und zitternd.

„Alice hat dich geliebt", sagte Neil.

Joshua sackte auf ihm zusammen und drückte sein Gesicht an Neils Hals. „Sprich jetzt nicht über deine Mutter."

Neil lachte leise. Er hatte nicht wirklich erwartet, dass Joshua verstehen würde, was er für Alice empfand. Obwohl sie der beste Mensch war, den Neil je kennengelernt hatte, abgesehen vielleicht von Joshua selbst, war er nie in der Lage gewesen, die richtige Mutter-Sohn-Verbindung zu spüren. Er liebte sie, aber sie in einem Moment wie diesem zu erwähnen, fühlte sich eher an, als würde er eine enge Freundin erwähnen. Und was seine erste Mutter anging – Sharon Russell? Beim Sex würde er nie an sie denken wollen. Das wäre einfach nur widerlich.

Nach dem Mittagessen mit Alice waren sie in Neils Wohnung zurückgekehrt, angeblich, um ein paar Klamotten und Sachen für Neil zu holen, aber am Ende hatten sie eine köstliche, stundenlange Liebessession inmitten von Türmen von Büchern über Reinkarnation eingelegt.

„Gott, Neil", wimmerte Joshua. „Mit dir Liebe zu machen fühlt sich so gut an."

Neil verbarg sein Grinsen in Joshuas Haar und drückte dann einen Kuss auf Joshuas Scheitel. „Ich verrate dir ein kleines Geheimnis."

Joshua blickte auf und sah in Neils Gesicht. „Was?"

„Beim letzten Mal war ich nicht so groß. Ich meine, ich hatte einen guten Schwanz, aber der hier ist ein Wahnsinnsding."

Joshua stotterte. „Willst du mir sagen, du bist genau gleich, *nur dein Schwanz ist größer?*"

„Was? Glaubst du mir nicht?"

Joshua lachte. „Neil, ich habe das Ding immer durch deine Hose gespürt, wenn wir in deiner Wohnung auf dem Sofa rumgemacht haben. Es war furchteinflößend. Was glaubst du, warum ich so viel Angst davor hatte, mit dir Sex zu machen?"

Neil verzog das Gesicht. „Äh, weil du wegen der konservativen religiösen Überzeugungen deiner Eltern so blockiert warst?"

Joshua lachte wieder. „Na ja, das auch. Aber die Größe deines Schwanzes hat mich nicht gerade beruhigt."

„Wirklich?"

Joshua kniff ihn und küsste ihn dann auf den Mund. „Wirklich."

Neil stieß langsam in Joshua hinein und fühlte, wie sein Sperma aus Joshuas Arsch rann und über Neils Eier hinuntertropfte. „Spürst du das?", fragte er.

„Du weißt, dass ich das tue", murmelte Joshua, sein Atem kam als leises Keuchen, als er wieder zu reiten begann.

Neil stöhnte und lehnte sich zurück, um die Aussicht zu

genießen. Er liebte das Gefühl seines Schwanzes, ohne Kondom und glitschig von seinem eigenen Sperma, in Joshuas engem Arsch.

Schon nach ein paar Tagen hatten sie aufgehört, Kondome zu benutzen. Joshua hatte geradezu darum gebettelt, weil er Neils Samen in seinem Arsch spüren wollte, und Neil war so wahnsinnig erregt davon gewesen, Joshua diese Worte sagen zu hören, dass er zugestimmt hatte, sobald sie sicher sein konnten, dass sie damit keine Risiken eingingen.

Die Tests auf Geschlechtskrankheiten nahmen nicht mehr die Zeit in Anspruch, die sie vor Jahren in seinem ersten Leben gebraucht hatten. Als sie zur Klinik geeilt waren, beide aufgedreht vor Lust und Dringlichkeit, und beide mit negativen Tests herauskamen, war Neil zutiefst dankbar dafür. Sie hatten es nicht einmal bis zu Joshuas Hotelbett geschafft, bevor sie sich gegenseitig ausgezogen und auf dem Boden direkt hinter der Zimmertür wild und ohne Kondome gefickt hatten. Beide hatte das intime Gefühl von Haut auf Haut wahnsinnig erregt.

Neil liebte alles daran, Joshua ohne Kondom zu ficken. Er liebte das süße Eindringen und das Gefühl von Joshuas samtweichem Innern gegen das enge, geschwollene Fleisch seines Schwanzes. Er liebte es, wie er in Joshua kommen konnte und nicht aufhören musste, um das Kondom zu wechseln, sondern einfach durch die Überstimulation weiterfickte und Joshua dabei zusah, wie er durch die schmatzenden Geräusche wild wurde, als sich das Sperma seinen Weg nach draußen bahnte.

Das Beste daran, Joshua ohne Kondom zu ficken, war das danach. Er liebte es, Joshua dabei zuzusehen, wie er den *Verstand verlor*, während Neil ihn leckte und den Samen wieder aus ihm heraussaugte. Als Neil es das erste Mal getan hatte, hatte Joshua protestiert, dass das zu dreckig sei, aber als er schließlich zugestimmt hatte und Neil sich über ihn hermachte, waren seine Beschwerden in irrsinnige Schreie der Lust übergegangen. Joshua hatte Neil fast erstickt, indem er dessen Gesicht immer fester gegen seinen Arsch gezogen hatte, und am Ende hatte sich Joshua in schierer Verzweiflung selbst zu einem schockierten Höhepunkt gewichst, bei dem ihm alle Glieder außer Kontrolle gerieten, während Neils Zunge sich in seinem Arsch wand.

Jetzt tat Neil das wie selbstverständlich, und Joshua geriet trotzdem jedes Mal außer sich.

„Runter von mir", sagte Neil und half Joshua, sich auf den Bauch zu drehen.

„Oh Gott", stöhnte Joshua, sein Gesicht im Kissen, und seine Hüften hoben sich einladend.

Neil grinste. Er hockte sich zwischen Joshuas gespreizte Beine, zog seine Pobacken und lächelte auf Joshuas zuckendes Loch hinunter, das vom Ficken noch ganz feucht war. Er neigte sich vor und *hauchte* es nur an, und beobachtete, wie es sich zusammenzog. Etwas von seinem Sperma tropfte heraus.

Neil leckte es weg, und Joshua wimmerte und fluchte ins Kissen. Neil wartete.

„Bitte", jammerte Joshua.

„Ich dachte, das wäre zu dreckig", stichelte Neil.

Joshua spreizte seine Beine weiter und hob seinen Hintern zu Neils Gesicht, sagte nichts, bettelte nur mit seinem Körper.

Neil drückte einen Finger hinein, und Joshua stöhnte. Neil grinste, beugte sich vor und ging in die Vollen – er leckte, schluckte, schlürfte, biss, züngelte.

Joshua krümmte sich auf dem Bett, griff nach den Laken und

krabbelte weg und wieder zurück, fluchend und wimmernd. Neil drängte Joshua auf die Knie hoch, sodass Joshua eine Hand um seinen eigenen Schwanz legen konnte und mit einem verzweifelten, schnellen Wichsen begann.

Neil wickelte seine andere Hand um Joshuas Eier, zog sie ein wenig herunter und hielt ihn am Rande des Kommens, bis er bereit war. Dann ließ er los und leckte wie wild an Joshuas bebendem Loch. Mit dem Rhythmus von Joshuas Hand und Joshuas stotterndem Atem als Signalgeber kam Neil hoch, richtete seinen Schwanz aus und stieß mit einem tiefen, heftigen Stoß in ihn hinein, gerade als Joshua den Kopf zurückwarf und hart kam. Sein Arsch zog sich fast krampfhaft um Neils eindringenden Schwanz zusammen, während er mit seinem Orgasmus aufschrie.

Neil grinste in Joshuas verschwitztes Haar und küsste seinen Hals, während Joshua mit Nachbeben erschauderte, Neils Schwanz noch immer ganz tief in ihm.

Als Neil seine Arme um Joshua schlang, hörte er ihn murmeln: „Versprich mir, dass du mich nie wieder verlässt."

„Niemals", stimmte Neil zu.

Er konnte jedoch nicht anders, als amüsiert darüber zu kichern, wie Joshua selbst die schmutzigste Sache, die sie zusammen machten, in so viel Liebe verwandelte. Und was noch erstaunlicher war: Joshua hatte recht. Neils Zunge in seinem Arsch, das Herauslecken des Spermas, bedeutete Liebe und Sehnsucht und dass sie nie wieder getrennt sein würden. Niemals.

Joshua hat das als Erster begriffen.

Als sich ihr Atem verlangsamte, setzte sich Joshua auf. „Wir sollten von hier verschwinden, bevor Derek zurückkommt."

Neil rollte mit den Augen. Trotz allem war Joshua immer noch ein wenig unsicher wegen Derek. Neil erwog, das hier hinauszuzögern, nur damit Joshua selbst sehen konnte, dass es nichts gab, weswegen er sich Sorgen machen müsste. Derek war ein toller Kerl, ein guter Junge und Neils einziger Freund. Das wollte er nicht wirklich aufgeben.

„Ich weiß", sagte Joshua und las Neils Gesichtsausdruck. „Er ist nur ein Freund."

„Ja."

„Es ist falsch, eifersüchtig zu sein, ich weiß", sagte Joshua. „Aber es gefällt mir nicht, dass du das, was wir gerade getan haben – alles, was wir gerade getan haben –, mit ihm gemacht hast. Ich mag es nicht, das mit ihm gemeinsam zu haben."

Neil seufzte, zog Joshua wieder herunter und langte nach unten, um seinen Finger an Joshuas Loch zu reiben. Bei der Berührung ging ein weiterer Schauer durch Joshua.

„Ich habe nicht alles mit ihm gemacht. Ich habe kein Sperma aus seinem Arsch geleckt."

Joshuas Augen wurden groß. „Wirklich?"

„Wirklich."

„Warum nicht?"

Neil zuckte mit den Schultern. „Ich will Sperma nur aus *dir* lecken."

Joshuas Gesicht leuchtete auf, und die Reaktion war lächerlich, aber Neil fühlte sich innerlich zu warm und weich und schmusig, um Joshua das zu sagen. Er war einfach nur froh, dass Joshua wieder lächelte. Er wollte sicherstellen, dass Joshua die ganze Zeit lächelte. Er betrachtete Joshuas Lächeln als eine Berufung. Die Sehnsucht danach war es, die ihn wieder in diese Welt katapultiert hatte, und es zu sehen war wie eine Droge – es machte ihn süchtig und er brauchte es zum Leben.

„Ich liebe dich", sagte Neil.

Joshua grinste. „Ich liebe dich auch."

Kapitel 24

November 2034 – Paris, Frankreich

NEIL WACHTE AUF, kuschelte sich an Joshuas Seite und atmete gegen die Stelle, wo Joshuas Hals in seine Schulter überging. Er schob seine Finger in Joshuas Brusthaar und ließ die Traumbilder an sich vorbei ziehen. Er hatte diese Träume in letzter Zeit immer seltener, aber sie hinterließen immer ein Gefühl tiefer Dankbarkeit bei ihm.

Joshua rollte auf ihn zu, zog Neil in die Arme und lächelte im Schlaf. Neil blickte in sein Gesicht und spürte, wie sich ebenfalls ein Lächeln auf seine Lippen legte. Das Hotelzimmer um sie herum war luxuriös, mit watteweicher Bettwäsche und Blick auf die Seine. Trotzdem hielt die Stimmung des Traums an.

Neil erzählte Joshua nie von den Träumen. Er fragte sich manchmal, ob er das tun sollte, aber Joshua schien ihr gemeinsames Leben nicht zu beunruhigen. Er schien keine Bestätigung ihrer Beziehung zu wollen oder zu brauchen – außer den gelegentlichen Versprechen, dass der Altersunterschied zwischen ihnen nicht wichtig sei. Wie Neil betonte, war er in den meisten Dingen tatsächlich älter als Joshua, und zwischen den Nanitencremes und Behandlungen, die Joshuas Körper jung hielten, und Neils unnachgiebiger Weigerung, irgendetwas zu tun, um sein eigenes Altern zu verhindern, würden sie gleichaltrig aussehen, bevor sie's sich versahen.

Der Traum begann immer auf dieselbe Weise. Neil arbeitete im Labor und stand kurz vor einem großen Durchbruch, etwas Großem, als das Gefühl, dass jemand neben ihm stand, seine Konzentration unterbrach. Verärgert drehte er sich um, bereit, denjenigen dafür zurechtzuweisen, und hielt dann kurz inne.

„Hey", sagte Lee dann.

Neil erinnerte sich daran, dass er, als die Träume anfingen, eine seltsame Welle von Schuldgefühlen verspürt hatte, als wäre er beim Ficken mit Joshua erwischt worden und sein Ehemann wäre gerade ins Zimmer gekommen. Aber in den Träumen fühlte er sich nicht mehr so. Jetzt erlebte er nur noch eine Art von Erkenntnis, dass, oh, er träumte, und, hey, Lee war hier, um wieder nach Joshua zu sehen. Es machte ihm nichts aus.

„Du könntest ihn einfach selbst fragen", hatte Neil in dem Traum gesagt, aus dem er gerade aufgewacht war. „Ich bin nicht sein Aufpasser."

„Und ob du das bist", antwortete Lee. „Außerdem frage ich dich gern. Das erhält dir die Bescheidenheit."

„Was soll das denn heißen?"

„Ich bin eine Erinnerung daran, dass er nicht immer dein war – obwohl er es war, weißt du. Er war immer dein."

Neil zuckte mit den Schultern. „Er hatte ein Leben mit dir. Er hat dich geliebt."

„Stimmt." Lee lehnte sich gegen die Arbeitsfläche, und Neil verzichtete darauf, ihm zu sagen, er solle nichts umstoßen. Es war ja schließlich nur ein Traum. „Und, wie gehts ihm?", fragte Lee.

„Großartig. Er ist glücklich. Ich meine, er scheint glücklich zu sein. Er lächelt viel."

Lees Lächeln war immer strahlend. Es gab Neil das Gefühl, ein Kind zu sein in der Gegenwart von jemandem, der viel älter und viel mutiger war. Jemand, der verdammt viel mehr Wissen als er über die für Neil wichtigste Sache der Welt hatte.

„Gut. Sorg dafür, dass es so bleibt. Es ist nicht schwer. Liebe ihn einfach und lass ihn wissen, dass du ihn liebst. Mehr braucht er nicht."

„Das weiß ich."

Lee rollte mit den Augen. „Aber klar. Wie auch immer, es ist schön, dich wiederzusehen. Du siehst auch ziemlich glücklich aus."

„Das bin ich", sagte Neil. Er war so glücklich wie noch nie. Glücklicher, als er es für möglich gehalten hatte.

„Okay, nun, ich muss gehen. Der Himmel ruft und so weiter."

Neil schnaubte bei dem Scherz. „Ich weiß nicht, wie er es mit deinem schlechten Sinn für Humor ausgehalten hat."

„Du hast gut reden."

Neil streckte die Hand aus, und Lee schüttelt sie. Lees Finger waren stark, und selbst nach dem Aufwachen konnte er noch den Geist dieser Berührung spüren, als er über Joshuas Brusthaar strich.

Joshua bewegte sich, und seine Augen flatterten auf. Ein Grinsen kam über sein Gesicht, und Neil berührte mit dem Daumen seine Unterlippe.

„Neil", sagte Joshua, seine Stimme zitterte vor Glück. „Wir sind in Paris."

„Stimmt."

„Und du bist noch nie hier gewesen."

„Nö."

Joshuas Augen leuchteten, und er rollte Neil auf die Seite und umrahmte Neils Kopf mit seinen Ellbogen. Ein noch breiteres

Lächeln erhellte sein Gesicht. „Ich werde dir *alles* zeigen.“

Neil grinste. „Ja, vielleicht kannst du das in die Tage voller Konferenzen einbauen, die Brian für uns organisiert hat.“

Joshua fuhr mit den Finger durch Neils Haare und zog ein wenig daran, wie um ihn zurechtzuweisen. „Ich weiß aus zuverlässiger Quelle, dass wir heute weniger als zwei Stunden und morgen nur drei Stunden in einem Meeting sein werden. Und der Rest der Zeit gehört uns.“

„So toll kann Paris nicht sein, wenn du mir alles in nur zwei Tagen zeigen kannst.“

„Neil“, sagte Joshua mit einer hochgezogenen Augenbraue. „Wir werden eine schöne Zeit haben. Versuch nicht, mir das zu verderben.“

Neil küsste Joshuas schönen Mund. „Würde mir im Traum nicht einfallen.“

Das Klopfen an der Tür ließ Joshua fast so laut aufstöhnen wie Neil, der sich zurück auf die Kissen warf. Er überließ es Joshua, sich einen Hotelbademantel zu schnappen und die Tür zu öffnen.

„Vergiss nicht, du hast sie eingeladen“, sagte Neil, drückte sich die Handballen in die Augenhöhlen und versuchte, die Morgenlatte wegzuwünschen. Er war kurz davor gewesen, in der Hinsicht etwas zu unternehmen.

„Pst“, sagte Joshua und warf Neil einen strengen Blick zu. Er öffnete die Hotelzimmertür, um Alice zu begrüßen. „Guten Morgen!“

Sie stand dort in einem hübschen Kleid und mit frisch aufgetragenem Make-up. Joshua machte eine Bewegung, um sie hereinzubitten, aber Alice schüttelte den Kopf.

„Ich bin auf dem Weg zu einer Besichtigungstour. Ich wollte

nicht, dass ihr euch Sorgen um mich macht, falls ihr mich später nicht finden könnt."

„Weil ich den ganzen Tag nichts anderes tue, als dich auf Schritt und Tritt im Auge zu behalten, Mama", sagte Neil und wollte jetzt doch gern wissen, warum seine Mutter heute Lippenstift trug.

Alice rollte mit den Augen. „Dr. Peters hat mich zum Frühstück eingeladen, und dann sagt er, ich müsse einfach die Bouguereaus im Musée d'Orsay sehen ..."

Neil kniff die Augen zusammen. Er hätte schwören können, seine Mutter sei gerade rot geworden.

„Und dann meinte er, er würde mich zum Mittagessen einladen." Sie biss sich auf die Unterlippe und wirkte geradezu ausgelassen. Neil biss die Zähne zusammen und setzte sich auf.

„Dr. Peters sagte, du und Neil hättet die Meetings im Griff, Joshua?" Sie blickte mit hoffnungsvollen Augen zu Joshua. Offensichtlich fürchtete sie die Möglichkeit, dass Joshua sagen könnte, er fühle sich nicht wohl dabei, die Show zu leiten, oder nicht in der Lage, Neil während der Präsentation in Schach zu halten.

„Sicher", sagte Joshua, legte die Hand auf ihre Schulter und drückte sie. „Viel Spaß."

Alice lächelte wie ein Magazin-Covermodel, und Neil setzte sich jetzt ganz im Bett auf. „Wieso geht Brian mit dir? Kannst du nicht allein hingehen?" Joshua warf ihm einen Seitenblick zu, aber Neil fuhr fort. „Dir ist klar, dass er geschieden ist. Mit drei Kindern. Und er hat einen Bart."

Joshua sah aus, als könnte er lachen, aber er schüttelte den Kopf über Neil, offensichtlich um ihn zum Schweigen zu bringen.

Alices Lächeln verdünnte sich zu einer schmalen, verärgerten Linie. „Seine Kinder sind alle erwachsen, Neil. Sie sind älter als du …"

„Nun, nicht wirklich, aber …"

Alice ignorierte ihn. „Und er ist freundlich. Nett. Er ist klug, und er bringt mich zum Lachen. Und, nicht zu vergessen, er mag meinen Sohn. Du sagst mir immer, wie selten das ist, Neil. Und es ist *Paris*. Lass deiner Mutter ein bisschen Romantik in ihrem Leben. Bist du nicht derjenige, der mir immer sagt, ich soll jemanden kennenlernen?" Sie schnalzte mit der Zunge. „Jemand könnte denken, du wärst *eifersüchtig* und wolltest deine Mami nicht teilen."

Joshua lachte leise vor sich hin.

Neil begann aufzustehen, merkte dann aber, dass er nackt war. „Das ist lächerlich, ich …", stotterte er.

„Du wirst mir jetzt sagen, dass ich einen schönen Tag haben soll und dass wir uns später sehen." Alice verschränkte die Arme über der Brust. Ihre dunkelbraunen Augen bohrten sich in Neil, als wäre er wieder acht und würde sich mit ihr darüber streiten, was für ein Chaos seine Experimente auf dem Küchentisch angerichtet hatten.

„Hab ein wunderschönen Tag", sagte Neil mit einem finsteren Blick. „Aber erzähl mir später nicht, wie kratzig sein Bart ist. Ich will nichts davon hören."

Alice lachte. „Und wie kommst du darauf, dass ich dir so etwas erzählen will? Im Ernst, Neil, du benimmst dich wie ein großes Baby."

Sie drehte sich auf dem Absatz um und verließ den Raum. Joshua schloss die Tür hinter ihr und konnte sein Lachen kaum unterdrücken.

„Was?", fragte Neil. „Sie ist zu gut für ihn. Er ist ein

Workaholic und nicht annähernd klug genug für sie. Außerdem wird er … sie ansabbern. Sie ist eine tolle Frau und …"

„Du liebst sie."

„Nun, ja. Sie verdient das Beste."

Joshua schloss die Tür, setzte sich auf die Bettkante und sagte ernst: „Brian ist ein ziemlich toller Typ. Seine Frau hat ihn verlassen, weil sie auf Frauen steht, nicht weil er sie schlecht behandelt hat. Sie haben die Kinder zusammen großgezogen, und dann hat sie ihr eigenes Ding gemacht."

„Und wann hast du das alles herausgefunden?"

„Im Flugzeug, während du betäubt warst und geschlafen hast."

„Ich werde luftkrank!", verteidigte Neil seine Schwäche.

„Glaub mir, das werde ich nie vergessen." Bei ihrer ersten gemeinsamen Reise nach Kalifornien hatte Neil sich dauernd erbrochen. „Außerdem kenne ich Brian schon seit Jahren."

„Nun, gut. Okay. Dann kann sie mit ihm ausgehen."

Joshua lachte noch lauter. „Ich bin mir sicher, dass sie sich sehr über deine Erlaubnis freuen wird."

Neil warf ein Kissen nach Joshua und lachte über sich selbst.

Joshua stürzte sich auf ihn. Sie rangen auf dem Bett, Ellbogen und Knie berührten sich auf unangenehme Weise, aber als es schließlich nur noch Haut auf Haut war, *war* Neil glücklich. Glücklicher als er es je gewesen war. Glücklicher, als er es für möglich gehalten hätte.

Nur eine Sache könnte ihn noch glücklicher machen.

JOSHUA STAND MIT Neil ganz oben in Kuppel von Sacré-Cœur und blickte über die Lichter von Paris. Sie waren vorhin die glatten Granitstufen hinaufgestiegen und hatten beobachtet, wie die Sonne untergegangen war und dabei den Himmel rosig gefärbt hatte. Jetzt pfiff der Wind um sie herum, es war etwas kühl, aber dank ihrer Mäntel und Schals nicht zu ungemütlich. Sie waren nicht die Einzigen ganz oben in der Basilika. Einige andere Paare und eine oder zwei Familien sahen ebenfalls noch zu, wie die Nacht hereinbrach.

Joshua befingerte die Samtschachtel in seiner Manteltasche. Sein Magen drehte sich vor Nervosität um, aber es wurde Zeit. Er lebte seit über einem Jahr mit Neil zusammen, und er wollte ihm einen Ring an den Finger stecken und ihn seinen Ehemann nennen. Er wollte sicherstellen, dass jeder wusste, dass Neil zu ihm gehörte.

Es war ein fantastisches Jahr gewesen voller Höhen und Tiefen – aber hauptsächlich Höhen. Anfangs war Joshua davon besessen gewesen, seine Neugier auf alle Details zu befriedigen, was Neil anging: seine Lieblingsfarbe, seine ursprünglichen Eltern, sein aktuelles Leben bisher, wie er seine Eier mochte und so vieles mehr.

Im Gegenzug hatte Joshua auch Neil alles erzählt. Er hatte über die Menschen gesprochen, die von Neils Organspenden profitiert hatten, einschließlich Lee. Er hatte Neil detailliert viele Geschichten aus dem Leben erzählt, das er und Lee miteinander geteilt hatten, und fühlte sich geehrt, dass Neil nichts dagegen hatte. Manchmal bezog sich Neil sogar mit seiner eigenen Zuneigung und Wärme auf Lee und sagte: „Er hat sich gut um dich gekümmert. Dafür werde ich ihm immer dankbar sein."

Fast einen Monat lang hatten sie ihre Hände nicht lange genug voneinander lassen können, um irgendetwas zustande zu bringen, aber dann war Neil schließlich wieder Vollzeit in die Arbeit an seinem Projekt zurückgekehrt. Es gelang ihnen jedoch nicht, ihre Gefühle füreinander geheim zu halten, und innerhalb einer Stunde, nachdem Neil wieder Vollzeit im Labor gearbeitet hatte, während Joshua das ganze „überwachte", hatte Brian Peters sie mit ihrer Beziehung konfrontiert.

Joshua lehnte sich an die dicke Steinmauer, blickte in den Nachthimmel und lachte leise, als er sich an Brians extrem verwirrten Gesichtsausdruck erinnerte, als Neil gesagt hatte: „Hör zu, wenn du mir sagst, ich müsse mich zwischen dem Projekt und Joshua entscheiden, dann lass mich einfach sagen, dass ich das schon mal durchgemacht habe. Und Joshua gewinnt jedes Mal."

Wie sich herausstellte, hatte Brian kein Problem mit ihrer Beziehung, besonders als Joshua sagte, dass er nach Atlanta ziehen und mehr Ressourcen der Neil-Russell-Foundation hierher verlagern würde. „Wir wollen die beste, fortschrittlichste und gründlichste Naniten-Forschungseinrichtung der Welt etablieren", hatte Joshua zu Dr. Peters gesagt. „Und Neil ist der Einzige, dem ich zutraue, sie zu leiten."

Von der Arbeit abgesehen hatten sie dort auch ein Haus gekauft, das ihr Refugium wurde, und sie verbrachten fast jeden Abend dort. Dazu gehörte auch ein gemütliches Weihnachtsfest, das sie nur mit Alice und einem hell erleuchteten Baum verbrachten, den Joshua ihnen von einem Verkaufsstand auf dem Parkplatz in der Nähe der Universität hergeschafft hatte.

Es war Joshuas erstes Weihnachten gewesen, das er nicht in Scottsville verbrachte, und er war nur ein wenig verlegen geworden, als er das Geschenk öffnete, das seine Mutter ihm geschickt hatte. Es war ein kleiner Engel, der schon sein ganzes Leben lang sein Lieblingsornament am Familienbaum gewesen war. Auf der beiliegenden Karte stand: *Ich dachte, den könntest du an deinem Baum in deinem neuen Zuhause mit deiner neuen Liebe gebrauchen. Mama*

Joshuas Herz krampfte sich immer noch zusammen, als er sich daran erinnerte, wie Neil, als er Joshuas Traurigkeit sah, vorgeschlagen hatte, dass sie jedes zweite Weihnachten in Scottsville verbringen sollten. Alice hatte zugestimmt, dass das nur fair sei. Und Joshua hatte natürlich darauf bestanden, dass Alice mitkam, wenn sie tatsächlich über die Feiertage nach Kentucky fuhren.

„Oh nein", hatte Neil gesagt. „Sie sollte einfach hierbleiben. Vielleicht kann sie dem Scottsville-Strudel nicht entkommen. Ich meine, schau, du warst über vierzig Jahre darin gefangen. Und Chris hat er auch erwischt!"

Am Ende war jedoch entschieden worden, dass Alice natürlich mitkommen würde.

Joshua berührte wieder die Samtschachtel in seiner Manteltasche und legte den Arm um Neil, wobei er sein Profil vor der Kulisse des nächtlichen Paris betrachtete.

„Bist du dir da sicher, Schätzchen?", hatte Chris ihn am Telefon gefragt. Joshua hatte angerufen, um Chris von seinen Plänen zu erzählen, nachdem er sich eine Woche vor ihrer Reise für den Ring entschieden hatte. „Ich weiß, du sagst, du bist glücklich ... aber wir vermissen dich zu Hause."

Joshua hatte gewusst, dass er damit vieles unausgesprochen ließ – unter anderem seine Skepsis und Verwirrung, was Neil Green anging.

Vorsichtig hatte Chris hinzugefügt: „Dr. Green ist so gar nicht wie Lee, und ihr beide wart so ein gutes Paar."

„Ja, das waren wir", hatte Joshua zugestimmt. „Und ich habe

Lee sehr geliebt. Aber ich liebe auch Neil sehr."

„Er ist unserem Neil ziemlich ähnlich", hatte Chris sanft gemeint. „Den Teil verstehe ich. Aber, Joshua, er ist furchtbar jung. Was habt ihr überhaupt gemeinsam?"

„Du wärst überrascht", hatte er geantwortet, sicher, dass Chris wahrscheinlich wie der Rest der Welt denken würde, es ginge nur um Sex. Sollten sie doch denken, was sie wollten. Die Wahrheit war unmöglich zu erklären.

Die offizielle Geschichte, die sie für die Leute zu Hause gesponnen hatten, war, dass Dr. Neil Green der lange verschollene Neffe von Dr. Neil Russell war, und hey, war das Leben nicht seltsam? Die Liebe fand immer einen Weg.

Chris war jedoch skeptisch geblieben. „Joshua – gibt es etwas, das du mir nicht erzählst? Denn er ist Neil *so ähnlich*. Bist du sicher, dass er nicht Neils Sohn ist? Du weißt schon, durch eine Samenspende oder so? Auch wenn es irgendwie seltsam wäre, dass du dich in Neils Kind verliebt habt – verglichen mit anderen Dingen, die in dieser Welt so vorgehen, gibt es wirklich nichts, wofür man sich schämen müsste. Du solltest dir keine Geschichten ausdenken müssen, Partner."

Joshua hatte sich jedoch an die offizielle Linie gehalten. Neil stimmte zu, dass das die beste Vorgehensweise war. Ihre eigentliche Situation war zu unglaublich, und ihr beider Ruf wäre gefährdet, wenn sie versuchten, die Wahrheit zu erklären.

Die einzige Person, zu der Joshua ehrlich gewesen war, war Lee. Als er sich endlich dazu durchringen konnte, Neil und Atlanta zu verlassen, um nach Scottsville zurückzukehren und seiner Familie die Nachricht von seinem Umzug zu überbringen, war er auf dem Friedhof vorbeigekommen. Es war inzwischen Mitte Dezember und schneidend kalt. Auf vielen Gräbern lagen Weihnachtskränze mit roten oder grünen Schleifen, und Joshua hatte einen großen für Lees Grab mitgebracht.

Er hatte sich in den Schnee gekniet, wobei seine Hose nass wurde, und den Kranz sorgsam auf den Grabstein gelegt. Dann hatte er den Schnee von Lees Namen und der darauf folgenden Inschrift weggewischt.

„Hey", hatte er mit einem Kloß im Hals gesagt. „Ich liebe dich. Du hast mir ein so tolles Leben geschenkt, und ich bin so froh, dass ich das mit dir haben durfte. Das wird sich nie ändern."

Er hatte auf eine Antwort gewartet, und er hatte eine bekommen – ein Gefühl von Wärme, Zuneigung und Glück erfüllte ihn. Unerklärlicherweise hatte es nach Lee geschmeckt.

„Also, schau, du weißt bereits, was ich dir sagen will. Die Sache ist die – ich ziehe nach Atlanta, um mit Neil zusammen zu leben. Ich liebe ihn. Er macht mich glücklich, und das hat er immer."

Joshua hatte innegehalten und dann gesagt: „Eines Tages wird ein Teil von mir kommen, um hier für immer bei dir zu sein. Bis dahin, Lee …" Er hatte aufgehört zu sprechen. Er hatte nicht gewusst, was er sagen sollte, und in seiner Kehle steckten Tränen fest. Er hatte den Grabstein getätschelt und fest genickt.

Er war aufgestanden, hatte die Hände in die Taschen gestopft und war auf die hagere Gestalt zugegangen, die neben dem Mietwagen am Rande des Friedhofs wartete. Neils Haar hatte in der Nachmittagssonne kastanienbraun geglänzt, und Joshuas Herz hatte bei seinem immer noch überraschenden Anblick wild in seiner Brust geklopft.

Jetzt oben in der Kuppel von Sacré-Cœur, und selbst während Neil über das mit Mayo versetzte Sandwich murrte, das er in dem

Café hatte hinunterwürgen müssen, in dem sie einen Happen gegessen hatten, schlug Joshuas Herz schneller, wenn er ihn nur ansah.

„Also", sagte Neil und deutete mit der Hand auf Paris unter ihnen. „Es ist beeindruckend. Aber lass uns zurück ins Hotel gehen. Es ist zu kalt, um noch länger hier draußen zu sein."

Joshua ergriff Neils Hand und hielt sie fest. „Warte. Da ist nur noch eine Sache."

Neils Augen waren so blau, und sein Mund so perfekt, und Joshua liebte ihn so sehr. Er war unerträglich dankbar für die Macht, die ihm Neil zurückgebracht hatte. Joshua ließ sich auf ein Knie sinken, und er spürte mehr, als dass er es sah, wie sich die Köpfe der anderen Touristen in ihrer Nähe in seine Richtung drehten.

Neils Augen verengten sich, und er schüttelte den Kopf. „Wehe, du machst mir einen Antrag, Joshua Stouder."

Joshuas Magen kribbelte, und sein Herz flatterte ängstlich in seiner Brust. „Halt die Klappe, Neil." Er räusperte sich. „Neil Joseph Green, würdest du mir die Ehre erweisen …"

„Nein!", sagte Neil.

„Was?", fragte Joshua, und überraschte Empörung erschütterte ihn. Er hatte nicht gedacht, dass Neil von einem romantischen und öffentlichen Antrag *begeistert* sein würde, aber er hatte gedacht, dass Neil sicher *Ja* sagen würde.

Neil stöhnte, rollte mit den Augen und sagte dann: „Ich meine, ja. Aber du hast es ruiniert. Ich hatte eine ganze … Verdammt. Na gut. Ja, ich werde dich heiraten."

Joshua runzelte die Stirn. „Ich habe noch nicht einmal gefragt."

„Nun, tu es. Ich hatte Erdbeeren und Champagner und einen

Plan, aber jetzt hast du damit angefangen." Neil wedelte mit der Hand. „Also beende es."

Joshua stand auf. Das war wieder typisch Neil, einen absolut passenden Antrag so zu ruinieren. „Wovon redest du da?"

„Davon!", sagte Neil und gestikulierte zwischen ihnen und dann nach unten, wo Joshua gekniet hatte. „Ich wollte dir einen Antrag machen. Heute Abend, im Hotel. Ich hatte alles geplant. Ich wollte dich beeindrucken. Du hast *keine Ahnung*, wie schwer es war, das zu planen, und jetzt …" Er stieß einen Atemzug aus. „Also, dann mach mal weiter. Frag. Die Antwort ist ja."

Joshua verschränkte die Arme vor der Brust. „Du bist so ein Arsch."

„Und?"

Joshua drehte sich um und Ärger stieg in ihm auf. Wenn Neil ein Idiot sein wollte, hatte er nicht die Absicht …

Neil packte ihn am Arm und sagte: „Hey, hey, warte mal." Seine Stimme war jetzt rau und sanft. „Nur … eine Minute."

Joshua wartete, die Arme immer noch verschränkt, während er Neil frustriert anblinzelte. Die anderen Leute um sie herum wurden langsam neugierig, um was es bei dem scheinbaren Streit der Liebenden ging, und einige kamen näher, um zuzusehen.

Neil rieb sich mit einer Hand über das Gesicht, rollte die Schultern, als würde er einige Verspannungen lösen, und nickte dann fest. „Okay. Ich bin bereit. Es tut mir leid. Lass es uns noch einmal versuchen."

Joshua schüttelte den Kopf und wollte sich abwenden, aber dann packte ihn Neil und sank selbst vor Joshua auf ein Knie.

„Die Ringe sind im Zimmer", sagte Neil. „Aber, Joshua Stouder, ich habe dich zwei Leben lang geliebt, und …"

Joshua legte seine Hand über Neils Mund und ging ebenfalls auf ein Knie. Ein paar ergriffene Laute und aufgeregtes Geflüster erklangen um sie herum. „Dr. Neil Green, ich liebe dich – damals, heute und in Zukunft – auch wenn du ein totaler Arsch bist. Willst du mein Mann werden?"

„Willst du mich heiraten?", fragte Neil, als Joshua seine Hand wegzog, damit Neil antworten konnte. „Ja, Joshua, ich werde dich heiraten."

Joshua beugte sich vor, drückte ihm einen Kuss auf die Lippen und sagte: „Ja, ich werde dich auch heiraten."

Applaus brandete auf, als sie sich küssten, und Joshua ließ sich von Neil aufhelfen, bevor sie sich erneut küssten. Als sie sich voneinander lösten, holte Joshua das Ringetui aus seiner Tasche.

„Willst du ihn jetzt tragen? Oder erst, wenn es offiziell ist?", fragte Joshua.

„Jetzt", sagte Neil und erlaubte Joshua, den Ring auf seinen Finger zu schieben. „Nicht schlecht, Mr Stouder", murmelte er und betrachtete den Ring im Licht der Lampen. „Gar nicht schlecht. Sie sind fast identisch mit denen, die ich gekauft habe."

Joshua fühlte eine Mischung aus Freude und erfüllter Erwartung. Als ein anderer amerikanischer Tourist vorbeikam und Joshua auf die Schulter klopfte und „Herzlichen Glückwunsch" sagte, bevor er weiterging, blickte Joshua auf die strahlenden Gesichter ihres improvisierten Publikums. „Ich glaube, jeder hier ist froh, dass du Ja gesagt hast."

„Nee, die denken: ‚Diese Drama-Queens haben sich echt verdient'", sagte Neil und schaute alle misstrauisch an.

Joshua lachte. Da musste er zustimmen.

Als sie zum Hotel zurückgingen, stieg in Joshua eine Freude auf, die sich nicht verleugnen ließ. Er hielt Neils Hand ganz fest und schwebte förmlich dahin.

„Weißt du, was ich will?“, fragte Neil.

„Was?“

„Einen Welpen.“

Joshua lachte. „Wirklich?“

„Ja, ich wollte schon als Kind einen haben, und es wird Zeit, dass ich wieder einen habe. Magic ist schon lange her.“

„Welche Rasse hast du da im Sinn?“ Joshuas Herz schlug höher.

„Oh, ich weiß nicht. Etwas großes, schwarzes.“

„Neil …“

„Was?“, fragte er schüchtern.

„Glaubst du nicht, dass du damit das Schicksal herausfordert?“

„Es ist ja nicht so, dass wir sie Magic nennen würden.“ Neil drückte seine Hand und grinste. „Wir würden sie etwas ganz anderes nennen. Zum Beispiel Abrakadabra.“

Joshua drehte sich um und packte Neil, hob ihn fast vom Bürgersteig, und küsste ihn dann, leidenschaftlich, verzweifelt, glücklich. Die gesamte Vergangenheit und Gegenwart und Zukunft umgab ihn, durchdrang ihn und umfing ihn mit so viel Liebe und Glück, dass er es kaum fassen konnte.

Joshua unterbrach den Kuss zuerst. Sein Rücken lag an der Wand neben einem beliebigen Café, und Neil drückte sich fest an ihn. „Du bist der Einzige, Neil“, flüsterte er. „Nur Gott weiß, wie du hierher gekommen bist, wie es kommen konnte, dass du hier mit mir bist. Aber du bist alles für mich.“

Neil nahm Joshuas Kinn in seine behandschuhten Hände, und das Leder war kalt an Joshuas Haut. „Nein, das hast du falsch verstanden. Du bist derjenige, der alles ist. Ich wäre für niemanden sonst auf diese elende Erde zurückgekommen.“

Joshua lachte, und ihm war schwindlig. „Ich weiß nicht, warum du so denkst, aber ich bin froh darüber.“

Neils Augen waren warm, als er Joshua anblickte, immer gierig, immer mit einem Hauch von Dankbarkeit dahinter. „Es gibt nichts auf dieser Welt – nicht meine Arbeit, nicht die Naniten, nicht ein einziges menschliches Wesen –, das für mich das bedeutet, was du mir bedeutest. Du bist der Grund für meine Existenz. Joshua, du bist mein Ein und Alles. Ich werde dich in jedem Leben finden. Vergiss das nie.“

„Neil“, begann Joshua, von der Wahrheit überwältigt. Manchmal traf es ihn immer noch hart. Neil war wegen ihm zurückgekommen. So sehr hatte er ihn geliebt. Selbst jetzt fragte er sich, wie das wahr sein konnte.

„Heb dir das für unser Gelübde auf. Denn, Joshua, ich denke, allein die Tatsache, dass ich hier bei dir bin, sollte zweifelsfrei beweisen, wie sehr ich mit dir verbunden bin.“

Tränen stiegen in ihm auf, und Joshua blinzelte sie weg.

„Das war Teil meiner schönen Rede“, sagte Neil. „Die, die ich für das Hotel geplant hatte, aber du hast sie ruiniert, indem du meinen Antrag gestohlen hast.“

Joshua schüttelte den Kopf. Das Lachen verdrängte seine Tränen. „Neil!“

„Ich weiß. Ich bin ein Arsch.“ Er lächelte. „Lass uns zurück ins Hotelzimmer gehen. Ich will heißen, leidenschaftlichen, frisch verlobten Sex mit meinem Verlobten haben. Außerdem bin ich am Verhungern.“

Joshua küsste Neil erneut, spürte seine Hitze unter den Handflächen. Als sie durch die Pariser Nacht gingen, die Hände ineinander verschlungen, blickte Joshua in den Himmel und wunderte sich über das Universum, und wie das hier sein Leben sein konnte.

Wie unmöglich. Wie schön. Wie geheimnisvoll. Wie „Gottes Wege sind unerfindlich".

Und trotz all der Qualen, die sie durchgemacht hatten, um hierher zu gelangen, es würde nichts daran ändern wollen.

An meine Leserinnen und Leser

Vielen Dank, dass Sie *„Auch in diesem Leben"* gelesen haben! Wenn Ihnen das Buch gefallen hat, nehmen Sie sich bitte einen Moment Zeit, um eine Rezension zu hinterlassen. Rezensionen helfen nicht nur anderen Lesern dabei, herauszufinden, ob ihnen das Buch gefallen könnte, sondern helfen auch, dass ein Buch in den Suchergebnissen auftaucht.

Vielen Dank!

Leta

WEITERE BÜCHER VON LETA BLAKE IN DEUTSCHER SPRACHE

Smoky Mountain Dreams
Any Given Lifetime
Mr. Frosty Pants
Stay Lucky

In der Hitze der Liebe
Langsame Hitze
Alpha-Hitze
Langsame Geburt
Bittere Hitze

Training Season
Training Season
Training Complex

Wake Up Married
Überraschend … verheiratet!
Überraschend … verliebt!
Endlose Flitterwochen